鳴海 章

刑事道
浅草機動捜査隊

実業之日本社

実業之日本社文庫

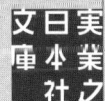

刑事道　浅草機動捜査隊　目次

序章　パンツ強盗

環状七号線を西に向かっていた捜査車輌《しゃりょう》は左に逸《そ》れ、都道三一八号線に入った。稲田小町《いなだこまち》は助手席の窓枠に肘《ひじ》をのせ、目の間をつまむようにして揉《も》んだ。まぶたはひりひりし、暗い裏側に紫色の波紋がいく重にも浮かんでくる。

「お疲れですね」

ハンドルを握る小沼優哉《おぬまゆうや》が声をかけてくる。

前日の午前九時に当務に入り、すでに二十一時間が経過している。二十四時間の当務中に合計八時間の休息を義務づけられているものの、まともに休めることなど滅多にない。たまさか拠点とする浅草分駐所にいても書類作りやそのほか雑用に追われ、ようやく一区切りついて、やれやれと思ったら出動命令がくだるのもしょっちゅうだ。雑用が終わらないうちに出動することも多く、溜《た》まった書類仕事は当務明けに片付けることになる。

それでも昨日はまだましといえた。細切れとはいえ、何度かまどろむことができたからだ。街中《まちなか》を駆けずりまわり、眠るどころか座ることさえできない日もある。

「そうね」小町は目の間を揉みつづけた。「気が滅入《めい》る」

「あれじゃ、無理ないですよ」

あれとはたった今、臨場してきた現場を指す。親子喧嘩《げんか》で母親が包丁を持ちだしたと通報があった。母八十六歳、息子六十二歳。通報してきたのは遊びに来ていた次男で、ふだんは母親と長男の二人暮らしだという。

午前四時過ぎに母親が大声をあげつづけ、長男がたしなめると台所に飛びこんで包丁を持ちだした。それを見た次男が家を飛びだし、一一〇番に通報してきた。小町と小沼が臨場したときには最寄り交番の警官が包丁を取りあげていた。長男が右の手のひらを切られていたので救急車を手配し、母親は次男とともに所轄署の当直刑事に引き継いだ。興奮し、目を吊《つ》りあげた母親は喚《わめ》きつづけていたが、何をいっているのかさっぱりわからなかった。次男によれば、誰かが襲ってきたので早く長男に助けに来て欲しいといっているらしかった。

無線機のスピーカーからぶつっと接続音が聞こえ、小町は手を下ろした。

車は国道四号線日光街道との交差点にかかろうとしており、車窓に広がる街並みは均質なブルーの大気に満たされている。

ダッシュパネルに埋めこまれているデジタルクロックに目をやった。午前六時一分——間もなく長い夜が明ける。

〝至急至急、第六方面本部から各移動。強盗事案発生。現場《げんじょう》は足立区青井三丁目……〟

近い。

小町はセンターコンソールに並んでいる赤色灯とサイレンのトグルスイッチを押しあげた。小沼は左折して日光街道に乗りいれ、アクセルを踏みこんだ。鳴りわたるサイレンと、明滅する赤色灯に国道を走っていたタクシーやトラックが左車線に寄り、捜査車輛はがら空きとなった右車線を加速していく。

〝……スーパーの駐車場。女性が車中において下着を奪われ、一一〇番通報……〟

強制猥褻《キョウワイ》か——小町は無線機を睨《にら》みつけた。

大量のアドレナリンが血中に溢《あふ》れだし、疲れも眠気も一瞬にして吹き飛んだ。

「五分です」

小沼が現場到着までの時間を告げる。

「了解」

車が東武線の高架をくぐりぬけて左折、四百メートルほど走ったところで神社前をふたたび左折してもう一度高架をくぐった。小町はサイレンを切った。南から回りこむ恰好《かっこう》だが、日光街道の東側は住宅密集地が広がっていて、狭い道路が入り組んでいる上、一方通行が多い。

スーパーを通りこし、東側にある駐車場入口から乗りいれた。左前方に赤色灯を回しっぱなしにしているパトカーが二台、右前方に一台見えた。

「早いなぁ」

小沼がつぶやく。

「感心してる場合か」小町は左に停《と》まっている二台のパトカーを指さした。「とりあえずあっちへ」

小町たちの車につづいて、さらに二台のパトカーが駐車場に入ってくる。強制猥褻《わいせつ》事案の場合、被害者女性が怪我《けが》をしていることが多く、被疑者の身柄が確保できないとさらなる危険を呼ぶ恐れがあった。

通信指令室に現場到着《げんちゃく》、車から離れる旨を伝え、小沼が車を停めた。ドアを開け、飛びだしたとたん、右前方に見えたパトカーの方から大声が響いた。

「いたぞ」

小町は舌打ちした。

「あっちか」

叩《たた》きつけるようにドアを閉め、駆けだした。

ブランド物の黒いレザースニーカーは夏のボーナスで新調した。消費税込みで八万円を超え、決して安くはなかったが、軽くて丈夫、できるビジネスパーソン風のスーツにも合わせられるし、被疑者を追いかけるときに全力疾走もできる。しかも腰に拳銃《けんじゅう》、手錠、警棒をつけ、スマートフォンと受令機をポケットに入れたまま、である。

小町の周囲には小沼をふくめ数人の警官が走っていた。いずれもアスファルトの上でどたどた足音を轟《とどろ》かせている。厚い靴底は足を保護してくれるし、暴れる被疑者を蹴《け》っ飛ばすのにも便利だが、走りにくい。いまだかつて足が速いと感じたことのない小町が先頭を切っていたのはレザースニーカーの恩恵も何パーセントかあるだろう。

小町たちにつづいて臨場した二台のパトカーはいずれも、いたぞと声がした方に寄せていた。無線連絡があったのではなく、警官たちが駆けよっていく先に車首を向けたに違いなかった。

駐車場を横断し、パトカーが停まっている辺りに近づくと、まるで伝言ゲームのように大声が響きわたった。

「確保」

「確保」

「確保」

小町がたどり着いたときには、ベージュのコートを着てオレンジ色のリュックサックを背負った小柄な男が二人の制服警官に両腕をつかまれていた。年齢は四十歳くらいか。ひたいは禿《は》げあがっているが、髪は長く、背中の中ほどまでありそうだ。まとめてはおらず、だらしなく広がっている。蒸し暑い時期ならかなり鬱陶《うっとう》しそうだ。目が細く、口元には不気味な笑みを浮かべ、なぜか右手に財布を持っていた。

被害者のものかしらと小町は思った。

被疑者の右腕を取っている警官が怒鳴りつける。

「笑ってる場合か」

男はぎょっとしたように目を剝《む》いたが、すぐに口を尖《とが》らせ、財布を振りまわした。

「金払えばいいんでしょ、払えば」

何をいっているのかよくわからなかったが、どうやら財布は被疑者のものらしい。

駐車場を横断してきた警官の中には両膝《ひざ》に手を置き、肩で息をしている者もいた。女性警官の姿も見える。

小町の心臓はいまだ全力疾走をつづけ、胃袋がひっくり返りそうになっていたが、部下の手前、背を伸ばして平然としていなくてはならない。

小沼はひたいをスーツの袖で拭《ぬぐ》い、アスファルトの上に唾《つば》を吐いた。見て見ぬ振りをする。

「遅かったか、チクショウ」

駆けつけるなり吐きすてたのは、部下の一人浜岡《はまおか》だ。八ヵ月前に機動捜査隊浅草分駐所に配属になったのが刑事としての初任だが、見違えるほどにらしくなってきている。

浜岡の相勤者はベテランの辰見《たつみ》だが、姿が見えなかった。

「辰見部長は？」

「被害者《マルガイ》の方にいます」

浜岡は肩越しに小町たちの車を停めた方を指した。目をやると辰見、浜岡組に割りあてた捜査車輛が停まっている。先着していた二台のパトカーのそばには警察官たちが集まっていたが、辰見はぽつんと離れ、しゃがみ込んでいた。右手を口元に持っていくとオレンジ色の光が強くなった。タバコを喫《す》っているのだ。

吐きだした白い煙が見えるくらい周囲は明るくなっていた。

「やっぱり持ってる刑事《デカ》は違うねぇ」辰見がいい、にやにやしながら周囲を見まわす。

「これだけの大捕物は滅多にないぜ」

スーパー駐車場の一角に集まったパトカーは合計六台。そのうち三台はシルバーのフォードアセダンで所轄署の刑事課のほか、機動捜査隊の車輛が二台だ。白黒ツートンのパトカーはそれぞれ最寄り交番、所轄署の地域課、自動車警邏《けいら》隊に所属している。集まった警察官の数は制服、私服とりまぜ二十名近い。

腕組みした小町は制服警官に囲まれている被疑者を見ていた。

小町は刑事になりたての頃から持っているといわれてきた。最初にいいだしたのは初任地の上司だ。

刑事の中にはいくら熱心に街を歩き、懸命に仕事をしてもなかなか事件にぶち当たらない者もいれば、とくに何をしているわけでもないのに次から次へと事件が飛びこんでくる者もいる。

警察官である以上、担当地域が平和で事件が起こらないのが望ましいのかも知れない。だが、人々が密集し、肩を寄せ合うどころか押しつけ合うようにして生活している以上、事件は起こってしまう。

刑事でありながらめぼしい事案に遭遇することなく、検挙実績が上がらなくても怠けているとか、能力がないとはみなされない。単に持ってないといわれるだけだ。運がいい、悪いでもなく、また、本人が望むと望まないとにかかわらず事件の方が寄ってくるため、単に持っているとしかいいようがなかった。

「まあ、誰も怪我しなくてよかったじゃないの。何とも間の抜けた話ではあるが」

辰見はそういったあと、忍び笑いを漏らした。小町がきっと睨むと辰見は両手を顔の前に立てた。

「防護壁《バリアー》」

来年還暦を迎える男とは思えない仕種《しぐさ》に小町は首を振り、被疑者に近づいた。

辰見のいう通り何とも間の抜けた強盗事件ではあった。ことの始まりは被害者である女がインターネットの掲示板に出した告知にある。

〈私が今はいてるパンツを買ってください。あなたの見ている前で脱ぎます。一万円〉

購入希望者が女にメールを送り、女が返信をして待ち合わせの時間と場所を決める。取引は女の車の中で行われる。つまり客が来ると女はパンツを脱いで渡し、一万円を受けとるのだ。

どれほど売り上げがあるのかと思うが、少なくとも一人はやって来た。それが大騒動の末、強盗容疑で逮捕された被疑者だ。

男はパンツを受けとると金を払わずに車を飛びだして逃走、逆上した女が一一〇番通報をした。最寄り交番からパトカーがやって来た時点で男は逃げだしそうなものだが、なぜか駐車場のはずれに停めてあった車の陰に隠れ、ことの成り行きを見守っていたらしい。

一一〇番した女も、次々に臨場するパトカーを他人ごとのように眺めていた男も、ともに小町の理解を超えている。

「だから金を払うっていってるじゃないですか。金さえ払えば、罪にはならないでしょ」

被疑者がぼそぼそといっているのが聞こえた。

少なくとも万引きはやってるなと小町は思った。

万引きは立派な窃盗事犯なのだが、罪の意識のない被疑者が多い。金を払わずに店を出ただけだから代金さえ支払えば、そもそも犯罪にならないと考えているのだ。だが、立派な窃盗罪で、警察官が臨場すれば、逮捕せざるを得ない。

中年の大柄な警官はすっかり呆《あき》れきった顔をしていった。

「あんたのやったことは強盗になるんだよ。たまたま被害者が怪我しなかったからよかったようなものの、強盗致傷ともなれば重罪だぞ」

それを聞いた男が警官に食ってかかった。

「だって詐欺だったんですよ」

そのときパトカーと向かい合わせに駐車していた黒い軽自動車のドアが開き、白のダウンジャケットを羽織った女が降りた。

「詐欺って何だよ、てめえ」

警官のうち、何人かがそっぽを向く。噴きだしそうになったところを見られるわけにはいかない。

女はもともと太っている上にダウンジャケットを着ている。その姿は外国製タイヤメーカーのマスコットそっくりだ。派手に化粧をした顔はぱんぱんに膨れあがり、真っ赤な口紅を塗りたくった口を大きく開けている。

男がいい返した。

「掲示板には二十八歳って書いてあった」

「二十八だから二十八って書いて、どこが悪いんだ」

どう見ても四十代、あるいはそれ以上かも知れない。女の車から降りてきた女性警察官が後ろから腕をつかむ。

「それにお前みたいなブ……」

一人の警官が被疑者の口を押さえた。あとにつづくのがタにしろ、スにしろまた一悶《ひともん》着《ちゃく》起こるのは間違いない。

すぐそばに立っていた背広姿の男が大欠伸《おおあくび》をして、首を左右に倒す。所轄署で当直に就いている刑事だ。初動捜査を主任務とする機動捜査隊は被疑者の身柄が確保され、所轄署の刑事が事件を引き継いだ時点で、ふたたび警邏をはじめるか、とりあえず分駐所に引きあげる。

小町は部下たちが固まっているところに戻った。

機動捜査隊浅草分駐所の稲田班は、班長の小町をふくめ六名で構成されており、そのうちの四名が臨場していた。

小町は小沼、辰見、浜岡の前に立った。

「あとは綾瀬警察署《PS》にお任せして……」

小町は腕時計を見た。午前七時半になろうとしている。

「我々は分駐所に戻ろう」

「了解」

辰見が答え、あとの二人はうなずいた。小町は小沼と車に戻り、助手席に座ってシートベルトを留めた。エンジンをかけた小沼が首を振る。

「残念だよなぁ」

「何が？」

「持ってるデカが臨場したんだから大きな事件《ヤマ》じゃないかって期待したんですよ」

「警察官が犯罪を期待してどうするの」

たしなめたものの小町も少々落胆していた。昨日からの当務中、事件らしい事件に遭遇していない。

たまにはこんな日もあるよ——小町は胸のうちで小沼にいった——平和な夜を過ごせてよかったじゃない。

間もなく分駐所に到着するというとき、無線機のスピーカーから緊迫した声が流れだした。

〝至急至急……〟

第一章　緊急配備

1

手の中に握りこんだ携帯電話が振動する。平和男《たいらかずお》は二つ折りの電話機を開き、耳にあてた。

「はい」

「位置につきました」

路地に入った種田《たねだ》が被疑者が親といっしょに住むマンションの裏手を見張る場所についたことを知らせてきた。

「人影は？」

「ありません」

「了解。待機しろ。間もなく着手する」

「はい」

平は電話を切った。

西日暮里《にしにっぽり》の入り組んだ路地の一角にある町工場の前に白いレンタカーを停めていた。助手席に平、運転席に斉藤《さいとう》、後部座席に牧野《まきの》が座っている。先に降りた種田はマンションの周囲をチェックしたあと、昨日のうちに下見をしておいた場所に行き、電話をかけてきたのである。

「慣れない土地だが、パクるのはいつもと同じだ。落ちついて行動しよう。くれぐれも受傷事故には気をつけてくれ」

牧野、斉藤はそろってうなずいた。

平が苦笑する。

「緊張しなくていいというつもりだったが、どうやらおれが一番緊張してるみたいだ」

牧野と斉藤がちらりと笑みを浮かべた。

四人は函館《はこだて》港町警察署刑事生活安全課に所属している。刑事係長の平が警部補、三人の部下のうち牧野が巡査部長、斉藤と種田は巡査だった。

被疑者は湯原宏忠《ゆはらひろただ》、四十五歳。容疑は女子中学生の着替えシーンを収録したＤＶＤを譲渡した疑い――いわゆる児童ポルノ法に違反している。平たちの狙いは児童ポルノだけではなかったが、逮捕状が取りやすかった。

少年少女を対象とした児童ポルノは国際的に規制が厳しく、日本では児童買春・児童ポルノ処罰法が平成十一年に施行された。今年、平成二十七年の夏までは単に所持しているだけでは罰する規定がなかったが、七月十五日に改定され、所持罪が加わっている。もっとも湯原は代価をとって頒布しているのでより罪は重い。

平と牧野が先に車から出た。夜が明けて間もないだけにいくら北海道から来たといっても冷気はしみる。平はコートのポケットに両手を突っこみ、首をすくめた。

その様子を見ていた牧野がいう。

「意外と冷えますな」

部下の中では最年長だが、それでも四十代半ば、平から見れば五歳年下である。しかし、地味な顔立ちをしているので並んで歩いていると平の方が若く見られることが多かった。斉藤が三十代半ば、種田に至っては来年三十歳になる。

「おや？　牧さんは稚内《わっかない》の生まれじゃなかったっけ」

「どこの生まれだって、寒いものは寒いですよ」

車を停めた路地を出たが、顔を上げないように気をつけた。すぐ左に湯原の住むマンションがある。六階建てで、湯原の部屋は四階にあった。今、平と牧野が歩いている道路に面して通路があり、腰高の壁が設けられていた。たまたま被疑者が通路に出ていて、顔を上げた瞬間に目が合う可能性もないとはいえない。はるばる東京までやって来て、目の前で逃げられる事態は避けたい。

函館市内で逮捕した窃盗犯の所持品にくだんの違法ＤＶＤがあり、入手経路を追及して湯原の名をつかんだ。証拠品を押収、所持していた男の証言もそろえて湯原の逮捕状を請求したのである。

湯原の居住地が東京であろうと逮捕状を取ったのが函館港町警察署である以上、平たちが逮捕する。事前に道警本部の捜査共助課を通じて警視庁に連絡は入れてあるが、逮捕は平たちだけで行い、身柄は函館へ運ぶ。

　二人は素早くマンションの一階に入った。

　突き当たりにエレベーターがあり、左奥に裏口があった。マンションの西側にある非常階段は裏口を出ると上れるようになっていた。

「それじゃ」

　牧野が裏口に向かった。平はエレベーター、牧野が非常階段でそれぞれ上がっていき、四階のエレベーター前で落ちあうことは打ち合わせてあった。エレベーターは最上階に停まっている。コールボタンを押した平は入口をふり返った。すでに斉藤も車を降り、マンション正面を見張れる位置についているはずだ。

　エレベーターの扉が開き、平は中に入ると4と記されたボタンを押した。肩幅が広く、がっちりした体つきの上に年齢相応の脂肪が巻いていた。箱の中が狭く感じられた。

　両手で頰《ほお》をばしばし叩き、気合を入れた。

　四階に止まって扉が開くと牧野が待っていた。息を切らしてもいない。

「誰も下りてきませんでした」

「よし」平はうなずいた。「行こう」

　通路を歩きながら平は道路を見下ろした。電柱の陰に立ち、腕組みしている斉藤の姿が見えた。

　突き当たりの一つ手前が湯原の住む部屋である。２ＤＫで間取りは調べてあった。入口から見て正面がリビング、突き当たりは大きな窓とベランダになっていて、外から種田が見張っている。

　４０５と数字だけが貼《は》りつけてあるスチールドアの前に立ち、平は呼び鈴のボタンを押した。くぐもったチャイムの音が聞こえ、つづいて女の声が聞こえた。

「はい。ちょっとお待ちください」

　間もなく鍵を外す音がして、ドアが開いた。すかさず牧野がドアの縁に手をかける。顔を出した小柄な老女——湯原の母親が平を見て、眉間《みけん》にしわを刻んだ。

「どちら様?」

　平はワイシャツの胸ポケットから警察手帳を抜き、開いて身分証を提示した。

「函館港町署の者です」手を下ろし、母親の目を見て言葉を継いだ。「宏忠さんはいらっしゃいますね」

「はあ」

「お目にかかりたいのですが」

「まだ、寝てると思いますけど。昼過ぎにならないと起きてこないんです。昔は真面目《まじめ》な子だったんですけどね」

「すみません」平はさえぎった。「お願いします」

「わかりました」

母親が室内に戻るのに合わせて、平は三和土《たたき》に入った。平の後ろに牧野が立つ。やがて灰色のスウェット上下を着た小柄で貧弱な体格の男が出てくる。男女の違いがあるにせよ、体型は母親に似ていた。寝ているという母親の言葉に嘘《うそ》はなかったようでまぶたが腫《は》れぼったく、欠伸をしながら平の前までやって来て、訊《たず》ねた。

「どこから来たって？」

無精髭《ぶしょうひげ》を生やし、油っ気のない髪を掻《か》きむしる。

平は上着の内ポケットに入れた逮捕状を取りだし、湯原の前に差しだした。フラッシュが光り、湯原が目をしばたたく。

牧野が逮捕状を提示した瞬間を撮影したのだ。裁判が始まってから逮捕状を見せられていないといいだす被疑者もいるためだ。

「函館港町署だ。あんたに逮捕状が出てる」

「函館？」湯原は面倒くさそうな顔で口元を歪《ゆが》める。「何だって、そんな遠くから来るんだ」

「それは外で話した方が……」

湯原の後ろに母親が立っているのが気になった。目を見開き、息子の背に向かって中途半端に差しだされた手がぶるぶる震えている。

ふいに母親が湯原の腕にすがりついた。

「逮捕って、どういうこと」

「うるさい」

そういうなり湯原は母親に腕を回し、躰《からだ》を入れ替えて平に押しだした。母親が悲鳴を上げ、平に向かって倒れかかってくる。思わず抱きとめ、顔を上げた。

「ゆは……」

怒鳴りつけようとした声が途切れた。

湯原が構えた拳銃の銃口をまともにのぞきこんでいた。母親を抱えたまま、躰を低くすると同時に怒鳴った。

「牧さん、伏せろ」

直後、頭上で銃声が弾《はじ》けた。玄関内の空気が倍に膨れあがったようで鼓膜が圧迫される。

ふり返ると牧野が両手で頭を抱えているのが見えた。

「怪我は?」

「大丈夫です」

その間に湯原はリビングを横切り、ベランダにつづく窓に取りついていた。平はしゃがんだまま母親を牧野に渡した。

「母さんを連れて、玄関の外へ」

「はい」

玄関の端からのぞきこんだときにはベランダにつづく窓が開けはなたれ、カーテンが風をはらんで膨らんでいた。

靴のまま上がりこみ、リビングを見まわす。右手に開けっ放しの引き戸があり、畳の上に敷いた布団が見えたが、湯原の姿はない。

ベランダに出て、下をのぞきこんだ平は息を嚥《の》んだ。となりのマンションとの間は一メートルもない。湯原はその間で腕と足を突っ張り、すでに二階下まで下りていた。マンションの壁には血の跡がついていた。湯原は裸足《はだし》だ。

左に目をやると路地にいた種田が塀を乗りこえようとしていた。

「種田」

顔を上げた種田に右手で銃の形を作って示した。

「拳銃《チャカ》」

種田がうなずくのを確かめると平は玄関にとって返した。

三和土を踏み越え、部屋を飛びだすと通路には尻餅《しりもち》をついたような恰好で牧野が湯原の母親を抱えていた。母親は牧野の腕にしがみついている。

「母さんに怪我は？」

「大丈夫そうです」牧野は身じろぎし、携帯電話を取りだした。「どうします？」

逮捕状執行前に逃げられたり、被疑者の所在を再三確かめたにもかかわらずいざ乗りこんでみると不在だったりというケースはままある。落胆し、腹も立つが、出直すよりしようがない。だが、逮捕状執行後に逃げられると逮捕容疑に逃走罪が加わり、湯原のように拳銃を発射したとなれば、加重逃走罪であり、さらに重罪になる。また、新たに拳銃の不法所持、銃刀法による発射罪を現認したことになる。

一方、ここは東京、管轄外というだけでなく、函館港町署ひいては北海道警察の面子《メンツ》の問題もからんでくる。だが、湯原が拳銃を持ったまま逃げている以上、ぐずぐずしている暇はない。

「緊急配備《キンパイ》、頼む」

平は答え、駆けだした。

エレベーター前に来たとき、上昇中のランプが灯《とも》っているのを見て、そのまま非常階段に向かった。湯原は窓から逃げだした。玄関ホールに降りるより裏へつながる非常階段を降りた方が早い。

四階、三階と駆けおり、踊り場から二階に向かったとき、銃声が響いた。

階段は半分ほどを残していたが、踊り場に飛びおり、壁にぶつかって方向転換、ふたたび半分下りたところで飛びおりるのをくり返し、一階に出た。ちょうど裏口の扉を開けた斉藤が裏庭に飛びだそうとしていた。

腕をつかんだ。

「奴《やつ》はチャカを呑《の》んでる」

斉藤を後ろにやり、壁際に張りついて裏庭をのぞいた。思わず罵声《ばせい》が漏れた。

「クソッ」

前のめりに倒れ、背を丸めている種田が見えた。

ふり返った。

「種田の様子を見て、路地をチェックしてくれ。おれはこっちへ行く」

平は左を指さした。となりのマンションと住宅の塀の間に五十センチほどの隙間《すきま》があった。

「はい」

「牧さんがキンパイかけてる。くれぐれも気をつけろ」

「係長も」

うなずくと塀とマンションの壁の隙間に飛びこんだ。躰を横向きにしても背中や腕がざらついた壁にこすれた。足元には半ば枯れ、ちょぼちょぼとしか生えていない雑草と得体の知れないゴミが落ちていた。

マンションの角まで来て、左を見たとき、血まみれの足が塀の陰に引っこむのが見えた。またしても躰を横向きにし、あちこちをこすりながら走った。塀の角まで来て、右をのぞきこむ。横走りしている湯原が見えた。

「待て」

怒鳴りつけると湯原は振り向きざま銃を撃った。頭上を唸《うな》りが通りすぎ、その間に湯原は逃げた。

こめかみがふくれあがった。

唸り声とともに走りだす。塀の間を抜けるとぽかんと空き地があった。住宅一軒分ほどの広さしかなく、四方をマンションや二階建てのアパートに囲まれている。右前のマンションのわきに飛びこむ湯原の背中が見えた。

空き地を斜めに横切り、湯原が飛びこんだマンションわきをのぞきこむ。もう身を守ろうという意識もなかった。またしても湯原の背中が見え、右の方へ行くのが見えた。マンションの角に達して、右を見ると別の住宅の塀が立っていて、その先はとても人が通れるほどの隙間はなかった。

まるで毛細血管のような街だ。

塀の前まで来て、左を見て愕然《がくぜん》とする。車が一台通れそうな路地になっているのだ。塀際を通りぬけ、路地の出口で左右を見た。

いた。

湯原は右前方の住宅の間にまたしても躰をねじこんでいる。

追いかけるしかない。狭苦しく、直角に曲がった毛細血管の間を右に左に曲がりながらちらちら見えつづける湯原の背を追った。

住宅の前にある駐車スペースを走りぬける湯原との距離は数メートルにまでなっていた。湯原は握りしめた拳銃を上下に振りながら走っており、ふり返ろうともしなかった。駐車場を横切り、塀の間に飛びこんだとき、ほんの一メートル先に湯原がいた。転んで立ちあがったところだった。

地を蹴り、湯原の背中を突き飛ばそうとしたが、数センチの差で届かなかった。たたらを踏んでいる間に湯原が駆けさっていく。

住宅のわきを抜けるとまたしても車の通れそうな路地に飛びだし、それが斜め右に延びていた。突っ切ると片側一車線の車道に出て、並行して高架があった。轟音《ごうおん》とともに電車が通りすぎる。

車道を突っ切った湯原は高架下に入った。

追いかけようとしたとき、右から来たタクシーが急ブレーキをかける。何とか踏みとどまった鼻先を止まりきれなかったタクシーが通りすぎた。左右を素早く確認し、車道を渡る。そのときには湯原は数十メートル先で高架下に飛びこんでいた。

「南無《なむ》……」

声を圧《お》しだし、走りだす。

高架下の空き地は金網のフェンスに囲まれていた。湯原が飛びこんだところに達し、高架下をくぐり抜けた。

左斜め方向に車道がつづいていたが、湯原の姿は見えない。左右にはまたしても毛細血管の街が広がっている。

どこへ飛びこんだか……。

平は息を切らしながらも必死に左右に視線を飛ばしていた。

「クソッ、クソッ、クソッ」

平はワイシャツのポケットから携帯電話を取りだすと牧野の番号を呼びだした。

「はい」

「今、鉄道の高架をくぐったところだ。何線かわからんが、そこで湯原を見失ってしまった」

「落ちついて、係長。息を大きく吸って」

そんなことしてる場合かと思ったが、牧野のいう通りだ。目をつぶり、大きく息を吸ってゆっくりと吐きだした。

牧野が言葉を継ぐ。

「京成線《けいせい》です。ここから数分以内にある線路はそれだけです。まわりに目立つ建物はありませんか」

平は周囲を見まわした。

「とくにこれといってないが……」

徐々に落ちつきを取りもどし、打ち合わせのときに検討した地図を思いうかべた。

「湯原は西へ向かった」

「ちょっと待ってください」

耳元にがさがさという音が聞こえる。牧野が資料を開いているのだろう。唇を嘗《な》めた平は声を圧しだした。

「種田は？」

「左足を撃たれましたが、命に別状はありません。救急車が来て、搬送しました」

そのときになってそこら中でサイレンが鳴り響いているのに気がついた。

「湯原の母親は？」

「怪我はありませんが、かなりショックを受けているようで、こちらも救急搬送しました。西へ向かったといわれましたよね？」

「たぶん……、いや、間違いなく西に向かった」

「ガード下を抜けた？」

「そうだ」

「新三河島《しんみかわしま》の駅から日暮里よりに少しいったところにいると思います……」

言葉を切った牧野が罵《ののし》る。

「どうした?」

「その先に小学校があるんです」

こみ上げてくる罵声《ばせい》を何とか嚙《か》み殺す。いくつものサイレンが交錯《こうさく》している理由がわかった。

拳銃を持った逃走犯を見失った先に小学校……。

脳裏に浮かんだ最悪の事態を圧し殺した。今はあれこれ思い悩んでいる暇はない。湯原の追跡が最優先だ。

「また、電話する。そっちも何かわかったら電話をくれ」

「わかりました」

電話を切った平は駆けだした。

2

〝至急至急、第六方面本部から各移動、荒川区西日暮里一丁目……〟

緊迫した声が流れたとたん、小沼がブレーキを踏み、捜査車輌がつんのめり、小町はとっさに伸ばした手をダッシュボードについて躰を支えた。

「乱暴だな、もう」

ぶつぶついう。

車は泪橋《なみだばし》交差点を土手通りに入り、右前方には機動捜査隊浅草分駐所が置かれている鉄筋コンクリート四階建ての交番——かってマンモス交番と呼ばれた——が見えていた。

だが、小沼は早くも車を停め、右にウィンカーを出して転回させはじめていた。

〝加重逃走事案が発生〟

小町はサイレンと赤色灯のスイッチを入れた。すぐ後ろについていた辰見、浜岡の車も小町たちにつづいて車首を巡らす。

〝被疑者《マルヒ》は湯原宏忠、四十五歳。身長百六十五センチ、やせ形、上下灰色のスウェットを着用、裸足。なお、マルヒにあっては拳銃を所持しており……〟

通信指令室からの連絡が途切れると小沼がハンドルを平手で何度も叩いた。小町はぎょっとして小沼を見た。歯を食いしばり、真っ赤な顔をしている。

「どうしたの？」

「いってもいいっすか」

「何よ？」

「持ってるデカ、来たぁ」

「馬鹿いってんじゃないの」

だが、小沼は相変わらず真剣な表情でルームミラーを見上げていた。

「伊佐《いさ》部長たちも飛びだしてきましたよ」

小町は後ろを見やった。屋根から飛びだした赤色灯を明滅させて、分駐所からシルバーグレーのセダンが土手通りに出てくる。乗っているのは、稲田班の伊佐、浅川《あさかわ》組だ。

あと一時間半で交代だったのに……。

小町は小さく首を振り、無線機のマイクを取った。口元に持ってきて、送信ボタンを押す。

「六六〇三《ろくろくまるさん》から本部」

〝本部、六六〇三、どうぞ〟

「六六〇三にあっては加重逃走の現場に車首向けます」

〝本部、了解〟

その間に伊佐、浅川組のセダンは加速し、先行する二台との距離を一気に詰めてきた。

三台の捜査車輛はつながって泪橋交差点を左折、都道四六四号線を経て、三ノ輪《みのわ》二丁目の交差点にかかった。小沼がスピードを緩め、小町は左側に目を向けた。タクシーとトラックが並んで止まっている。

「左、よし」

「右もＯＫです」

交差点に進入し、斜め右に延びる明治通りに入ると小沼はふたたびアクセルを踏みこんだ。

〝至急至急、第六方面本部から各移動。午前七時三十七分、マルヒを失尾《しつび》。現場は京成線新三河島駅南西のガード下付近〟

一瞬にして車内の温度が数度下がった気がした。どこの誰が逮捕しようとして逃げられたのか知らないが、拳銃を持ったまま逃げている被疑者の追跡に失敗したというのだ。

明治通りを疾駆する捜査車輛は数分で明治通りと尾竹橋《おたけばし》通りが交わる宮地《みやじ》交差点を通りすぎ、前方に京成線の高架が見えてきた。新三河島駅は明治通りの上に位置している。

小町はサイレンのスイッチだけを切って、小沼に指示した。

「駅の手前を左に入って」

「はい」

小沼はハンドルを切った。小町はふたたび無線機のマイクを取った。

「六六〇三、現着。これより車輛で検索に入る」

〝本部、了解〟

マイクをフックに戻し、カーナビのディスプレイに目をやった小町は舌打ちした。

「どうしたんですか」

小沼が訊《き》いてくる。

「マルヒを失尾した先に小学校がある」

「まずいっすね」

「とりあえず小学校まで行こう。そこで警戒にあたる」

緊急配備と同時に警視庁から荒川区に連絡が行き、記者クラブを通じてマスコミ各社に発表されているのは間違いない。加重逃走犯の身柄を確保することも重要だが、万が一、そして最悪の事態は避けなくてはならない。

時刻は七時半を回っていた。早めに登校する児童はすでに家を出て、学校に向かっているだろう。

小町は知らず知らずのうちに唇を噛みしめていた。


町工場と住宅が建ちならぶ三叉路《さんさろ》で平は立ち尽くしていた。真後ろにはたった今くぐり抜けてきた高架があり、左に行く路地も高架下へつづいている。

戻ったか——逃走するのであれば、電車を使うことも考えられた。

正面に視線を戻した平はぎょっとした。住宅街の狭い道路をランドセルを背負った女子児童が二人、お喋《しゃべ》りをしながら歩いている。

大柄な平が血相を変えて駆けよると二人の小学生は目を見開いて立ちすくんだ。警察手帳を出し、バッジと身分証を提示した。

「驚かしてごめん。おじさんは警察官だ。二人の家は近いのかい？」

できるだけ優しくいったつもりだが、小学生たちは身じろぎ一つしないで平を見返している。無理矢理笑みを浮かべた。

「今すぐ家に帰って、ドアにしっかり鍵をかけて外に出ないようにしなさい。学校から連絡があるから、それを待つように。それと家族の人にも家から出ないようにといってくれるかな」

二人は顔を見合わせただけでなおも動こうとしない。

平は声を張った。

「早くうちに帰りなさい」

あわてて身を翻した二人が駆け去っていくのを目で追った。周囲にも視線を飛ばす。心臓がかすかな痛みをおぼえるほどに打っている。とりあえず二人ともすぐ近くにあったマンションに駆けこむのを見送ると平は携帯電話を取りだし、牧野につないだ。

「はい」

「小学校への連絡は済んでいるのか」

「所轄を通じて連絡がいっていると思いますが、各家庭に伝わるまで時間がかかるでしよう。あとはテレビが速報を流しているはずです」

「たった今、登校中の児童を自宅へ帰したところだ」

平は二人の児童が向かおうとしていた方向に歩きだした。おそらく小学校は今歩いている道路の先にあるに違いない。

「ちょうど登校時間ですね」

それだけではない。周囲にはJR線、京成線、舎人《とねり》ライナーの駅があり、通勤客がそれこそ何千人と押しよせているに違いない。そうした中に拳銃を持った湯原が紛れこもうとしている。

背筋を悪寒が走り、思わず首をすくめた。

「牧さんはまだ湯原の住処《ヤサ》か」

「はい」

「所轄は?」

「荒川PSですね。つい先ほど最寄り交番から二人来まして、事情を話しているところです」

「わかった。向こうから要請があれば、牧さんが所轄に行ってくれ。おれは周辺検索をつづける」

「了解しました」

そのとき、ふと思いだした。マンションの壁づたいに湯原が下りていったあと、壁に血の跡がついていた。

「湯原は裸足で、足を負傷して出血している。警察犬を要請してくれ」

そういいながらもすでに警視庁は警察犬を出動させているだろうとは思った。徒歩で逃走した被疑者が裸足であることは伝えてあるのだ。

あらためて道路を見まわしたが、路上に血痕らしきものは見当たらない。

「了解。ほかには？」

「今のところはない。何かあれば、また」

電話を切り、つづけて斉藤の番号を呼び出した。最初の呼び出し音でつながる。

「はい」

「種田の具合は？」

「左太腿《ふともも》の肉を削られましたが、骨や動脈にはいってません。救急車に乗せましたが、意識はしっかりしています。係長に申し訳なかったと伝えて欲しいといってました」

申し訳ないのはこっちだと平は思った。

「わかった。それでお前は今どこにいる？」

「牧野主任から係長が線路の方にいるといわれました。今、新三河島の駅のそばです」

「地図は持ってるか」

「はい」

「日暮里の方に向かって、線路の北側に小学校がある」

「ひゃっ」

斉藤がおかしな悲鳴を上げた。

「そこの校門で落ちあおう。途中、検索しながら来てくれ。それと通行人、とくに登校中の小学生を見かけたら声をかけて、凶器を持った犯人が周辺に潜伏している恐れがあると注意をうながしてくれ。ただちに家に戻って、出ないようにって」

「わかりました」

「それじゃ、あとで」

電話を切った。

上空を通過していく爆音に顔を上げた。ヘリコプターがゆっくりと通りすぎていく。テレビ局が飛ばしているのだろう。

すぐ目の前にリュックサックを背負った男の子が出てきた。平は警察手帳を手にして、駆けよった。

「そこを入って」

小町は右前にある京成線高架下への入口を指した。

「はい」

捜査車輛を減速させた小沼が車を右に入れる。小町は後ろを見た。二台の車もあとにつづいている。

高架をくぐり抜け、少し行くと左に制服警官が手を振り、左へ行くように指示した。小沼がうなずき、車首を左へ向ける。右側には水色の金網を張ったフェンスに囲まれたグラウンドと校舎があり、屋上に創立九十周年と小学校の名を記した看板が並んでいた。門の前に赤色灯を回しっぱなしにしたパトカーが停まっていた。門やフェンスの周辺には数人の制服警官がいた。

「パトカーの後ろへ」

小沼が車を停めると小町は無線機のマイクを取って、送信ボタンを押す。

「六六〇三から本部」

〝本部、六六〇三、どうぞ〟

小町は小学校の南側にある門のそばに到着し、これから車を離れる旨を告げた。マイクを戻し、車を降りて車の後部に立つ。二台目から辰見と浜岡、三台目からは伊佐と浅川が降りてくる。運転席を降りてきた小沼もふくめ、全員が小町を囲む。

「私と小沼はここで車から離れて徒歩検索に入る。あとは引きつづき、車で回って」

五人の男たちがうなずいた。小町はひょいと手を伸ばし、辰見の襟をめくった。上着の下にはスタンドカラーのシャツを着ているだけだった。

「やっぱりね。車に乗る前に防弾チョッキを出して着用するように」

小町は手を離した。

「了解」

「それと……」

「わかってます」辰見はうなずき、両手を広げて見せた。「ちゃんと拳銃《チャカ》も携行します」

機動捜査隊の隊員は当務中、防弾チョッキを着用し、拳銃の携行が義務づけられているる。だが、辰見は肩凝りがひどいといって携行していないことが多い。

「後ろを開けてくれ」

辰見は浜岡にいうと捜査車輛の後部に回った。運転席に戻った浜岡がトランクを開ける。上着を脱ぎ、防弾チョッキを身につける辰見を見ながら小町は警察手帳を出し、ショルダーホルスターに留めてあるストラップを外した。警察手帳は二つ折りになっていて、身分証とバッジがはさんである。外したストラップを警察手帳にある穴に留め、バッジが表に来るように首から提げた。

伊佐、浅川組の車がわきを通りぬけていき、トランクを閉めた辰見が上着の前を開いて見せる。うなずき返すと辰見が乗りこみ、車が動きだす。

小町は受令機のイヤフォンを耳に挿《さ》し、小沼をふり返った。

「西から回って。私は東から行く。とりあえず校門の前で落ちあいましょう」

「了解」

小沼が離れていき、小町はフェンスに沿って歩きだした。先ほど小町たちを誘導した警官のそばに寄る。相手が敬礼したので、無帽だったが、ひたいのわきに軽く手をあてた。

「ご苦労さま。学校は休みになったの？」

「はい」警官が顔を曇らせる。「ちょっと遅かったようです。すでに自宅を出ていたり、登校していた児童もおりました」

「もう学校に来てる子は？」

「職員室に一番近い教室に集めて、先生が付き添っています。ほかの教職員は保護者への連絡をしている最中ですが、全員の無事が確認できるまでしばらく時間がかかりそうです」

「そうだろうね。校門はこっちでいいのね？」

小町はフェンスに沿って延びる道路を指さした。

「そうです」

「ありがとう」

小町は歩きだした。

道路の右側には住宅がびっしりと建ち並び、ぽつりぽつりと町工場が混じる。その間には自動車が一台ようやく通れそうな路地が走っていた。徒歩である以上、住宅と住宅の隙間を移動することも身を潜めることも可能だ。

歩きながら被疑者の特徴を思いかえした。

湯原宏忠、四十五歳。身長百六十五センチでやせ形、服装は上下グレーのスウェット、そして裸足だ。左耳に挿したイヤフォンからはひっきりなしに指令が流れていたが、被疑者に関する新しい情報はない。

町工場の敷地内にもくまなく視線を飛ばしたが、グレースウェット姿の男は見当たらなかった。町工場を過ぎると四階建てのマンションだった。外付け階段にも目をやったが、腰高の壁になっており、その内側でしゃがんでいたとすれば見つけることは不可能だ。たまたま部屋を出てきた住人が湯原とかち合えば……。

悪い方向へ想像はいくらでも進む。思いをふり払い、マンションの前を通りすぎたとき、十字路の真ん中に立っている大柄な男に気がついた。相手も小町を、正確には小町が胸に提げている警察手帳を見ていた。

男が羽織っている黒のコートはあちこちにこすった跡が白くついていた。左の頰にも切り傷があり、わずかながら血が流れていた。

ぴんと来た。

「失礼ですが」小町は警察手帳に手を添え、持ちあげて見せた。「そちらは？」

男は手にしていた警察手帳を小町の目の前にかざした。

身分証には北海道警察警部補とあった。

「ヘイワオトコ？」

「平《たいら》」一拍おいた。「和男です」

小町は目を上げた。

「それじゃ、加重逃走事案は？」

「そう」平は小町と同じように警察手帳を首から提げていった。「まんまと逃げられて、こんな大騒動を引きおこした間抜けは私です」

小町は平を見返した。悪びれているようにも開き直っているようにも見えなかった。それどころか鋭い痛みを抱えつつ耐えているようだ。

小町は自分の左頬を指さした。

「血が出てます」

平は自分の顔に触れ、指先についた血を眺めた。

「どこでやったのかな。全然わからなかった」

平の背後から辰見、浜岡組の車が近づいてくるのが見えた。交差点の真ん中で立ち話をしていると邪魔になる。声をかけようとしたとき、平が懐に手を入れた。

「失礼しますよ」

折りたたみ式の携帯電話を取りだし、少し離れたところで耳にあてる。

小町は辰見、浜岡の車に近づいた。助手席の窓を下ろし、辰見が見上げる。

「あれは？」

「北海道警察……、函館から来たって」

「それじゃ？」

「そう」

電話を切った平が近づいてくる。

「警察犬が間もなく臨場するそうなんで湯原の住処《ヤサ》に戻れということでした」

「ちょうどよかった」

小町は辰見を手で示した。

「うちの者です。辰見部長と浜岡巡査長。こちらは函館港町署の平警部補」

互いに会釈を交わしたところで小町は平を乗せ、湯原の住処まで行くようにいった。

「ありがたくお世話になります」平が一礼する。「ところで、そちらは」

「申し遅れました。機動捜査《きそう》隊の稲田と申します」

3

小学校前の交差点から湯原のマンションまで戻るのに車だとずいぶん大回りしたように感じたが、それでも五分とかかっていない。見覚えのある通り――つい二時間ほど前、レンタカーで走っていた――に入ったとたん、平は目を剝いた。

通りの両側には白黒のパトカー以外にセダン、紺色のワンボックスカーなど数十台が停められていて、どの車も赤色灯を回している。

「壮観ですね。うちの署には正規のパトカーは三台しかない」

思わず漏らした平の言葉に助手席の辰見がふり返った。

「チャカを持った加重逃走犯が潜伏してるからね」

「すみません」

「犯人がチャカを持ってるという情報はなかった？」

わずかにためらったあと、平は答えた。

「ありませんでした」

「マルヒは何をやったんだ？」

「違法ＤＶＤ……、児童ポルノ《ジポ》の頒布です」

辰見は何もいわずに目を細めた。それだけじゃないだろうという顔つきだ。

刑事は自分がつかんだ捜査情報を他人に教えたがらない。たとえ同じ警察署に勤務している刑事が相手であっても、だ。むしろ同僚であればこそ手柄の横取りを警戒する傾向が強いともいえる。

だが、平はそうした刑事の閉鎖的な体質があまり好きではなかった。もちろん誰彼かまわず捜査情報を漏らすような輩《やから》は論外だが、同じ部署の上司、同僚、部下とはできるかぎり情報を共有したいと考えている。

もともと刑事志望ではなかったせいかも知れない。警察官になってかれこれ三十年になるが、地域課勤務が長く、交番や駐在所、パトカー乗りをしてきた。平としては街のお巡りさんとして警察官人生を全うすることこそ本望だった。

ところが、北海道警察は平成十四年に本部生活安全部の現職警部が覚醒剤《かくせいざい》取締法および銃刀法違反で逮捕される事件、翌年には複数の所轄署の不正経理が発覚した事件が立てつづけに起き、大揺れに揺れた。おかげで警察に対する市民の不信が強まり、あらゆる活動に支障を来すようになった。内部においても人事が混乱を極め、部署によっては深刻な人員不足に陥ったのである。そうした事態が巡り巡って平に刑事任用が示唆されたのである。刑事になったのは七年前、すでに四十歳を過ぎてからだ。

年齢《とし》だけは食っていたが、馴《な》れない部署で戸惑ってばかりいた上、刑事一筋という者には職人気質《かたぎ》もあって、実務上でも精神面でも苦労させられてきた。何より閉鎖体質に直面して困惑することが多かった。

「実は三ヵ月ほど前、管轄内で空き巣狙い《ノビシ》をパクりましてね。そいつがリストを持ってたんです」

　辰見の眼差しがきつくなる。

　平はつづけた。

「年寄りのひとり暮らしか、老夫婦だけの世帯が載ってて、子供がどこに住んでて、勤め先がどこか、ふだんどれほどの頻度で行き来したり、連絡があるかも載ってました」

「何曜日に病院に行って、いったん出かけると何時間戻ってこないのかとかも？」

「そうです」

「相当こすってあったわけか」

「ええ」

　平はうなずいた。

　こするとは、リストに載っている家庭を訪問するか、電話によって、家族やふだんの生活について調べることをいう。たいていは函館市役所や北海道庁の福祉関係者を騙《かた》って行われた。個人情報保護が声高に取りざたされる風潮にあっても独居老人、老人のみの世帯は親族、とくに子供との交流や近所との行き来も少ない上、健康保険、介護保険のため、くり返し調査されていることもあって、問い合わせに応じる癖がついているだけでなく、人恋しさからよけいなことまで喋ることも多かった。

そうしたリストでもっとも重要視される項目が預貯金残高である。

リストはオレオレ詐欺から発展して多様化した特殊詐欺グループの間を流通しているものと断定した。情報の確度が高ければ、詐欺グループがさんざん使ったあと、コピーが空き巣狙いなどにまわることがある。老人しか住んでいない家で、しかも外出時間から戻ってくるまでの時間まで明確にわかっていれば、これほどありがたいものはない。

「それじゃ、湯原というのは道具屋?」

特殊詐欺で使用するリスト、携帯電話、金融機関の口座などを用意する闇の業者を道具屋といった。

「我々はそう見ています。ですが、そっちでは尻尾《しっぽ》をつかませないので……」

「なるほど児ポなら逮捕状も取りやすいわけか」

「主たる収入源はオレ詐欺用のリストだと睨んでました。湯原は元は教員でしたが、今は無職ですからね。とりあえずパクれば、大捕物になると踏んだんですが」

「チャカは何だった?」

「はっきりとはわかりませんでした。大型の自動式でしたが」

「トカレフかな」辰見がうなずく。「でかすぎるんだ。ヤクザも持てあましてる」

「そうですね」

平は顔を上げた。見覚えのある自動販売機が左側に見えた。

「すみません。そこで結構です」

自動販売機のわきを通って路地に入り、その先にレンタカーを停めたのである。運転していた浜岡がさっと車を寄せ、停めた。

「お世話になりました」

「大したことじゃない」辰見は小さく手を振った。「気をつけてな」

「辰見さんも」

平は車を降りた。


今朝方レンタカーを乗りいれた路地の入口にも虎《とら》模様のロープが張られ、制服警官が立っている。警察手帳を開いて首から提げた平は、律儀に敬礼する若い警官に答礼し、ロープをくぐり抜けた。

二時間前の自分たちの姿が見えるような気がした。誰もが張り切っていて、今のようなドツボにはまるとは予想していなかった。

予想してなかった？——平は自問した——それこそ油断じゃないか。

今朝の情景が脳裏を過《よ》ぎっていく。呼び鈴に応じて顔を出した湯原の母親は平を見て、怪訝《けげん》そうに顔をしかめた。身分証を提示して警察官であると告げても不審そうな表情は変わらなかった。

『宏忠さんはいらっしゃいますね』

昨日から交代で張り込みをつづけていた。湯原は午後九時過ぎ、徒歩で近所のコンビニエンスストアに行ったが、三十分ほどで戻り、それ以降は家を出ていないことを確認している。

会いたいというとまだ寝ているといいながらも起こしに行った。グレーのスウェット上下を着て、ぼさぼさの頭を左手で掻きながら湯原が出てきた。

右手は？

脳裏に浮かんでいる光景を凝視する。だらりと下げていたような気もするし、スウェットパンツのポケットに突っこんでいたようにも思える。はっきりしなかった。

ちゃんと見てなかったのか、馬鹿野郎——自分を罵る。

すぐ後ろに立っていた牧野は見ているだろうか。

それから逮捕状を湯原に見せ、牧野が平の左後ろから写真を撮った。

そうだ、写真だ——平は胸のうちでつぶやいた——広角で撮っていれば、湯原の右手が写っているのではないか。

町工場の前に停めたレンタカーがそのままになっていた。工場のシャッターが開き、タバコをくわえた初老の男が顔をしかめてレンタカーを見ていた。鍵は斉藤が持っている。何もいわずに通りすぎた。

　さらに回想をつづけた。

　湯原の後ろに立った母親が息子の腕をつかみ、喚きだした。うるさいと怒鳴りつけた湯原は母親に腕を回し、躰を入れ替えるようにして平に押しつけてきた。倒れかかった母親を抱きとめ、顔を上げたとき……。

　マンションの前に出て、思いは中断した。

　パトカーと機動鑑識のものらしき紺色のワンボックスカーが停められ、制服、私服の警官が十人ほど立っている。

「早かったですね」

　牧野に声をかけられ、目をやった。後ろにコートを着た男がいた。

「ああ」

　平はうなずいた。機動捜査隊の稲田にいわれた左頰の傷が気になったが、手をやろうとはしなかった。

「うまい具合に車で送ってもらえたんだ」

「そうですか」

　うなずいたあと、牧野は後ろの男を手で示し、荒川警察署の刑事だと紹介した。

なかった。

「柴田《しば た》と申します」

「平です」

互いに名乗ったあと、柴田に従ってマンションに入り、エントランスを通りぬけて左奥にある裏口に向かった。スチール製の防火ドアをくぐり抜けながら思わずにはいられなかった。

振り出しに戻るだな……。

裏庭では青い制服を着た鑑識課員が写真を撮ったり、足跡《ゲソコン》を採取している。種田がすでに搬送されているのはわかっていたが、胸の底がちくりとした。

柴田が若い女性訓練士――鑑識課員に似た制服を着用している――を紹介した。かたわらにリードでつながれ、お座りをしたシェパードの口から長い舌がでろりと垂れていた。訓練士が平をまっすぐに見て訊いた。

「臭跡を追う前に確認しておきたいんですが、マルヒは怪我をしてましたか」

「ええ」平は隣接するマンションを見上げた。「逃げるときにここの壁に血の跡が付いているのを見ました」

「やっぱり」訓練士はタオルを差しだした。「鑑識にも壁に新しい血痕があるといわれまして、一応、拭《ふ》いてもらったんです」

「間違いないでしょう」

訓練士はシェパードの鼻先にタオルを出した。シェパードが鼻を突っこむようにして匂《にお》いを嗅《か》ぐ。ほんの数秒で鼻を離し、訓練士を見上げた。

「マルヒはどちらの方へ逃げたのでしょうか」

「そちらです」

平がとなりのマンションと住宅の塀の間を示すと訓練士はうなずいた。

「いっしょに来ていただけますか。追跡した状況を教えていただけると無駄が省けますので」

「もちろん」

シェパードが地面の匂いを嗅ぎながら建物の隙間に入っていく。リードを持った訓練士と平がつづいた。

またしても躰を横向きにして狭い空間を抜けなくてはならなかった。肩や背中がぶつかるたびにコートの擦れるがさ、がさ、がさという音を聞き、よくこんなところを走り抜けたものだと我ながら感心した。

となりのマンションの角まで来たとき、平は後ろをふり返った。のぞきこんでいる牧野に声をかける。

「この先、次の角のところで湯原が一発撃ってる。たぶん薬莢《やっきょう》が転がってるだろう。鑑識に伝えてくれ」

「わかりました」

訓練士が立ちどまって犬を押さえていた。

「次の角でマルヒは拳銃を撃ったんですね」

「そうです」

訓練士は足元に注意しながら角を曲がった。シェパードは一瞬も迷う様子を見せず、湯原が逃げていった跡を追っている。建物の間を抜け、自動車が通れる路地に出ても追跡の様子に変化はなかった。平も目を凝らして路面を見たが、血痕らしきものは見当たらなかった。

あっという間に京成線の高架に達する。

「この先……」平は右前方を指さした。「二十メートルほど行ったところで高架下を抜けたんです」

「わかりました」

行き交う自動車が途切れたのを見計らって道路を横断し、高架下を抜けた。ほどなく変形T字路にかかった。立ちどまって湯原が高架の方へ戻ったろうかと考えたとき、前方に二人連れの小学生を見つけたことを思いだした。

あのとき、平は小学生に駆けよるため直進したが、シェパードは左に曲がった。

ここが分かれ道だったたか、と胸の内でつぶやく。

湯原は高架下をもう一度くぐり、車道に出ると線路に沿って逃げたようだ。拳銃は隠したかも知れないが、裸足で走っている男は目についただろう。午前七時半を回っていたのだから歩行者や自動車でそばを通りぬけたドライバーの中に目撃者が見つかりそうだ。

しばらく行ったところでシェパードはふたたび左に曲がって高架下をくぐった。だが、そのまま抜けようとせず右――駐車場と高架の間の狭い空間に入る。右側の高架下には工事用の黄色いフェンスが立ち、左側には駐車場の金網のフェンスがあった。

だが、そこでシェパードは止まり、さかんに匂いを嗅ぎはじめた。

「どうしたんですか」

シェパードの様子を見ていた訓練士が周囲を見まわす。駐車場のフェンスに立てかけられている自転車を示した。自転車は二台あった。

「あれを見てください。鍵がかかっていません」

「ということは……」

「おそらく盗難自転車でしょう。盗んできた者がここに放置していったんです」訓練士が平をふり返る。「マルヒはここから自転車を使ったと思われます。臭跡が途切れているようで」

平は唸り、周囲を見渡した。前方に抜けられるし、後戻りすれば高架下をくぐれるし、反対側には毛細血管の街が延々つづいている。

「ここはどの辺りでしょうか」

平の言葉に訓練士が怪訝そうな顔をする。

「私、北海道警察の者なんです」

「そうなんですか」訓練士は頭上を指さした。「新三河島の駅です」

平はため息を噛み殺した。


どれほど荘厳な曲もスマートフォンから流れるとチャカチャカ響くだけで安っぽくなる。真藤秀人《しんどうしゅうと》は枕に半分顔を埋めたまま、ベッドの下に手を伸ばし、上着をつかんだ。あちこちポケットを探っている間に音量が大きくなってくる。

「クソッ」

上着をつかんだまま、ベッドの上で躰を起こした。内ポケットに突っこんであったスマートフォンをようやくつかみ出して、ディスプレイを見て舌打ちした。

湯原。

「何だよ、こんな朝っぱらから」

通話ボタンに触れ、耳にあてた。

「はい」

「秀人か、湯原だ」

自分からかけてきたんだから誰が出るかはわかっているだろうし、いちいち名乗らなくても誰からの電話かは表示を見ればわかる。

湯原のやることは一々気にさわった。

「おはようございます」

「大変なことになった」

「何すか」

「テレビ、見てないのか、テレビ。今すぐテレビを点《つ》けろ」

命令口調に腹が立ったが、お待ちくださいとだけいって寝室を出た。リビングに置いたテレビのリモコンを取りあげ、電源を入れる。チャンネルを変える必要はなかった。

いきなり湯原の顔写真が映しだされたのだ。

写真の下に名前と年齢が出ていて、女性アナウンサーの声が流れた。

〝……容疑者はいきなり拳銃を発砲、警察官に重傷を負わせ……〟

眠気がふっ飛んだ。スマートフォンを耳にあてた。

「何やったんすか」

「わからん」

湯原が沈んだ声で答え、また頭に血が昇った。歯を食いしばり、二度、三度と大きく息を吸う。

「今朝、いきなり警察がうちに来た。逮捕状を見せられた」

「どうして?」

「だからわからんといってるだろ」

わからないはずはない。湯原は何かをやった。おそらくは小遣い稼ぎが目的だろう。いい加減なことをやって警察に尻尾をつかまれたのだ。

「拳銃って、何すか」

「前から持ってた。いつか売れるんじゃないかと思って。ヤクザから二十万で買ったんだが、売り先が見つからなかったんだ」

馬鹿が——真藤は腹の底で毒づいた——今どきトカレフなんか買う奴がいるかよ。

唇を嚙め、ゆっくりといった。怒りで躰が震え、怒鳴りつけそうになるのを何とかこらえる。

「今、どこにいるんですか」

「中学のそばだ。おれたちが……」

真藤の母校であり、湯原がクビになるまで勤めていたところだとぴんと来た。湯原だと割れている以上、立ち回り先として警察はマークするだろう。

それに……。

「すぐそこから離れて。学校の周りなんかオマワリが真っ先に張る」

頭に昇った血でこめかみがじんじんしている。

「どこへ行けばいい？」

すがりつくような声に怒りが倍増する。真藤は天井を見上げ、目をつぶった。呼吸を整え、できるだけ静かに声を出した。

「学校までどうやって行ったんですか」

「新三河島の駅で放置自転車をパクった」

パクった？——似合いもしない言葉遣いにかちんと来る。

「チャカは」

「まだ持ってる」

「すぐに指紋を拭き取って、捨てて」

「どこへ？」

「どこでもいいから」

「警察がすぐに見つけるだろう」

見つかった方がいい。とりあえず湯原が拳銃を持っていないとわかれば、警察の追跡はゆるむ。

「おれのいった通りにして」

「わかった、わかった。すまん」

ちっともすまなそうな口振りではなかった。それから真藤は今湯原がいる学校から東にある公園の名前を告げた。

「その中に神社があるのがわかりますか」

「ああ、わかる」

「その神社の境内に隠れててください。本殿の下に潜りこんでもいい」

「本殿の下って……、汚そうだ」

「警察《サツ》に捕まるよりましでしょう」

「広い通りを避けて、住宅街を抜けて。一時間か二時間で迎えに行きます。おれ以外の電話には出ないように」

「わかった。でも、もし捕まったら……」

「いいから、いわれた通りにしろ」

ついに怒鳴りつけ、電話を切った。真藤はテーブルの上に置いてあるタバコを取って、一本をくわえた。火を点け、深々と吸いこむ。ゆっくりと煙を吐いてから暗記している電話番号を打ちこんだ。

ほかに連絡先を思いつかなかった。

相手はすぐに出た。

「はい」

眠そうではなかったが、あまり機嫌はよさそうではなかった。

「朝っぱらからごめん。今、湯原から電話があって」

「ああ、ニュースで見てるよ」

真藤は目を固くつぶり、髪を掻きむしった。

4

写真の右側には改札口に吸いこまれていく人の波が写っていた。少し左に切符売り場の上に掲げられている路線図が見え、さらに左に高架を支える白く塗られた巨大な支柱がある。

新三河島駅。

シェパードを連れた女性訓練士の面差しが平の脳裏を過ぎっていく。

駅のとなりの蕎麦《そば》屋との間は一メートルほどもなく、ガード下を囲うように黄色い工事中のフェンスが見えていた。茶色のタイルを敷きつめた歩道を歩く人波が途切れたところに自転車のハンドルを両手で持ち、押している男が写っている。

奇跡的に撮れた一瞬ではなく、防犯カメラの映像をキャプチャしたものだ。だが、解像度が低く、男の顔をはっきり見分けることはできなかった。それでもグレーのスウェット上下を着ているのはわかった。

下端に07：38：56と時刻が出ていた。

ちょうど二人の女子児童に自宅へ戻るようにいっていた頃だなと平は思った。

となりの写真に視線を移した。横断歩道を自転車に乗ったまま横断しているところが写っていた。同じく防犯カメラの映像のようだが、一枚目よりはっきりと顔が写り、湯原だと見分けられ、裸足であることもわかる。

机の上には何枚もの写真が広げてあった。いずれも今朝の七時半過ぎから八時までの間に撮影されたもので、大半のカットに撮影時刻が写りこんでいた。そのうちの二枚を選びだして目の前に並べてあった。

平は顔を上げ、机の向かい側に座っている荒川警察署刑事課の柴田を見た。

「湯原に間違いないですね」

「ええ。犬が臭跡を追い切れなくなったところからさらに高架下を進んで明治通りに面した改札の方へ出たんですね」

平は目の前の写真に視線を戻した。

「ちょうど犬が湯原を見失ったところに放置自転車がありました。犬の訓練士がいってましたが、盗難自転車が結構放りだされているとか」

「いろいろ手は打ってるんですが、自転車盗はなくなりません。錠前を壊して乗りまわし、捨てることに抵抗のない連中がいます。止めて、問いただせば、借りただけだといいはる。窃盗だという意識が薄いんですね」

「いずこも同じですな」

平は刑事になる前、北海道各地で地域課員として勤務していたが、盗難自転車を乗りまわしている中学生、高校生は珍しくなかった。補導すると、やはり借りたという。北海道で自転車に乗れるのは、一年の三分の一から半年でしかなかったが。

柴田が平の前にインターネットの地図をプリントした紙を置き、中央のやや下にある新三河島駅を指さした。

「駅がここですね。湯原が渡っている横断歩道はこの辺りです」

柴田の指が動いた。地図の右の方に交番があったが、柴田が触れない以上、平としても何もいうことはなかった。

「いったん駅の方に戻って、次の角を入って北の方へ行きます。ここに歯科医院がありまして」

言葉を切ると写真を見渡し、一枚を取って地図のわきに置いた。

「そこの防犯カメラの映像がこれです」

左から右に向かって自転車を走らせている湯原が写っている。横向きのカットで腹のところが膨らんでいるのがわかった。スウェットのポケットに拳銃を入れているのだろう。自転車のハンドルには金網のカゴが取りつけてあったが、何も入っていないようだ。

柴田の指が斜め右上に延びる道路に沿って動いた。

「この通りは商店街というほどではないんですが、商店や医院なんかが結構並んでいるんです」

さらに二枚の写真を並べた。いずれも自転車に乗った湯原が捉《とら》えられていた。

ふたたび柴田が指を動かし、あるところから真上——北に向かって移動させていった。その先で止め、指先で二度突《つつ》いた。中学校があった。

「湯原は元教員でしたね」

「そうです」

平はうなずいた。湯原の逮捕容疑が児童ポルノDVDの頒布であることはすでに警視庁に伝えてある。だが、DVDを所持していたのが逮捕した空き巣狙いで、年寄り世帯ばかりを載せたリストを持っていたことまでは明かしていなかった。

どうしてだろうと平は思った。今朝、辰見という機動捜査隊員には喋ったのに柴田に対しては口をつぐんでいる。

相手が若いからか。

若いといっても柴田も四十は超えていそうだし、刑事としての経験も積んでいそうだ。

一方、辰見は明らかに自分より年上だ。

年齢のせいだろうかとふと思う。

柴田がまっすぐ平の目を見ていった。

「この中学校はかつて湯原が勤務していたところで、ここでクビになりました。女子生徒の更衣室を盗撮していたのがバレたといわれていますが、あくまでも噂話《うわさ》に過ぎず、今のところ証拠はありません。今回の事案で聞き込みをした結果わかったんです。しかしながら記録上はあくまでも本人の一身上の都合による退職となっています。今日の午後、私が学校に行きまして、校長と教頭から直接聞いてきました」

警察犬による追跡が頓挫《とんざ》したあと、平は斉藤とともに湯原のマンション周辺の検索をつづけた。手がかりやあてがあったわけではない。土地鑑のない場所で闇雲に歩きまわったのは、じっとしていられなかったからだ。

自己満足だなとほろ苦く思う。

その間、荒川署をはじめ、周囲の警察署、隣接する北区の警察署だけでなく、自動車警邏隊や交通機動隊、機動捜査隊等も動員され、延べ千人の警察官が湯原の行方を追った。だが、日が暮れても湯原発見にはいたらなかった。

とりあえず新三河島駅周辺の防犯カメラ映像で湯原を確認できたので検索の中心は、湯原のマンションから北の方へ移っている。

柴田は椅子《いす》の背に躰をあずけ、大きく息を吐いた。顔に脂が浮いて、てらてらしている。
「お疲れのようですね」平はいたたまれない気持ちになった。「私の不手際で、皆さん
にとんだご迷惑をかけました」
「こちらこそすみません。昨夜《ゆうべ》が当直だったんですが、当直のあとの日勤なんて当たり
前なんですけどね」
　柴田は地図に目をやった。
「今日の午後からは中学校周辺の防犯カメラを当たってるんですが、住宅街でしてね。
個人宅に取りつけられてる防犯カメラは数が知れてますし、あったとしても玄関先を撮
ってるだけなんです。それに記録を残しているところもほとんどありません」
「そうでしょうね」
　平も地図に目をやった。
「中学校の手前まではカメラに捉えられているんですが、そこから先がまるで手がかり
が得られていません」
「何か我々にお手伝いできることはありませんか。カメラの映像解析ならさせていただ
けるでしょう?」
　北海道警察に所属する平、牧野、斉藤には厳密には東京都内での捜査権はない。もち

ろん犯行を現認すれば逮捕できるし、湯原を見かければ身柄を確保できる。しかし、加重逃走、銃刀法違反、傷害といった罪状が加わった今となっては、たとえ逮捕しても身柄は荒川署に引き渡さなくてはならない。

「いえ、今のところは手が足りてます。これから平さんはどうされるんですか」

「経緯は逐次報告してあるんですが、まだ具体的にどうしろという指示はもらってないんです。とりあえず今夜のところは病院に顔を出して、そのあと宿に引きあげます」

「そうですか」柴田は腕時計を見て苦笑した。「あと十分で九時になります。おそらく病院の面会時間は過ぎてるでしょう」

「もうそんな時間ですか」

「それじゃ、本日のところはこれまでということで」柴田が写真や地図を手早く集めて立ちあがった。「お疲れさまでした」

平も立ちあがって、頭を下げた。

「こちらこそ、いろいろご面倒をおかけしております。引きつづきよろしくお願いいたします」

さすがに限界か……。

ノートパソコンのディスプレイに小さく21：07と表示されているのを見て、小町は目をしばたたいた。稲田班各員が提出していった捜査状況報告書を読んでいたのだが、気がつくと同じ箇所《かしょ》を何度もくり返し見ているだけでまるで頭に入ってこない。

昨日の午前九時から三十六時間が経《た》っていた。

分駐所には小町以外、誰もいない。当務を引き継いだ笠置《かさぎ》班は全員が警邏に出ているし、つい一時間ほど前まで伊佐、浅川、小沼、浜岡は報告書を提出したあとも分駐所に残っていた。拳銃を抱いた湯原が潜伏をつづけているため、当務明けとはいえ、帰るに帰れずにいたのだ。

辰見だけは午後六時過ぎ、お先にと声をかけて出ていった。現状を考えると辰見の行動が正しい。

椅子の背に躰を預け、両手を伸ばして伸びをした。

「ううう」

間の抜けた声が漏れる。

両手を下ろし、息を吐くと頭や肩の血流が蘇《よみがえ》る気がした。

「失礼します」

声をかけられ、ぎょっとして顔を上げた。入口にのっそりと立ったのは、北海道警察の平だ。いまだ白っぽい筋がいくつもついたコートを着ている。

「今朝ほどはお世話になりました」

「いえ、職務ですから」

　小町は席を立ち、入口まで行った。

「こんな時間に、何か」

「ひと言ご挨拶を、と思いまして。荒川ＰＳで浅草分駐所がこちらの交番にあると聞いたものですから宿へ帰る途中にちょっと寄らせてもらおうと思って」

　平が分駐所の中を見回す。

「辰見さんはいらっしゃらないですね」

「もう引きあげました。実はうちらは当務明けなんです」

「非番でしたか。それなのに面倒をかけて……」

　小町は平をしげしげと眺めた。一日中歩きまわっていたのに違いない。目の下にはべっとりとくまが張りついている。

「何か食べました？」

「いやぁ」平が苦笑し、頭を掻いた。「あれだけの下手《へた》を打っちゃいましたからね。とても飯を食う気になれなかったですよ」

「いけませんね。腹が減っては戦《いくさ》はできん、ですよ」小町はスマートフォンを取りだした。「ちょうどよかった。私もそろそろ引きあげようかと思ってたんです。とりあえず辰見部長に電話してみましょう。ひょっとしたら近所で、ちゃんこの出ないちゃんこ料理屋か、刺身のうまい喫茶店にいると思いますので」

目をぱちくりさせている平に少しばかり満足して電話をかけた。

「はい」

辰見はすぐに出た。

「こちらに函館の平さんが見えてまして、もし、辰見部長が近所で食事でもされていれば、合流しようかなと思って。今、どこですか」

辰見の居場所を聞いた小町は自然と背筋が伸びるのを感じた。


わけのわからないちゃんこ屋だとか喫茶店といいながら辰見に電話をかけたとたん、稲田の表情が引き締まった。さっさと机を片付けるとコートを羽織り、分駐所を出るという。平の都合を訊くことはなかった。

分駐所の前でタクシーを止め、乗りこんだ。どこへ行くのかと思ったら平がずっと歩いてきた道を逆戻りし、荒川警察署前を通りすぎた。十分とかからずに到着したのは学校で、校門の前に辰見が立っていた。

タクシーを降りた平は辰見に近づき、頭を下げた。

「今朝ほどはお世話になりました」

「いや」

辰見は煙たそうな顔をして手を振る。タクシーの料金を払った稲田が降りてくる。

「ここにいるとは思いませんでしたよ」

「ちょっと気になったんでね。帰ってもすることはないし。それで新三河島の駅からちょっと歩いてみたんだ」

「新三河島？」平が割りこむ。「それじゃ、ここは……」

「そう」辰見が校門に目を向けた。「湯原が勤務していて、クビになった中学校だ」

柴田に見せられた地図が脳裏に浮かぶ。新三河島駅から指を動かし、湯原が辿ったルートをなぞり、その先にある中学校を指先で突いた。

稲田が二人から離れ、校門のそばまで行ってあちこちのぞき込みはじめる。平は辰見に目を向けた。

「何か見つかりましたか」

「いや」小さく首を振った辰見が平に目を向ける。「何かを探すというより考えるために来たんだ。湯原ってのはどんな奴か、どうしてこの近辺まで来て、急に防犯カメラを避けるようになったのか」

平は校門に目をやった。稲田が背伸びをして、門柱の上を見ていた。

「あんた、子供はいるかい？」

ふいに辰見に訊かれ、面食らった。ぶっきらぼうな物言いだが、声は低く、優しかった。

「ええ、二人。上が女で下が男です」

「もう大きいんだろ」

「大学生と高校生です。辰見さんは？」

「いない。結婚したこともない。そのせいかな、事件《ヤマ》や被疑者《マルヒ》を身内みたいに感じることがある」

まじまじと見つめる平をちらりと見て、辰見は苦笑した。

「おかしなことをいってるとは自分でも思うよ。家族がないと身近にいるのは同じ警察官か、そうでなければ犯罪者だ。どっちの側にしても、おれが気にかけ、おれを気にかけるのは、そいつらだけだ」

平は最初から刑事志望ではなく、どちらかといえば、成り行きで刑事となった。そのせいか馴染《なじ》めず、反発を感じることも多かったが、一つだけ気に入った点がある。警察は徹底した階級社会だが、刑事は職人の世界だ。そこでは階級章より経験と技量、実績が尊重される。

柴田には湯原が特殊詐欺に協力していることは明かさなかったが、辰見には車で移動していたほんの数分の間にべらべら喋っていた。自分でも今まで理由がわからなかったが、最初に顔を見た瞬間から刑事らしい刑事という匂いを嗅ぎとっていたのかも知れない。

「少しだけわかるような気がします」

「そうか」辰見がちらりと笑みを浮かべた。「おれは不器用だから二十四時間デカをやってて、こうして歩きまわらないと落ちついていられないんだが、世の中には、たまにとんでもない才能を持ってる奴もいる。おれなんかが地べたを這《は》いずり回ってようやくたどり着く答えにぽんとぶち当たるというか、つかんじまう輩がね。たとえば……」

辰見が顎《あご》をしゃくり、地べたに這いつくばって鉄格子の下から校庭をのぞきこんでいる稲田を指した。

「持ってるデカだ。たぶん今度のヤマでもいきなり核心《キモ》をつかむんじゃないかな。少々いいいい、とんちんかんなところはあるがね」

とんちんかんといわれ、最初に稲田に身分証を提示したときの様子を思いだした。まじまじと見つめたあと、稲田はいった。

ヘイワオトコ？

たしかに多少とんちんかんなところがあるかも知れないが、一方で直感と行動が完全に一致していること――たとえばふりがなを無視して字面でヘイワオトコと口にしてしまう率直さ――が持ってるデカの所以《ゆえん》なのかも知れないとも思った。

稲田のコートはめくれ上がり、突きだした尻が街灯の光を浴びていた。平はふっと笑った。同時に肩の力が抜けていくのを感じる。

辰見が稲田に声をかけた。

「班長、何か見つかったか」

「いやぁ……」稲田が立ちあがり、両手を打ち合わせる。「マナー知らずっているんだなぁと思って」

「何？」

「中学校の校門だっていうのにタバコの吸い殻が何本か落ちてるんですよ」

「生徒が喫ったのかもしれないぜ」

そう返しながらも辰見がつぶやいた。

「まいったな。おれものべつまくなしタバコくわえてるからね」

稲田が近づいてきて、平と辰見を見比べたあと、おずおずと切りだした。

「とりあえず何か食べません？　お腹《なか》ぺこぺこですよ」


翌朝、ホテルの洗面所で髭を剃《そ》っているときに携帯電話が鳴りだした。

「ずいぶん早いな」

平は独りごち、タオルで顔を拭きながらベッドわきに戻った。携帯電話を取りあげる。03で始まった番号の末尾は110となっていた。

「はい、平です」

「荒川署の柴田です。おはようございます。今朝方、湯原が見つかりまして……」

平はごくりと唾を飲んだ。

第二章　至誠塾

1

いいとこ、三人か——真藤は雑居ビルの一室に集まった二十五人の男たちを順に眺めながら胸のうちでつぶやいた。

できれば、四人は欲しかったが、一人も残らないことも想定された。無理をして基準に達しない者を引き入れるのは絶対に避けなくてはならない。

男たちのうち、三分の二ほどが黒いジャージーを着ていた。髪は脱色した上、金髪、リーゼントにまとめている者もいる。Tシャツの襟元には太い金のネックレスをしていた。サングラスをかけた者、ガムを嚙みつづけている者も数人いた。残り三分の一はグレーのセーターかトレーナーの上にぺらぺらのウィンドブレーカーを羽織っている。スーツ姿は一人もいない。

ジャージーはクズ、ウィンドブレーカーはカス……。

一週間前、いくつかのフリーペーパーとインターネット上の人材募集掲示板に〈テレホンアポインター募集〉と告知を打った。

勤務時間は午前七時から午後七時までの十二時間、仕事の内容は電話をかけ、商品の紹介をすること、年齢、学歴、経験不問、服装自由、日当一万円、昇給あり、交通費・

昼食支給、希望者は下記にお電話ください……。

募集は三日間限定とし、携帯電話の番号と担当者の名前を添えた。二百名近くが電話をかけてきた。全員に履歴書を持参して、面接に来るように伝えた。面接会場に指定した五ヵ所のファミリーレストランに現れたのは合計六十名くらいで、採否通知は電話かメールで後日行うとした。

三十二名を選び、JR南浦和駅から徒歩七分のところにある雑居ビルの一室——今、真藤が集まった男たちを眺めている部屋——に筆記具とノートを持参し、午前六時四十五分までに来るように連絡した。

実際にやって来たのは二十五人、そのうち、三名が遅刻してきた。

部屋には三人掛けの細長いテーブルが十台ずつ、二列に分けて並べてある。各テーブルに折りたたみ椅子が二つ、真ん中を空けて左右に置いてある。研修中、テーブルの間を歩きまわる講師の手が届くようにするためだ。

応募者は到着順に前から座らせていった。後ろの三人が遅刻組で、もっとも遅くに来た男が最後列に一人だけで座っている。椅子を後ろの壁につくほど下げ、股《また》を開いて座っている。ジャージー姿、サングラスをかけ、ガムをゆっくり噛みながら顎を突きだしていた。

講師は二人、一人は背が高く、躰の大きな男が山田《やまだ》で頭の両側を刈りあげ、天辺《てっぺん》に残った髪にはちりちりのパーマがかかっている。もう一人は中肉、中背だが、がっちりとした体型の前田《まえだ》。やや長めの髪を明るい茶色に染めている。メタルフレームのメガネをかけていた。

正面に演壇、応募者から見て右にキャスター付きのホワイトボードが置いてある。ホワイトボードには整った字で〈至誠十則〉が書かれている。書いたのは、見かけによらず山田だ。

演壇のわきには椅子が三つ並べてあり、前田、山田、そして真藤の順で座っていた。三人とも濃紺のスーツを着て、ワイシャツにネクタイを締めていた。三人の後ろには応募者たちがついているのと同じテーブルがあり、資料やノート、エンピツ、段ボール箱が一つ置いてあった。

午前七時になると前田が演壇に立ち、同時に真藤は立ちあがって部屋の後方に移動した。最後列の男が真藤を目で追う。無視した。

壁にもたれて立ち、応募者たちを背後から見る。最後列の男は後ろをふり返り、真藤を見ているが、目をやろうとはしなかった。

最後列の男は町村拓也《まちむらたくや》という。年齢は十九、東京都北区で親が借りているアパートに同居していた。工業高校を一年で中退、時おり土木や建築の現場でアルバイトをしているものの、何もせずぶらぶらしていることが多い。父親は病気がち、母親は仕事をしておらず、一家は生活保護で暮らしている。妹がいるが、二年ほど前から家を出たきり、戻っていない。池袋のファッションヘルスに勤めている。

町村だけでなく、今日ここへ来るように連絡した三十二名全員について履歴書に嘘《うそ》がないか調べてあった。面接を行ったファミリーレストランに持参した履歴書に嘘の記載があった者はすべて不採用とした。履歴書を持ってこなかった者は論外。世間並みの常識がない者は、たとえ犯罪の現場であっても使えない。仕事をさせる上で相手の個人情報を把握しておくことは、管理する上で不可欠なのだ。

そのとき、ズボンのポケットに入れてあるスマートフォンが振動した。二度震え、止まったのでメールだとわかる。そのまま放っておいた。

前田が応募者を見渡し、にこやかに声をかけた。

「おはようございます」

だが、数人がぼそぼそと挨拶を返しただけで、あとは黙っていた。

「なめた真似《まね》してんじゃねえ」

いきなり前田が怒鳴った。

一瞬にして応募者の大半が背筋をしゃんと伸ばす。それほど大声だった。だが、数人は相変わらず椅子の背にだらしなくもたれかかり、顎を突きあげて前田を見ていた。

町村もその一人だ。

「挨拶されたらきちんと返せ」

前田の表情は一変した。目を剝き、こめかみに血管が浮かびあがっている。顔面は紅潮していた。

「おはようございます」

今度は全員が挨拶をしたが、前田は首を振った。

「声が小さい。ほら、もう一度」

おはようございますの応酬だけで二十分が経過した。ようやく前田がよしといったとき、部屋への唯一の出入り口であるドアがノックされた。出入り口は前方、真藤たちが座っていた椅子のすぐ後ろにあった。

山田がのっそりと立ちあがり、ドアに向かった。細めに開けるが、巨漢の山田が立ちふさがる恰好になる。かぼそい声が聞こえた。

「すみません。遅くなりまして」

「すでに研修が始まっております」山田はていねいに応じた。「今回は残念ながらご縁がありませんでした。お引き取りください」

「飛びこみ自殺があって電車が遅れて……」

「お引き取りください」

山田の口調は穏やかだったが、体格に見合って声は太く、低く響いた。

「でも……、いえ、失礼しました」

山田はしばらく廊下を見ていたが、やがて静かにドアを閉めると元の椅子に戻った。

前田がふたたび口を開く。

「皆さんにはこれから一ヵ月、この部屋で研修を受けてもらいます」

応募者が身じろぎしたが、さすがに声を出す者はなかった。顔から笑みは消えていたものの前田の声は穏やかになっていた。

「その間、交通費込みの日当として一日五千円を支給します。また現在、住む場所のない人、事情があって現在住んでいる場所に帰りたくない人にはこの近所に住まいを斡旋《あっせん》します。研修期間中は家賃はかかりません。斡旋を希望する人は手を上げてください」

三人が手を上げた。クズが一人、カスが二人だ。

前田がうなずいた。

「手を下ろして結構です。今、手を上げた人は昼休みに私のところへ来てください。申し遅れましたが、研修は毎日午前七時から午後六時まで行います。昼休みは午前十一時半から四十五分間、午前中の講義が終了したとき、こちらで弁当を配ります。本日は初日なので、これから五分間、トイレと喫煙の休憩を入れますが、明日からは研修に入る前の五分間のほか、昼休み、午後三時にある、それぞれ十五分間の休憩時以外、この部屋から出られません。おぼえておいてください。なお、休憩時間中もベランダの喫煙スペース、トイレ以外には行けません。建物から出た段階で講習を放棄したものと見なします」

前田が腕時計に目をやる。

「それでは今から五分間の休憩に入ります」

だが、応募者たちはすぐには立ちあがろうとせず、左右を見ている。

前田が腕時計を見たまま、声をかける。

「あと四分五十三秒」

応募者たちが一斉に立ちあがり、山田が椅子から立ちあがって開いたドアやベランダにつづく大きな窓から外に出た。

真藤はスマートフォンを取りだし、メールの発信者が賀茂《かも》であることを確かめた。開いてみると動画ファイルが添付されている。消音に設定してあるのをもう一度確かめ、動画ファイルを開いた。


神経をびりびり震わせるほどの轟音に平は頭上を見やった。鉄橋を電車が通過している。凄《すさ》まじい音に支配されると辺りはかえって無音のように感じた。

視線を下げる。

半ば枯れた雑草の間に青い毛布が広げられ、その上に湯原が躰の右側を下にして横たわっていた。背を丸め、両足を抱えこむような恰好だ。

　何一つ身につけておらず、剝きだしになった顔、肩、左の脇腹、太腿、ふくらはぎには暗紫色のあざがあり、左目と鼻、口元は文字通り潰《つぶ》されていた。顔の下半分から胸にかけて覆った血はすでに黒く固まっていて、投げだされた左腕の内側には折れて、鋭く尖った骨が皮膚を突き破って露出している。

　死体は機動鑑識員に囲まれているため、五メートルほど離れたところから見ているよりなかった。平のかたわらには牧野と斉藤、それに荒川警察署の柴田が押し黙ったまま突っ立っていた。

　先ほどとは逆方向の電車が頭上を通りすぎていったが、平は顔を上げようとはしなかった。

　ホテルで髭を剃っているときに柴田から電話が入った。湯原の死体が向島《むこうじま》署の管轄区域にある鉄橋の下で発見されたと伝えてきた。

　死体をのぞきこんでいた向島署の若い刑事が、二つのビニール袋を手に平たちに近づいてきた。

「毛布の中にこいつがくるまってましたよ」

　持ちあげて見せたビニール袋の一つには自動式拳銃トカレフ、もう一つには弾倉と実包が一つ入っていた。

逮捕状を示したとき、牧野がカメラのシャッターを切った。そのときの写真を確認したが、びっくりした子供みたいに目を見開いた湯原が写っていたものの、確認できたのは胸元から上だけで右手は写っていなかった。

「薬室に弾を入れたまま撃鉄が起こしてあったんで、私が弾を抜きました」

トカレフはスライドが開かれ、ストッパーがかけてあった。

ビニール袋を下ろした刑事が柴田を見やる。だが、柴田が平を見たので刑事は平に顔を向けた。

「湯原宏忠に間違いありませんか」

「はい」平は刑事から湯原の死体に視線を移した。「見つかったのは今朝ですか」

「そう……、午前六時頃です。河川敷を散歩していた男性が丸まった毛布を見つけて、何だろうと思って近づいたそうです。そうしたら手が出てて」

「左手?」

「そうですね。自分が臨場したときには、まだ誰も手を触れてない状態だったんですが、左手だけ……、ちょうど骨が突きでてるところまで毛布からはみ出てました」

「死因は撲殺ですかね」

「詳しくは調べてみないと何ともいえませんが、たぶんそうでしょう。凶器は鉄パイプかバットのようなものでしょうね。よってたかってなぶり殺したって感じです」

「そうですね」平は周囲を見まわした。「殺害現場もここですか」

「いやぁ」刑事は頭を掻いた。「それも詳しく調べてみないと何ともいえませんが、別の場所で殺して、毛布にくるんでここまで運んできたようです」

柴田が割りこんだ。

「捜査本部《チョウバ》が立つかな」

「そうでしょうね」刑事は柴田を見て付けくわえた。「おそらく合同で」

湯原が逃走したのは荒川署の管轄内だが、死体が発見されたのは別の所轄が担当する区域なのだろう。そのため合同になる。

柴田は唸り、顔をしかめた。捜査本部が立てば、刑事たちは不眠不休となる。


〝お許しください。私が悪うございました。二度とふざけた真似はいたし……〟

土下座していた湯原が噎《む》せ、しばらくの間、咳《せ》きこんでいた。右手はちゃんと床についていたが、左手はだらりとしている。手首と肘の間から骨が突きでていた。

〝どうした、コラ。ちゃんといえんのか。まだ、なめてるんじゃねえのか〟

画面の外で誰かが怒鳴った。

真藤は手にしたスマートフォンに映しだされる動画を見つめていた。賀茂から送られてきたメールのタイトルは一件落着となっていた。本文はなく、動画ファイルが添付されていた。

最初は消音のまま、ファイルを開いたが、中味を見てすぐにイヤフォンを挿し、最初から再生しなおした。動画は五分ほどあった。素っ裸の湯原が土下座し、泣きながら詫《わ》び、何度もひたいを床にこすりつけている。

湯原は中学二年のときの担任で、同じクラスに賀茂もいた。もっとも真藤も賀茂も二学期の途中までしか行っていない。小学校の高学年から窃盗、恐喝をくり返し、中学二年のときの派手な喧嘩で相手に重傷を負わせ、鑑別所から少年院送致となったためだ。保護観察がつかなかったのでまるまる二年放りこまれ、中学校の卒業証書は少年院で受けとっている。

少年院を出たあと、しばらくの間、何もすることがなく、ぶらぶらしていたが、やがて賀茂は中学時代の先輩の伝手《つて》でヤクザの見習いとなり、真藤は別の先輩の紹介でオレオレ詐欺の手伝いをするようになった。

最初、真藤は出し子をやった。現金自動預払機《ATM》から金を引きだす役だが、もっとも逮捕される危険性が高いため、もっぱら未成年者があてられていた。

十二年前のことだ。当時はまだオレオレ詐欺が始まったばかりで出し子は番頭——数店舗を統括する人間——に直接金を渡していた。その後、警察の取り締まりが厳しくなり、銀行や郵便局も警戒を強めるようになったため、収穫を手にするまでにはもっと複雑な手順が必要となっている。

だが、間もなく十八歳になろうとしていた真藤にはリスクが大きかった。逮捕されれば、何年も放りこまれる恐れがあった。そこで番頭に取り入り、電話をかける役であるかけ子に回してもらったのである。かけ子は逮捕される危険が少なく、実際、真藤は一度も警察の厄介になっていない。

かけ子として初めて働いた店舗で店長を務めていた須田《すだ》と出会ったことが真藤の人生を大きく変えた。

須田はかけ子として真藤を厳しく鍛え、真藤も須田の期待に応えたのである。

かけ子の仕事は三ヵ月に一度、二週間ほどあっただけだが、一度に数百万円の現金を手にすることができ、二年目には真藤は四本プレーヤー——年に四千万円以上を稼ぐかけ子——となっていた。

ほかのかけ子たちは金が入ると高級車を買ったり、遊び歩いたりして、すぐにお払い箱となったが、真藤は須田の教えを忠実に守り、住処《すみか》とは別に部屋を借りて現金のまま保管するようにした。下手に金融機関を利用すれば、警察に通報されるのがオチだと教えてくれたのも須田である。

須田は真藤に目をかけてくれ、やがて店長補佐として仕事も任せてくれるようになった。その頃から真藤は須田を師匠と呼ぶようになった。そして今日まで師匠が示してくれた道から外れずに歩いてきた。

示された道は、細く、ぐらぐら揺れるロープのようなもので、踏み外せば、足下に広がっているのは地獄だ。警察に捕まるか、金主連中に文字通りなぶり殺しにされるか。だから慎重に、慎重に歩を進めてきた。神経をすり減らす生活を十二年もつづけていれば疲れるし、ときにぼんやりとした頭で考えることがあった。

地獄って、どんなところだ？

誘惑といってもよかった。今日まで踏み外さずにやってこられたが、限界が近いとも感じていた。神経がブチッと音をたてて切れそうな気がしている。躰の芯《しん》には重い疲労が蓄積しているような気がする。

五分間の休憩が終わり、応募者が席についたときも、真藤はイヤフォンを耳に挿したままスマートフォンを見ていた。

〝ゆるひて……、くら……、はい……、おゆるひ……〟

鼻血があふれ、湯原の声が聞きとりにくくなる。

〝はん？　何いってるかわからないよ〟

昨日の朝、湯原からの電話を受けるとすぐに賀茂に連絡をした。その時点で湯原には神社に行くように指示してあった。賀茂との打ち合わせの結果、真藤が湯原をピックアップし、自習室に連れていくことになった。

自習室とは、かけ子になりたくて応募してきたはずなのに反抗的な態度を改めない者を再教育するための施設で、たいてい一軒家があてられる。今回は賀茂の実家を使った。賀茂はもともと母子家庭だったが、母親は数年前に家を出たきり帰っていない。賀茂自身は妻名義で購入したマンションで暮らしていて、実家はほぼ空き家になっている。

再教育は簡単だ。素っ裸にして縛りあげ、浴槽に寝かしておくだけである。浴槽の中であれば、糞小便《くそ》を垂れながしてもあとの処置が簡単だし、そのまま三日も放置しておけば、誰もが性根を入れ替えた。

湯原を賀茂の実家に連れていったとき、すでに賀茂は配下の若い衆二人とともに待ちかまえていた。賀茂の顔を見るなり湯原は悲鳴を上げたが、かまわず帰ってきた。新規店舗を起ちあげるための準備があり、湯原にかかわりあっている暇はなかった。

「曽根《そね》さん」

演壇を前にして立った前田が声をかけてきた。

曽根は真藤が現在使っている偽名だ。ちなみに前田も山田も偽名だが、本名はいろいろな記録が付随していて厄介なだけだし、社会的保護というものを受けたことがない真藤にしてみれば、本名を使うメリットはなかった。

これも須田の教えだ。須田というのも偽名で、サ行の名字を順番に騙っているといっていた。

『斉木《さいき》、佐藤、篠原《しのはら》、下田と来て、今は須田よ』

そういって笑っていた。結局、最後まで本名は教えてもらえなかったが、師匠と呼ぶだけで不都合はなかった。真藤は番頭を引き継ぐにあたり、セで始まる偽名を使うことにした。一度も逮捕されることなく、番頭を務めあげた須田にあやかろうと考えたからだ。瀬島《せじま》、仙川と来て、曽我、曽根である。

「ひと言、お願いします」

「わかった」

真藤は動画を停止し、イヤフォンのコードを本体に巻きつけるとポケットに入れた。演壇に向かって歩きだす。最後列の町村がまた目で追っていた。

ものになるか、自習室か——真藤は目こそ向けなかったが、胸のうちで町村に語りかけていた——楽しみにしてるよ。

素直なだけではまず使い物にならない。多少扱いにくくても骨のある奴の方が化けると大きく稼げるものなのだ。

真藤は演壇に立ち、応募者をひと渡り見まわした。このときになるといつも焼き肉屋で須田がいっていた言葉を思いだす。言葉だけでなく、声、口調、それに煙が充満した個室に高級肉の焼ける匂いまで蘇ってくる。

須田は真藤の鼻先に人差し指を突きつけていった。

『まず相手を呑んでかかれ。話すことなんて嘘っぱちでかまわない。はったりだ。考えてもみろ。おれが何者であるかなんて、お前に関係あるか。要は大儲《もう》けできる奴を見つければいいだけだ。勝つのはいつも一人だけなんだよ。英語でいうと……』

2

「ラストマン・プロフィット」

真藤はまず一言いった。ことさら大声を張りあげるわけではないが、くっきりと歯切れよく聞こえるよう気をつけてはいた。

応募者たちはぽかんとしている。聞いている連中が理解できるかは気にしなかった。というか、理解できないのは百パーセント確実だ。狙いは自分の話に注意を向けさせておいて、一人ひとりの集中力と持続力を見極めることにあった。

頭の良し悪《あ》しは関係ない。まして学校の成績など、世間という市場に出荷する際に付ける便利なタグでしかない。肝心なのは何かをやろうとする強烈な意志と、集中力なのだ。

「地球で最後の一人として生き残れば、プロフィット……、利益、ぶっちゃけ大金が転がりこんでくるという意味だ。全部独り占めだもの、当たり前だな。まあ、地球は大袈《おおげ》裟《さ》にしても、何をするんであれ、最後の一人にならないかぎり金などつかめない。誰かのあとをくっついていけば、スカを食わされる」

一同を睨《ね》めまわした。

「お前たちに学歴はあるか。いっておくが、大卒なんて学歴のうちに入らないぞ。三流の私大を出るくらいなら中学もろくに行かないで職人仕事の修業をした方がなんぼか金になる。親は金持ちか。倒産しかかってる会社の社長なんてダメだ。借金まみれで、百万かそこらの金でいくらでも転ぶ。資産というなら百億単位でなきゃ。でも、そんな奴らがフリーペーパーの募集告知を見て、こんなところにのこのこやって来はしない」

最後の一人《ラストマン》となるための選抜はすでに始まっていた。たったこれだけの話で眠そうな顔をしている奴は、明日には出てこなくなる。

「まず最初にいっておこう。今回の応募者総数は三百だった。面接の結果、ここへ来るように連絡をしたのが三十二人、実際、来たのは二十五人……、そう、お前たちはすでに選ばれた人間ではある」

応募者たちはこそこそと左右を見た。いまだかつて一度も選ばれた人間などといわれたことはないはずで、どの顔にもはっきりと戸惑いが浮かんでいた。

「だが、ここに座れただけでラストマンだなんて思ったら大間違いだ。これから一ヵ月、みっちり研修をやる。研修の間も日当は出す。最初の一週間は交通費込みで五千円、八日目まで残れば、二万円になる。このときから交通費は別途支給する。それと、研修とはいってもうちはすべて実戦形式でやるから成果を挙げれば、その場で五千円払う。具体的には、名前も顔も知らない相手に電話をかけまくって、嘘の老人マンションを売りつける。相手にパンフレットを送ってくださいといわせたら成功、五千円を払う」

応募者たちは口こそ開かなかったものの椅子の上で身じろぎした。

飯代にも事欠く連中にしてみれば、五千円というのが微妙にしてリアルな金額だ。さすがに千円では成功報酬という実感がわかない。最初から一万円札《ピンサツ》を切ったのではなめられる。だから最初はすべて五千円であり、千円札五枚ではなく、五千円札で払う。札の顔が変わるところが重要なのだ。

真藤はつづけた。

「研修は甘くねえ。おれや山田、前田はずっとこの仕事をしてきた。今、二十五人いるお前たちの中で生き残るのは二人、よくて三人だ。ひょっとしたら全員ダメってこともある。おれたちは経験上知ってるんだ。それとひたすら我慢して、根性だけで残っても、やっぱりダメだ。トークができなきゃな。学歴も学校の成績も問わないが……」

指先でこめかみを叩いてみせた。

「ここがどうしようもなく悪い奴もダメだ。研修中、テストは何度もやる。抜き打ちもあれば、何にもいわずにテストしてるってこともある」

現に今がそうだ。応募者は自分たちがふるいにかけられているとは思っていない。

「さっきおれがいったことを思いだせ。総取りできるのは……」

ゆっくりと全員を見渡したあと、人差し指を突きたてた。

「最後の一人だけだ」

とくに目を留めるような真似はしなかったが、町村は躰を起こし、テーブルに両手を置いて今にも食いつきそうな顔で真藤を見ていた。

「さてここで研修最初の選抜だ。これからやるんじゃなく、実はもうやった。今、おれの話を聞いていてとても無理だ、おれにはついていけないと思った奴。すぐここから出ていってかまわねえ。五千円は渡す。ご苦労さん代だ。おれだけは生き残る、ラストマンになると腹をくくった奴。そいつは第一関門クリアだ。いいか、今から五つ数える。とってもダメだと思った奴は遠慮しないで前に来い」

真藤は上着の内ポケットから細長く、分厚い財布を出した。五千円札だけを選び、数枚引っぱり出して演壇の上に放りなげた。

「それじゃ、行くぞ。一つ……、二つ……、三つ……」

誰も立とうとしなかったが、左右をちらり見た者が二人いた。

「四つ……、五つ。よし」

真藤は左右を見た二人を指した。

「お前とお前。もういい。お前たちには無理だ」

だが、指名された二人はもじもじしているだけで立とうとはしなかった。

「なめるな」

空気がびんと震えるほどの大声を発した。気合のかけ方も師匠に徹底的に仕込まれていた。息を腹にため、一気に吐きだす。同時に山田と前田が椅子を鳴らして立ちあがる。それだけで充分だった。振りおとされた二人はこそこそと前へ来る。真藤は二枚の五千円札を彼らの前に放った。一人は空中でキャッチしたが、もう一人は取り損ない、床に落ちた紙幣を拾った。

山田がドアを開ける。二人が小走りに出ていくと山田は音高くドアを閉めた。

真藤は残った五千円札を財布に入れ、内ポケットに戻した。

「さて、まずは負け犬が二匹いなくなった。残りは二十三人だ。誰が生き残るかな。楽しみだが、誰にも期待していない」

ちらりと肩をすくめてみせた。

「さて、ここは会社であり、店舗であると同時に人間を鍛える塾だと、おれは考えている。至誠天に通ずという言葉がある。誠はお天道《てんと》様に通じるという意味だ。お前たちの全人格をかけて精進し、耐え、最後の一人となって生き残れば、成功を、大金をつかむことができる。今、おれがいくらいってもお前たちにはひとかけらも理解できないだろう。研修中に徹底的に躰に染みこませる。まずは……」

真藤はホワイトボードを手で示した。

「十訓ではなく、十則になっている。すべて厳守だ」

一行目には、〈一つ、我ら塾生はいかなる場合も時間厳守を旨とする。そのためには定時定点では足りない。五分前には待機して、心の準備をすべし〉とある。時間につづいて、金、女、酒、クスリと項目はつづいていく。

「わかったか」

「はい」

二十三人は声をそろえて返事をした。

「声が小さい」

八割程度の力で怒鳴った。

「はい」

応募者たちが絶叫した。

「それでは研修を始める」

真藤が演壇を降りると山田が代わって前に出た。真藤が腰かけるのを待って、前田も座る。

山田は演壇を使わず、横に立った。

「野宮《のみや》、牧原《まきはら》、町村、ここへ来い」

最後列にいた町村、そのひとつ前のテーブルにいた二人が前に出てくる。真藤が話している間に前のめりになった町村だったが、まだ見栄があるのだろう。ジャージーのポケットに両手を突っこみ、がに股でゆっくりと歩いてくる。あとの二人もだらしなくジャージーを着ているという点で町村と変わりなかった。

山田はまぶたを半分下げ、表情を消して立っている。

三人が山田の前に立った。

いきなり山田が右手を閃《ひらめ》かせ、野宮に平手打ちを食わせた。平手打ちなどと生やさしいものではない。相撲の平手くらいの威力があった。

野宮はひとたまりもなくふっ飛び、床を転がっていく。山田はホワイトボードをふり返ることなく、十則の一行目をその場でそらんじていた。


総合病院の自動扉を通った平は御案内と書かれたカウンターに向かった。

「おはようございます」

声をかけるとカウンターの内側に立っていた丸顔の女性がにこやかにうなずく。

「おはようございます」

「昨日、入院した種田知治《ともはる》さんをお訪ねしたいんですが」

女性がちょっと困った顔になる。

「患者様への面会は午後二時からになっております。午前中は検査や注射などがございまして」

「そうですか」平は背広の内ポケットから警察手帳を取りだし、身分証を見せた。「規則は承知しましたが、なにぶん午後には函館に戻らなくてはならないものですから」

嘘つきは泥棒の始まりと耳にしなくなって久しく、平はたとえ警察官であれ、時と場合によっては〈嘘も方便〉を柔軟に適用すべきと考えている。

湯原の死体を確認したあと、上司である港町署刑事生安課長に電話を入れたら、とりあえず今日の午後一時から荒川警察署で行われる第一回の合同捜査会議に牧野、斉藤とともに出るようにいわれていた。

「かしこまりました」女性はパソコンのキーを叩き、ディスプレイをのぞきこんだ。

「西棟、八階の811号室です」

「ありがとうございます。西棟というのは？」

女性は左方を指さした。

「この廊下を少し行かれますと、西棟のエレベーター前に出ます」

「どうも」

病院には平一人で来た。命にかかわるような大きな怪我をしているわけではなく、男三人がぞろぞろやって来るまでもない。

八階に着くと平は壁の表示を見ながら病室にたどり着いた。四人部屋で、種田は窓際のベッドに寝かされている。平に気づくと上体を起こそうとした。

「そのまま」近づきながら平は手で制した。「起きなくていい」

「すみません」

種田はふたたび横になり、平は丸椅子を引きよせて尻を載せた。

「昨日はばたばたしてて来られなかった。すまんな。痛み、ひどかったろ」

「手術が終わって、麻酔が切れたあとは多少痛みましたが、昨夜《ゆうべ》は鎮痛剤をもらってよく寝ました。今朝になってからはずいぶん楽です」

「それを聞いて、おれも少し気持ちが軽くなったよ」

「申し訳ありません」

「何もお前が謝ることはない」

「いえ、係長が警告してくれたのに逃げられると思ったらじっとしていられなくて」

平は周囲を見まわし、種田に顔を近づけた。

「ここだけの話だがな、おれもたぶん同じことをしてたよ」

種田がくすっと笑う。

身を起こした平を追いかけるように種田が訊いてきた。

「奴が見つかったそうですね」

ベッドの枕元には自在アームに取りつけられた小型の液晶テレビがあった。湯原の死体が発見された件は朝のニュースで報じられている。拳銃を所持したまま、住宅街で行方をくらませているだけに死体と拳銃が発見されたことはいち早く発表する必要があった。

平はうなずいた。

「実は今、牧さん、斉藤と三人で現場へ行ってきてね。ガンクビ並べてやって来るのも何だからね、おれだけが寄ったんだ」

「忙しい中、わざわざ恐れ入ります」

「気にするな。どうせこの病院のちょい先で会議だ」

種田が担ぎこまれた病院は荒川警察署から数百メートルしか離れていない。

「それじゃチョウバが立つんですね」

「そういうことだ」

湯原の死体が発見されたのは向島署の管轄内だが、加重逃走にくわえ、種田を拳銃で撃った——殺人未遂になる——のは荒川署管轄である。断定はできないが、湯原の逃走を幇助《ほうじょ》した相手と合流したか、何者か——おそらくは特殊詐欺の仲間——に拉致されたのも荒川署管轄内である可能性が高い。

「おれたちも参加できないですかね」

「たしかにきっかけはうちだが、すでにまったく別の事案になってるからなぁ。難しいだろう。とりあえず初回の会議には出席するようにいわれてるから、その結果を会社に報告して指示を仰ぐよ」

「すみません。こんなときに」

「こんなときも、あんなときもあるもんか。おれはいつだってお前たちを頼りにしてる。でも、今は治療に専念しろ」平は種田の肩をぽんと叩いた。「いいな?」

「はい」

平は笑みを返し、立ちあがった。


小町は、昨夜訪れた中学校の南門の前に立っていた。門柱に埋めこまれたプレートには防犯カメラ作動中と記されていた。だが、湯原の姿は捉えられていない。

昨夜は新三河島駅の近くまで戻り、明治通りに面した店に入った。メニューの中心は定食という大衆食堂だったが、腰を落ちつけて酒を飲めそうな雰囲気がよく、小町、辰見、平ともに気に入った。

生ビールから燗酒《かんざけ》に切り替え、顔を真っ赤にした平がいったものだ。

『いや、まったく毛細血管みたいな街ですな』

一昨日が当務で、当務が終わりかけていた昨日の午前七時半、加重逃走事案発生により緊急配備がかけられた。間もなく浅草分駐所に到着するところだったが、車首を返し、現場に向かった。

昨日は当務明けで非番、今日は休日になる。遅めの朝食をとったあと、小町は六本木の自宅を出てタクシーで湯原のマンション近くまでやって来た。

加重逃走の現場となったマンションはまだ縄張りされたままで制服警官が立っていた。見知らぬ顔だったので、とくに声もかけずに通りすぎ、平の逃走経路をなぞりながら歩いてきた。

時おり路地をのぞきこめば、平が口にした毛細血管という言葉が実感できる。

『窓から手を伸ばせば、となりのマンションの壁に触れるなんて、北海道の人間にはちょっとしたカルチャーショックですよ』

平は高校の修学旅行以来、東京に来たことがないという。もっとも辰見は埼玉県北部、小町は千葉県南部の出身であり、平の驚きは実感できた。

マンションの壁や住宅の塀に挟まれた幅五十センチほどの空間を湯原は逃げ、平は追った。見失ったのは京成線のガード下にかかったところだ。その後、警察犬が臨場し、臭跡を追ったところ、湯原は左に曲がってふたたびガード下に戻ったことがわかった。

平は登校途中の小学生二人を見かけ、まっすぐ進んだという。

その後、湯原は新三河島駅の近所で自転車を盗んで逃走をつづけ、犬が臭《にお》いを追いきれなくなった。

小町は平の話を思いだしながら新三河島駅前の横断歩道を渡り、北側に広がる住宅街に入った。自転車に乗る湯原を防犯カメラに捉えていたという歯科医院はすぐにわかった。その前を通りすぎ、北東方向に延びる路地に突きあたったところで右に曲がった。

商店街というほどにぎやかではなかったが、青果店、鮮魚店、米穀店、学習塾などがマンション群を背景に散見できる。その先にある米穀店前の自動販売機に取りつけられている防犯カメラが湯原を捉えていたが、そこが最後になる。

小町は路地の途中から左に曲がり、中学校を目指した。かつて湯原が勤務し、自己都合で退職した学校だ。

関係はあるが、湯原が昨日立ちよったか否かは断定できない。

小町は背後をふり返った。中学校の周囲は住宅街で、周囲にはこれといって目立つ建物はない。

いくつかの疑問が湧《わ》いてきた。

果たして湯原はこの学校を目指していたのか。

新三河島駅を抜け、明治通りを渡ってから商店が点在する通りを自転車に乗ったまま走っており、防犯カメラを警戒している様子はない。

だが、急に姿が消えているのは、なぜか。

建物に入ったか、車に乗ったか……、あるいは防犯カメラに気をつけるよう何者かに入れ知恵されたか。

小町はふたたび校庭に目を向けた。男子生徒が喚声《かんせい》を上げ、サッカーに興じている。もし、何者かが入れ知恵をしたのだとすれば、その者にはある程度の土地鑑はあるはずだ。

平がいうように毛細血管のような街を車で自在に走り、防犯カメラに捉えられないよう湯原を乗せたのだとしても、土地鑑のある人間と見ることができる。

湯原はここで教師をしていた——小町は目を細め、ボールを追っている生徒たちを見つめた——湯原に入れ知恵したのは、元教え子？

勤務先に近いとはいえ、湯原が西日暮里のマンションに住んでいたのは珍しいといえる。教員はさまざまな場所から通ってくるし、数年で転勤する。一方、生徒は地元在住だ。

思いを巡らせているとき、後ろから声をかけられた。

「稲田班長」

ふり返った。シルバーグレーのセダンが止まっていて、運転席の男が手を上げている。助手席の男も顔をのぞかせていた。

機動捜査隊浅草分駐所の前島《まえじま》班の二人だ。一昨日が稲田班、昨日が笠置班、今日が前島班で、明日、小町はふたたび当務に就く。

車に近づいた。

「ご苦労さま」

「お疲れッス」運転席の男が頭を下げる。「今日は労休でしょ」

「そう。ちょっと気になったんで散歩がてらぶらぶら歩いてたんだ」

「現場周辺で散歩ッスか」

「歩けば、どこもいっしょよ」

「一時から荒川署で会議ですよ。合同捜査本部が立つんで、第一回目です。笠置班の連中がぼやいてました。どうせなら向島ＰＳに置いてくれりゃいいのにって」

浅草分駐所をベースとする機動捜査隊は警視庁第六方面本部に所属している。第六方面が担当するのは台東区、荒川区、足立区で、向島署は墨田区内にあり、第七方面本部の管轄となる。

担当区域内で捜査本部が立てば、会議には機動捜査隊の隊員も参加することがある。たいてい当務明け、非番になった隊員に割りふられた。

小町は笑った。

「気持ちはわかるけどね」

「これからどちらへ？　よかったら乗ってきますか」

「ありがとう。でも、車に乗ったんじゃ、散歩にならないよ。ぶらぶら歩いてく」

「それじゃ」

　動きだしたセダンを見送りながら小町は胸のうちでつぶやいた。

　どうせ明日はいやってくらいその車に乗るから……。

3

　平は斉藤の腕をそっと引いた。先ほどから口をぽかんと開け、会議室を眺めまわしていたのである。

「口、閉じてろよ」

　笑いをふくんだ平の言葉に斉藤は自分がどんな顔をしていたのかに気がついたようで、下を向き、鼻から口元にかけてつるりと撫《な》でた。斉藤の気持ちはわかった。荒川警察署三階の大会議室には総勢二百名近い捜査員が集まっている。警察官になって三十年以上になる平だが、合同とはいえ、捜査本部での会議にこれだけの人数が集まっているのを見たことがなかった。

　平たち函館港町警察署の三名は事件の発端に関わり、かつ部外者ということで最前列の窓際に並んで座るようにいわれていた。

牧野が小声で訊いてくる。

「それじゃ、種田は今しばらく東京ですか」

「そうなるだろう」平はうなずいた。「何しろ昨日の今日で、今は手術が終わったばかりなんだ。松葉杖《まつばづえ》をついて歩けるようになれば、函館に帰すさ」

牧野が探るような目を向けてくる。

「我々は？」

平は腕組みし、唸った。

「課長からはこの会議の結果を報告しろといわれている。その上で指示を仰ぐ。たぶんすぐ帰ってこいといわれるだろう。あっちは今、生活安全係《せいあん》だけで回してるんだから」

函館港町警察署刑事生活安全課は刑事係と生活安全係の二つに分かれ、それぞれ四名ずつが配置されている。そうした中、湯原逮捕には刑事係の四名がそろって出張してきているのだ。

牧野がしぶい顔をする。

「まあまあ」平はなだめた。「目の前で逃げられた挙げ句に殺されたんだから、かくなる上はせめて湯原を殺《や》った犯人《タマ》だけでも捕《と》りたい気持ちはおれも同じだ」

牧野だけでなく、斉藤までが平に目を向けている。

「でも、いわれなくてもわかってるだろ。我々に捜査権はないし、あっちじゃ皆ひいこらやってるはずだ」

「それはわかってるんですがね」

言葉とは裏腹にまるで納得できないといった顔つきで牧野がつぶやく。

そのとき、会議室に入ってきた柴田が近づいてくるのが見えた。まっすぐ平を見ているので立ちあがった。

柴田が平にいった。

「すみませんが、別の会議に出ていただけませんか」

「私だけ?」

「ええ、平係長に来ていただければ結構です」

平は牧野と斉藤に目を向けた。牧野が小さくうなずく。柴田に視線を戻した。

「わかりました」

平はコートとソフトアタッシェを持ち、柴田のあとにつづいて大会議室を出た。階段で二階に下りた。

「こちらです」

柴田が左に進み、署長室向かいにある部屋の前に立った。ドアには会議室とのみ刻印されたプレートが貼ってあった。

柴田はノックし、ドアを開けた。

「失礼します」

部屋に入り、ドアを押さえる。平は目礼して入った。楕円形《だえんけい》に組みあわせたテーブルがあり、二人の男が立ちあがって待っていた。二人とも四十前後くらいである。

「どうも」一人が小さく頭を下げた。「これから捜査会議だったのに急な予定変更で申し訳ありません」

「いえ」

「佐古《さこ》と申します。本庁捜査二課第二係で知能犯捜査に関する情報収集を担当しております」

来たな——平は思った。

湯原に対する逮捕状は児童ポルノＤＶＤの所持、頒布で取ったが、本当の狙いは二ヵ月前に逮捕した空き巣狙いが持っていたリストにあった。高齢者ばかりが載っていて、家族構成や日常生活、介護施設への入所希望の有無など克明に記されていた。

特殊詐欺事犯が使用する名簿だと平は睨んでいた。逮捕した空き巣狙いが湯原の名前を出したのだ。捜査二課知能犯係の職掌範囲には詐欺がふくまれる。

佐古が並んでいるもう一人の男を手で示した。

「こちらは南《みなみ》、いっしょに仕事をしています」

「函館港町署の平です」

挨拶が終わったところで佐古、南と向きあう恰好で平は椅子に座った。柴田は出入り口に近い席に腰を下ろす。

佐古が切りだした。

「単刀直入に申しあげます。湯原は別件逮捕だったんですね」

「はい」

平はあっさりと認めた。すでに死亡している以上、隠し立てすることはなかった。平たちは湯原を確保した上で特殊詐欺事犯に関する情報を得ようと考えていた。

「湯原にたどり着くまでの経緯をお話しいただけますでしょうか」

「わかりました」平は記憶をまさぐりつつ、話しはじめた。「かれこれ三ヵ月前、九月上旬のことですが、交番勤務をしている男から私の携帯に電話が来たんです。常習の窃盗犯がたった今、一軒の家に入った、と。それですぐに署を出ました」


以前、逮捕したことのある窃盗常習犯が目の前にいて、一軒の留守宅に忍びこもうとしているところに遭遇した警察官はどうするか。間違っても忍びこむ前に警告したりはしない。不法侵入する前では検挙できないが、事後であれば、現行犯逮捕だ。窃盗常習犯を野放しにするより檻《おり》に放りこんだ方が市民のためになる。

もっともそのような幸運はなかなかないが、函館市内の川柳交番に勤務する橋元《はしもと》巡査部長は正しくその幸運に出くわしたのである。だが、橋元は一人で逮捕しようとはせず、刑事課の平に電話を入れた。付近一帯で複数の空き巣狙いが起きており、刑事生活安全課が特別警戒態勢を敷いていたのと、係長をしている平を個人的に信奉していたためだ。

電話を受けた平は種田とともに捜査車輛で駆けつけ、現場近くにいた橋元を拾った。後部座席に乗りこんだ橋元が斜め前に建つ平屋の一軒家を指す。グレーのサイディングを張った家は古びていた。

「あの家です。三浦《みうら》が入ったのは十分ほど前ですからそろそろ出てくるでしょう」

三浦昭《あきら》は常習の窃盗犯で専門は空き巣狙いだ。

橋元の言葉通り、ほどなく玄関の引き戸を開けて男が出てきた。紺色のスーツに細身のネクタイ、メタルフレームのメガネ、磨きあげた革靴を履いて鞄《かばん》を提げている姿は、銀行の営業マン風だったが、鞄の中味はバールにドライバー、手袋など七つ道具である。ごていねいにも三浦は玄関先で家の中をふり返り、何度も頭を下げた。まるでたった今訪問を終えたばかりの顧客に礼を尽くすように……。

家の中に誰もいるはずがない。引き戸を閉め、門柱にかかろうとしたとき、平はアクセルを踏みこみ、三浦の前に車を停めた。

車を降り、三浦の前に立った。

「よう、三浦。元気そうだな」平は笑みを浮かべ、声をかけた。「とりあえず鞄の中味を見せてもらおうか」

いきなりだった。

三浦は懐から取りだした紙を口に入れ、呑みこもうとした。平はとっさに三浦の口に親指を突っこんだ。

後悔した。

三浦が思いきり嚙みついてきたのだ。

窮鼠《きゅうそ》、たしかに猫を嚙む。


「これがそのとき、三浦が呑みこもうとしたリストのコピーです」

そういうと平はとなりの椅子に置いたソフトアタッシェから折りたたんだ用紙を取りだし、佐古の前に置いた。

「三浦逮捕に至るまでには、うちら刑事係と地域課の半年近い努力、精進があったのですが、本件に関わりないので割愛します」

「拝見しても?」

佐古が訊いた。平がうなずくと佐古はリストを手に取った。

平はつづけた。

「氏名、住所のあとに年齢が入っているのでおわかりかと思いますが、いずれも高齢者です。しかも備考欄が大きく取ってあって、毎週何曜日に医者に行く、銀行に行く、いったん外出すると戻るまでにどれくらいの時間を要するといったことまで書いてあります。実は三浦をパクった近所では年寄り世帯ばかりが狙われる窃盗事件が相次いでました。警戒はしてたんですが、空き巣の現認はなかなか難しい」

「たしかに」

佐古は目を上げ、リストをわずかに持ちあげてみせた。

「オレ詐欺をやってる連中が使ってるものにまず間違いないですね。かなりこすってある」

「私もそう思いました。それで三浦をパクったあと、リストに載っている家を回って聞き込みをかけたんです。リストに載っている全世帯に何らかの接触がありました。電話がほとんどだったんですが、さらに……」

「やられてたんですね」

「五件でした」

平の答えに佐古は驚いた様子も見せず、そうだろうとでもいうようにうなずいた。平は言葉を継いだ。

「最低で二百万円、最高が三千三百万、五件の被害総額は五千万を超えてました。そのうち四人は詐欺だとも気づいていなくて……、息子や孫を救ったと信じこんでしまってたんです。最高額をやられた被害者《マルガイ》だけは詐欺だとわかってたんです。管内に居住している西浦《にしうら》さんという年寄りだったんですがね。話を聞いたら、もう詐欺なんてレベルじゃなかったんですよ」

佐古は悲痛な顔をしてうなずいた。平は二ヵ月ほど前、西浦幸三《こうぞう》の自宅を訪れたときの様子を話しはじめた。

ひと通り西浦の話を聞き終えた平は呆然《ぼうぜん》として声を圧しだした。

「いやぁ……、西浦さん」

座卓の向こう側で背を丸め、小さな躰をさらに縮めている西浦がいった。

「だって仕方ないっしょ」

「どうして仕方ないの」

「おれは一人だし、あっちは四人も五人もいたから。おっかなかったもの」

聞きとりにくい、ぼそぼそとした声だが、平の胸に突きささった。

男たちがやって来たのは今年の春先、半年ほど前のことだ。いきなり黒のワンボックスカーで乗りつけ、玄関の扉を叩いた。そして応対に出た西浦を怒鳴りつけたという。

『再三催促してるのに完全無視とはどういうことだ。今日という今日は払ってもらうからな』

　相手は躰が大きかった。スキンヘッド、黒いジャージー、サングラスに金のネックレスをしていたことは憶《おぼ》えていた。ほかの連中も似たような恰好をしていたという印象はあるが、はっきり記憶していない。見ていなかったのだ。怒鳴りつけられ、恐怖に圧しつぶされそうになって終始うつむいていたのだ。

　それでいてスキンヘッドの巨漢の恰好だけを憶えているのは、人と話をするときにはちゃんと相手を見て話せといわれたからに他《ほか》ならない。鼻先数センチまで顔を近づけ、相手の目をのぞきこんで話すというのは恫喝《どうかつ》の常道である。

　西浦の預金額は四千万円近かった。十五歳から七十歳になるまで市内の造船所で働いた。一九三〇年生まれなので七十歳になったときにちょうどミレニアムだったが、退職したのはひたすら年齢のためだ。七十歳になったら仕事を辞め、妻と温泉旅行でもしようと話をしていた。二人には子供がなかった。だが、西浦が仕事を辞めてから間もなく、妻に癌《がん》が見つかり、その後入退院をくり返すようになった。その妻も五年前に死に、以来ひとり暮らしをつづけていた。

　四千万円もの預金は、造船所で働いている間からこつこつ貯《た》めた金に西浦の退職金、妻の生命保険金などが加わったものだ。

　犯行が露見しなかったのには、いくつか理由があった。

まずは西浦が銀行、信用金庫、郵便局など五つの口座に分けて金を預けてあったこと。男たちは西浦を車に乗せ、函館市内ではなく、となりの市や町に連れていっては金を下ろさせたり、口座の解約をさせていった。行員や職員の注意を引かないよう一度に引きだす金額は抑え、解約のときにはもっともらしい理由をいわせた。それを四ヵ月にわたってくり返していたのである。

「どうして警察に相談しなかったの」

「だっておっかなかったから」西浦は低い声でいい、下を向いたまま頭を下げた。「すみません」

「いや、西浦さんが謝ることじゃないから」

平は胸がきりきり痛むのを感じた。

情けなかった。目の前で小さくなっている非力な年寄りを守ってやれなかった自分が許せなかった。

「オレ詐欺も様変わりしてきましたからねぇ」

佐古は沈痛な表情でつぶやいた。

オレオレ詐欺が認知されはじめたのは平成十五年頃で、警察をはじめ、金融、通信といった関連する業界での対策が始まった。詐欺の犯人による金融機関の架空口座利用を阻止するため、平成十六年末には口座の本人確認法が改正され、罰則などを厳しくし、平成二十年には犯罪によって得た収益を移転することをすべて禁じた犯罪収益移転防止法へと発展している。また、平成十八年には携帯電話の不正利用防止法が施行され、番号だけでは使用者を特定できないトバシと称される携帯電話の売買が難しくなった。

しかし、規制を強化すれば、詐欺事犯たちも対応し、佐古がいうように様変わりしてきたのである。

まず、手口が多様化し、いわゆるオレオレ詐欺のほか、架空請求詐欺、融資保証金詐欺、還付金詐欺などが現れ、こうした電話による詐欺事犯全般を指して振り込め詐欺と呼ばれるようになった。そこで金融機関各店舗においては送金手続きに来た客——とくに高齢者——の観察が強化され、平成十九年初頭からは現金自動預払機《ATM》による現金での送金は一日十万円までとする限度が設けられたのである。

詐欺事犯たちが変貌《へんぼう》を迫られたのはこのときだ。金融商品等取引やギャンブル必勝法情報の提供、異性との交際斡旋といった名目ですぐに詐欺とはわかりにくいようにしただけでなく、それまでATMで金を引きだしていた〝出し子〟が〝受け子〟に変わったのである。受け子は、文字通り宅配便や郵便で送られてくる現金を受けとったり、直接被害者のもとを訪れ、集金するのが役割だった。

さらに悪質な手口になると事前に電話すらかけず、いきなり被害者宅に押しかけ、架空の借金返済や賠償金の支払いを迫った。もはや強盗であり、西浦はまさにこの手口に遭った。

　佐古がリストを置き、平を見た。

「先ほど、西浦さんの話をするときに、だったと過去形でいわれましたが」

「亡くなりました。私がご自宅を訪ねて、話を聞いたすぐあとくらいに入院しましてね。肝臓癌だったんです。ほかの臓器への転移も見られて……」

「そうだったんですか」

　佐古はふたたびリストに目をやった。

　西浦は入院に際して治療ではなく、苦痛の緩和を希望した。自宅を売却――小さく、古い家は思い出は詰まっていてもさしたる金額にはならなかったようだ――して、入院費にあてた。入院して二週間で死亡したのだが、口座には三百万円が残されており、自分と妻の遺骨を一つにして処分してくれるようにと遺言していたのである。

　平たち港町署刑事係は、総力をあげて三浦事案を調べあげ、ついに湯原に行き着いたのである。

　だが、あと一歩のところで逃げられてしまった。

　佐古はまっすぐに平を見て告げた。

「湯原殺しについては荒川署に合同捜査本部が立ちますが、湯原がらみの件は我々が継続して追います」

湯原は道具屋といわれる役割を担っていたと推測されるが、平にできるのは推測までである。もし、湯原の身柄を拘束できていれば、特殊詐欺事犯――とくに西浦をはじめ港町警察署管内の被害者を引っかけた連中に手が届いたかも知れない。

平は佐古の手元にあるリストに目をやった。

「湯原は口を封じられたんですかね」

「それも調べてみます」佐古は探るように切りだした。「三浦事案について、資料を提供してもらえますか」

平は大きく息を吸い、ゆっくりと吐きだしたあと、うなずいた。

4

それは人類史上、個人が打ち上げた中でもっとも高価な花火だった。

二〇一五年六月二十八日――。

濃密なブルーの空をぐんぐん昇っていったロケットがふいに白い煙に包まれたかと思うと、一瞬にして紅《あか》い火の玉になった。火の玉は現れたときと同じくらい突然に、そして呆気《あっけ》なく消え失《う》せ、あとにはいくつもの破片が白や灰色の煙を曳《ひ》きながらゆっくりと落ちていった。

世界中から何千億円もの金を集め、人と技術を結集し、何年もかけて準備したのだが、発射から二分三十五秒で消滅してしまった。

テレビで見ていた真藤は胸がひりひりするのを感じた。

一円だって投資しているわけではないのに……。

ロケットを打ち上げたのは民間会社だった。社長はまだ四十代半ばで、十二歳のときには商業用コンピューターソフトウェアを開発、販売して大儲けしていた。南アフリカの生まれだが、十代半ばでアメリカに移住し、自ら稼いだ金で修学した。学生時代には農場で肉体労働のアルバイトもしている。

古臭い言い回しだが、裸一貫から叩きあげたこの社長に、真藤はいつしか自分を重ね合わせていたのである。

稼いだ金額が桁《けた》違いであることはわかっている。世界中を相手に商売し、モータースポーツの最高峰F1名門チームのオーナーとなり、女優やモデルと浮き名を流して、三度結婚していた。

一方、真藤のしのぎはオレオレ詐欺だ。表にできる稼業ではなく、もちろん人に誇れる商売でもない。稼いだ金をほんのちょっと動かすのにも警察の目を引かないよう細心の注意を払わなければならなかった。

それでも出し子からかけ子に転じた最初の年に二千万円、翌年には四千万円を稼ぎ、十二年経った今では隠れ家の金庫に三億円の現金を保管している。レクサスLSを乗りまわし、高層マンションに住んで、つねに十人並み以上の女と付き合ってきた。

民間企業ながら宇宙ロケットを打ち上げた若き社長を究極の成功者と見なし、自らの才覚だけを頼みにするというところを自分と重ね合わせてきたが、もっとも興味があったのは、その社長が集めた金をどう遣うのかという一点だ。

結果は打ち上げ花火……。もっともくだんの社長は全財産をロケットに注《つ》ぎこんでいたわけではない。完全に破綻《はたん》してしまわないのも本物の金持ちの特徴ではある。

稼いだ金をどう遣うか——詐欺稼業に入った頃から真藤は考えつづけてきた。

三十になるまで稼いだ金は、新たな事業を起こすため、店舗を確保し、携帯電話や名簿を手に入れるのに使ってきた。よりよいもの、より安全なものを手に入れるため、出し惜しみはしなかった。

十二年も稼業をつづけてきた者は真藤の周りにいなかった。ごくわずかながら金主に転じた者もいる。オーナーとも呼ばれているが、店舗や組織を所有しているわけではなく、単に投資しているだけだ。しかも一人で投資するケースは少なく、リスクを分担するため、何人かで共同出資する形が多い。

だが、金主は利権であり、金さえあれば、なれるという性質のものではない。圧倒的な暴力という背景がなければ、たとえ金主になってもあっという間に食い殺されてしまう。そうかといって真藤にはオレ詐欺以外経験はなかった。

集めた金を回している間はいい。ちょっとでもつまずけば、これまた潰され、食い殺されてしまう。走りつづけるしかないのだが、息切れしているのも感じていた。

それともう一つ。

金には意思があるように思えてしようがなかった。金は自ら集結する場所を選び、見限れば一瞬にして去っていく。世の中の仕組みとか、流れといったものが金の離合集散に関わっているのだろうが、真藤には金そのものが意思を持っているようにしか思えなかった。

今のところはまだ金に愛想を尽かされてはいないが、いずれ結末はやってくる。須田のいっていた三十歳は一つの目処《めど》といえるだろう。

どんな結末が来るのか……。

雑居ビルの一室で早朝から始まったかけ子研修は、午後になって熱を帯びていた。昼を過ぎた時点で応募者は十七名にまで減っている。真藤は午前中にいったん抜け、午後二時過ぎに戻ってきていた。

十七人の応募者たちは携帯電話で高齢者向け介護付きリゾートマンションを販売するための営業電話をかけていた。あちらこちらから途切れ途切れに聞こえてくる声に真藤は聞くともなく耳を傾けていた。

「そうです。場所は熱海市内で……」

「中古ではございません。新たに建設しまして、オープンは来年二月を予定しています」

「もちろん温泉付きです。それぞれのお部屋のバスルーム、大浴場のほかに介護付きの浴室もございます」

　実際、噴きだしそうになる光景ではあった。金髪のリーゼントにサングラス、ネックレスやブレスレットをちゃらちゃらさせ、だぼだぼのジャージーを着た男が懸命に猫なで声を出し、老人向け介護付き高級リゾートマンションを売ろうとしているのだ。

　来年二月、熱海市内に新規オープンする高級リゾートマンションで、部屋は2DKと3DKの二タイプ、価格は八千万円と一億二千万円だが、これはあくまでも入居時に必要な一時金に過ぎず、入居すれば、別途月額三十万円の食費、管理費がかかる。マンションと同じ敷地に設備の整った内科医院があり、必要に応じて医師や看護師が往診してくれる。早い話が自分たちの住まいがそのまま入院施設になるというわけだ。さらにマンション内に看護師、介護士が複数常駐し、二十四時間休みなく目を配ってくれ……。

　すべてでたらめ、嘘っぱちだ。

　応募者たちはセールストークのシナリオと名簿を渡され、片っ端から電話をかけさせられていた。山田と前田が机の間を歩きまわり、ときに叱咤《しった》激励し、ときに罵声を浴びせていた。部屋中に響きわたる大声である以上、誰の電話口からも相手に聞こえるのだから営業電話としてはまるで意味がない。

「切られたらすぐ次だ。五分に一本でも一時間で十二本、次の休憩までに発信記録が十二本以下ならしばきあげるぞ」

前田が怒鳴る。

午後は一時から三時までの二時間、研修と称して電話をかけさせ、午後三時から十五分の休憩を取ることになっていた。

「ぼうっとしてるんじゃねえ」

グレーのジャンパーを着た、メガネの男をのぞき込み、顔を近づけて山田が怒鳴った。だが、男は反応せず、〈叫び〉という名の有名な絵そっくりの顔になった。山田が男の耳元に口を寄せ、怒鳴りつづけた。

「こら、なめてるのか……、さっさと次の電話しろ……、遊びじゃねえぞ……、吊るすぞ、こら……」

男はそれでも反応しなかった。

山田がちらりと真藤を見たので、右手でさっと首のわきを掻き切る仕種をした。山田は男の左手を取ると手のひらに携帯電話を縛りつけてある包帯を解いた。携帯電話を取りあげ、自分の上着のポケットに落としこむと男の腕をつかんで立たせた。

応募者たちは全員携帯電話を左手に縛りつけている。午前中だけで四時間近く次から次へと電話をかけているうちに両手の感覚はなくなり、番号を押している最中に落としてしまうからだ。隣りあっている者同士が互いの手に携帯電話を縛りつけてやり、最後は山田、前田が点検していた。

男は一切逆らおうとしなかった。山田に引かれるまま、出入り口に向かい、五千円札をポケットにねじこまれたときも〈叫び〉の顔をしたまま、あらぬ方向を見ている。山田は男を廊下に押しだし、鉄扉を閉めた。

前から二列目の男が手を上げ、前田が近づいた。手を下ろした男が喋りつづけている。

「さようでございますか、妹さんご夫婦もごいっしょに、ということでございますね。それは何とも素敵なことで……、少々お待ちください」

応募者は携帯電話の通話口を手で覆い、前田に訊いた。

「電話に出ている本人だけでなく、妹にも勧めて、できればとなり同士で入居したいといってるんですが」

「いいぞ」前田が応募者の肩を叩く。「パンフレットは妹の方に送るからといって、そっちの住所も聞きだせ」

応募者が携帯電話を耳にあてようとするのを前田が止める。

「ちょっと待て。いいか、最初はパンフレットを二部送るのでそちらから渡していただけるかと訊いたあとで、こちらからお送りしてもいいかというんだ」

「恩着せがましくないですか」

「大丈夫。そういった方がリアルなんだよ。わかったな」

「はい」応募者が携帯電話を耳にあてる。「大変お待たせいたしました。それでは妹様の分のパンフレットも同封させていただきますが……、あ、さようでございますか、九州にお住まいなんですね」

前田がにこにこしながら応募者の肩を叩く。

「それでは私どもの方からお送りさせていただきますが、かまいませんでしょうか。いいえ、手数など……、姉妹そろってご入居いただいて、楽しく暮らしていただければ、私どもとしても大きな喜びでございます」

応募者はその後、二件の住所を聞きとり、その場で前田は成功報酬一万円を渡した。一件が五千円、途中、自らの才覚で話を膨らませ、二件にしたのである。

午後三時に十五分の休憩を取り、なおも研修はつづいた。

「……航空五〇一二便にて函館にいらっしゃるお客様にあらかじめ申しあげます。搭乗に際しましては、三歳未満のお子様をお連れのお客様、現在妊娠中のお客様など、お手伝いを希望されるお客様を優先的にご案内いたします」

　小ぶりなスポーツバッグをぶら下げた平は搭乗口に目を向けていた。かたわらには牧野と斉藤が立っている。荒川警察署での会議を終え、まっすぐ羽田空港にやって来た。

　牧野と斉藤もバッグ一つの軽装である。そもそも一泊二日の予定だった。

　一昨日の午前中、平は牧野、斉藤、種田とともに羽田に降りたった。その日の午後には湯原のマンションや周辺を下見し、湯原の在宅が確認できたあとは交代で張り込みについた。そこまでは予定通りだった。

　搭乗口では、幼児を連れた母親が航空会社の女性職員と話をしている。職員が笑顔で応対し、母子を飛行機へと案内していった。

　何もかも予定通りならば、昨日の朝湯原を逮捕し、午後には函館に戻って、今日は朝から本格的な取り調べを行っていたはずだ。だが、湯原はすでに亡く、種田は入院している。

　ふいに西浦の顔が脳裏に浮かんだ。体調が悪くて病院で検査を受けたところ、肝臓に癌が見つかって急遽《きゅうきょ》入院することになった。平はすぐに見舞いに行った。

　西浦はグリーンの入院着姿であることをのぞけば、ふだんと変わりなかった。日当たりのいい談話室でテーブルを挟んで向かいあうと、西浦はうつむき加減でいつものようにぼそぼそといった。

『実感がなくて』

最初は肝臓癌と診断されたことに実感が湧かないのだと思った。だが、違った。

『おれが見てたのは通帳の数字だけだから』

西浦が騙しとられた三千三百万円は大金だが、夫婦に子供はなく、家は四十年以上も前に購入、中古で買った軽自動車を十年以上乗っていた。ふだんは生活に必要な金を少しずつ下ろすだけで、現金を目の前に積みあげたことなどなかった。

担当医にも会って話を聞いた。肝臓癌と転移を告知したときにも西浦は取り乱した様子を見せなかったという。妻は亡くなっており、ふだんから行き来している親族もなかったので直接本人にいうしかなかったと医者はいっていた。

『諦めるしかないっしょ』

そういったときの西浦の表情はさばさばしているように見えた。

『あれが生きてれば、諦めるとはいわないだろうけど。したけど、あれが生きてれば、騙されることもなかったべな。おれよかナンボも度胸あったから』

あれとは亡くなった妻のことだ。

奥さんのことを話すときだけ、西浦は懐かしそうに笑みを浮かべていた。彼岸《あのよ》というものがあるのか平にはわからないが、できることなら西浦と奥さんには再会して欲しいと思った。

「五〇一二便にて函館にいらっしゃるお客様に申しあげます。これよりすべてのお客様を機内へとご案内いたします。お手元の搭乗券をお持ちになり、どうぞ、前方十一番搭乗口までお越しくださいませ」

搭乗口の前に二列になった乗客たちがじわりと動きはじめた。

だが、平は立ち尽くしていた。牧野と斉藤が平を見ている。平は牧野を、ついで斉藤を見た。

「このまま帰れば、次はいつ東京へ来られるかわからない」

平の言葉に牧野、斉藤ともにうなずいた。

「だが、東京に残ったところでおれにやれることはかぎられている。というか、ほとんどない」

ふたたび二人の部下がうなずく。

「あっちでは生安係がてんてこ舞いしてるだろう」

牧野がいった。

「でも、課長はわかってくれると思いますよ」

そうだろうかと平は思った。荒川署を出る前に電話を入れたのだが、三人そろってすぐに戻るように、詳しくは帰ってきてから聞かせてもらうといってさっさと電話を切ってしまったのだ。

牧野は含み笑いをしていた。課長が何といったか察しがついているのだろう。だが、それ以上何もいわずバッグを足元に置き、ファスナーを開けた。中から黒いファイルを取りだす。

「捜査会議で配布されたレジュメと、ノートにメモを取ってあります。私の字は読みにくいと思います。どうしても読めないときは電話してください」

「ありがとう」

平はファイルを受けとった。

午後六時をまわったＪＲ有楽町《ゆうらくちょう》駅のガード下にあるドイツ料理のレストランは混みあっていた。カウンター席につき、背の高いグラスでビールをひと口飲んだ小町は入口に目を向けた。目の前には焼きソーセージの盛り合わせと酢漬けキャベツ《ザワークラウト》が置いてある。

やがて入口に岩佐悦子《いわさえつこ》が現れ、店内を見まわした。小町は手を上げた。気づいた岩佐が近づいてきて、となりに座り、通りかかったウェイトレスにビールを注文した。

あらためて小町に向きなおった。

「いきなりの電話なんでびっくりしたわ。二年ぶり？」

「そうね。私が浅草に行ったばかりの頃だから二年ちょっとになるかしら」

ビールが運ばれてきて、二人はとりあえずグラスを軽く合わせた。

岩佐はフリーライターをしていた。小町が機動捜査隊浅草分駐所に班長として赴任してきた直後、出会っている。最初に手がけた事件の被害者について岩佐は自分のホームページで書いており、そこに掲載されていた写真が気になって岩佐に連絡を取ったのがきっかけである。

しばらくはビールを飲み、ソーセージを食べながらとりとめのない話をしていたが、小町の方から切りだした。

「実は今さっきそこの書店であなたの名前を見つけてね」

岩佐が口元に運びかけたグラスを止め、探るように小町を見た。

「懐かしくなって電話をしてきた……、ってわけじゃなさそうね」

小町は岩佐に顔を近づけると小声でいった。

「特殊詐欺に関わる事案にぶつかってね」

「ああ」岩佐が納得したようにうなずいた。「何を見たの？」

「二冊あった」小町は足元のショルダーバッグに目をやった。「どちらも買わせていただきました」

「ありがとうございます。二冊しか出てないから全部お買い上げいただいたことになるよ。で、特殊詐欺のどのジャンル？」

「オレオレ詐欺」

「古いなぁ」岩佐が笑った。「今どきは一発系っていうよ。手口は多様化してるけど、やっぱり一発系が基本だよね」

「どうして一発系と？」

「電話一発で引っかかるからね。それで何百万、ときに何千万になる。当たれば、大きいもの」

　小町は顔をしかめ、うなずいた。

「これだけ被害が出ていて、我が社も金融機関も再三注意してるのに被害はあとを絶たないんだな。どうしてあんな手口に引っかかるのかしら」

　岩佐がグラスを置き、まじまじと小町を見た。

「あんな手口っていうけど、あなた、最近の手口を知ってる？　もう、おれだよ、おれ……、なんてやってないよ。電話をかけた相手の子供なり、孫なりの名前も勤務先も把握してるんだから」

「どうしてそんなことまで知ってるのよ」

「リストがある。ベースは地方自治体が持ってる高齢者用施設への入居希望者一覧だったり、介護付きマンションに関して問い合わせをした人のリストなんだけど、それを元にこするのよ」

「こする？」

「調べること。だいたいは市役所とか区役所とかの福祉関係者を装って電話するの。あなた、ご両親は？」

「千葉にいる。二人とも七十前後だけど、元気だし、しっかりしてる」

「二人だけでお住まいなの？」

「そうだけど」

「一度、訊いてみるといいわ。どれだけ頻繁に役所や介護ヘルパーの訪問のほかに、電話で問い合わせがあるか。月に一回か、二回はあるよ。一つには介護保険なんかの等級審査のため、でも、もっと肝心なのは生きてるかどうかの確認」

「うちの親のところにそんなに来てるのかなぁ」

「あなた、親御さんにしょっちゅう会ってる？」

「いえ」小町は視線を逸らし、首をかしげた。「会うのは……、ここ二年くらい会ってないかな。忙しくて」

「しっかりしてるように見えるのはね、親御さんにとってたまに自分の子供に会うのはハレの日だからなのよ。ハレの日ともなれば、誰だって張り切るでしょ。失礼だけど、ご両親のお仕事は？」

「母親は元々専業主婦だし、父も定年退職して、それから五年くらいは嘱託で働いてたけど、今は無職ね。そういえば、町内会の世話役みたいなことをやってるっていってたわ。でも、自分の娘に会うだけなのにハレの日ってことはないんじゃない？」

「仕事を辞めちゃうとね、社会とのつながりがほとんどなくなる。たとえ自分の息子、娘でも一年に一回くらいしか会わないと刺激になるし、何より張り切るのよ。だから子供から見ると今までと変わりなく、元気で、しっかりしてるように見える。だけど本当は寂しいんだ。あなたのご両親がどうのってわけじゃなく、一般論として聞いて欲しいんだけど、ふだん自分に関心を持ってくれる人と話すことなんてほとんどないのよ。それを健康を気遣って、ふだんの生活について細かく訊いてくれる。体調はどうかから始まって、病院には行っているのか、どんな薬を服《の》んでいるのか、どのような食事をしているのか、お子さんとはどれくらいの頻度で会っているか、お子さんの名前と勤務先……」

「そこまで訊かれれば、変だなって思わない？」

「思わない」岩佐はきっぱりいった。「私も何人かインタビューしたけど、親にしてみると自分の子供がどんな仕事をしているかというのは自慢のタネなのね」

「それでも子供が警察《ワガシャ》の人間だってわかれば……」

「親御さんは安心して、べらべら喋るわね。たとえば、あなたのご両親を引っかけることはなくても御社についても詳しくなっておくのはお得なのよ。シナリオの中にあるのよ。息子を装った男から電話がかかってきて、電車の中で女子高生のお尻に手があたっちゃって痴漢騒ぎになった。次に御社の人間に代わって……」

たしかによく聞く事案ではあった。被疑者にされた息子に代わって、鉄道警察隊の隊員を名乗る男が電話に出て……。

岩佐は言葉を継いだ。

「彼らは自分たちのしていることが犯罪であると自覚してる。同時に仕事だと見なしてるの。拠点を店舗と呼んで、そこにはタイムカードもある。通ってくる連中はちゃんとスーツを着て、午前八時半に出社、午後六時には帰る」

「そうなの？」

「だから周囲の人にとってもごく普通の会社と見分けはつかない」

「なるほど」

小町は深くうなずいた。

第三章　街の底で

1

当務に就いて間もなくＪＲ綾瀬《あやせ》駅近辺で強盗事件発生が発報され、機動捜査隊浅草分駐所からは三台の捜査車輛《しゃりょう》が出動した。小町は小沼の運転で真っ先に飛びだしたものの、現場に到着する前に被疑者確保の連絡が入った。

車は都道三一四号線川の手通りを北上しており、綾瀬駅のすぐ近くまで来ていた。

小町は無線機のマイクを取り、第六方面本部通信指令室を呼びだした。

「六六〇三から本部」

〝本部。六六〇三、どうぞ〟

「六六〇三にあっては現在綾瀬駅周辺。車による警邏をつづける」

〝本部、了解〟

マイクをフックに戻す。六六〇一の辰見、浜岡組は分駐所に戻り、六六〇二の伊佐、浅川組は自動車警邏をつづけると連絡を入れた。

小町は何もいわなかったが、小沼は車を左折させ、綾瀬駅の方に車首を向けた。強盗事件発生の通報があったのは駅の北側だが、小町たちの乗った車は南側を走っていた。

やがて目の前に首都高速六号三郷《みさと》線の高架が見えてきた。

小沼がどこへ車を向けているか察しはついていた。

小町は助手席から道路の左側に目を向け、昨夜、ＪＲ有楽町駅のガード下にあるドイツレストランでフリーライターの岩佐に会ったことを思いかえしていた。

取材の帰りだという岩佐はワインレッドの革ジャケットに黒いパンツ、金の細いネックレスをしていたが、指輪はなかった。

『そもそものきっかけは友達の友達の子が無戸籍だったことなの』

三杯目のビールを飲み、大好物だというザワークラウトもお代わりした岩佐はいった。

二十一世紀の日本で、戸籍のない子供がいるというのが驚きだった、とも。

ちょっと待ってと小町はいった。聞きたかったのは岩佐が特殊詐欺について本を書くようになった理由だ。いかにもわかってないなぁという顔をして、岩佐は立てた人差し指を左右に振った。

『法務省が把握しているだけで無戸籍者は全国に六百人といわれてるけど、氷山の一角ね。実際、友達の友達の子について法務省も地方自治体……、この子のケースは市役所になるけど、そこも知らなかった』

無戸籍となる理由はさまざまだが、子供を産んだ母親が夫の家庭内暴力から逃れるケースが多いという。子供の存在が知れれば、子供まで暴力にさらされることを恐れ、出生届を出さないのだ。

『無知といってしまえば、それまでだけど、何が何でも子供を守りたいというのは母性本能そのものでしょ。結婚もしてなければ、子供もいない私が母性本能を語れた立場じゃないんだけどさ』

それは私も同じと小町は思ったが、あえて口にはしなかった。しかし、岩佐にあっさり指摘された。

『あなたも同じでしょ』

無戸籍であれば、義務教育すら受けていないケースも多い。小学校にその子の席がないのだ。取材を進めていくうち、小学校、中学校にまともに通っていない子供はさらに多いことを知ったという。

ビールを飲み、顔をしかめた岩佐がいった。

『教育って国民の義務でしょ。だから中学校まで行くのは当たり前と思ってた。生理的にね。世の中、規則通りに行かないことが多いと頭ではわかっててもなかなか……』

それから岩佐は風俗店に勤めていた若い母親が三歳と一歳の我が子を数ヵ月にわたって放置し、餓死させた事件を例に引いた。誰かが死ななければ発覚しないというだけで、ろくに食べ物も与えず、自宅によりつかずに遊び歩いている母親は認知されているよりは多いという。

『子供だって食べなきゃ死んじゃう。だから万引きする。生き延びるために、ね。お腹《なか》が空《す》いてどうしようもないんだもの、コンビニのパンに手を出してもしようがない。だけど、犯罪は犯罪よね。いくら生きていくためにはほかにどうしようもなかったとはいえ……』

岩佐は苦笑した。

『釈迦《しゃか》に説法だね』

空腹に耐えきれなくなって陳列棚のパンを万引きしてもそれほど罪の意識は湧かない。小町も何度か似たようなケースに臨場し、子供を補導したこともある。しかし、万引きは間違いなく分水嶺《ぶんすいれい》なのだ。悪いことをしているという感覚が麻痺《まひ》していき、万引きをくり返し、さらに窃盗、恐喝、暴行とより凶悪な犯罪を引きおこして児童相談所、鑑別所を経て少年院に送致される。

『もともと育児放棄《ネグレクト》に遭ってた子供でしょ。少年院に送られても親が身元引受人になるケースは少なくて満期いっぱい入院《オットメ》する子が多い。子供が少年院にいる間、親も刑務所ってこともあるしね。そうして少年院を出てきた子供は……、十三か、十四、まだ子供でしょ。それまでろくに学校に行ってなくて、しかも少年院を出てきたばかり。キともな働き口なんてあるはずがないし、親も親族もそばにいない。たまたま親族が引き取っても、その家庭がまた犯罪者か、犯罪者一歩手前の一家ってこともある。働かざる者食うべからずで、またしても万引きやそのほかの盗みを強要される』

そうして知り合った者のうちに特殊詐欺、具体的にはオレオレ詐欺のかけ子となって、年収数千万円となった男がいたという。

『最初は彼のことを書こうと思ってたわけじゃないんだけど、だんだんとお金の流れというか、社会の構造みたいなものが見えてきた。たとえば、預金だけをとってみると日本国内の預金の半分以上は六十歳以上が占めていて、二十歳《はたち》未満だと一割にも満たない。一見当たり前みたいだけど、今の高齢者って高度経済成長を経験している世代なのよね。今日はパンの耳だけで生き延びても、明日はステーキが食べられると夢を見られた。でも、今の子供たちは下手すると一生パンの耳しか食べられない。政治家は美味《おい》しいこといってるけど、すべて票のためよね。日本が経済大国に返り咲けないことなんかわかってるのよ。職に就いても収入は知れてるし、ブラック企業も多い。そもそも正規雇用が少ない。自分の家を持つどころか、結婚も子供も夢のまた夢、行き詰まりのどんづまりなのよ。閉塞感《へいそくかん》にあえいでいる』

岩佐は老人をターゲットにした特殊詐欺の背景には、経済面での復讐心《ルサンチマン》があるといった。

『でも、犯罪は犯罪よ』

小町は自分の言葉がいかにも子供っぽいと感じた。警察官としては、いかなる背景があるにせよ詐欺を認めるわけにはいかない。

『そうね』

岩佐はうなずいた。それからしばらくの間、手にしたビアグラスを見つめていたが、ぼそぼそと話しはじめた。

『警察は特殊詐欺っていうけど、やってる子たちは一発系といってる。電話一発で五百万とか一千万とかになるから。今でも一発系が中心であることは変わりない。ターゲットが老人であることもね。だってお金はそこにしかない。医療や高齢者の福祉とかも合法的に年寄りの金を巻きあげてるだけ』

捜査車輌は高速道路の高架をくぐり、綾瀬川を渡って右折、川沿いに北上しはじめた。

小町の思いはふたたび昨夜の会話に戻った。

岩佐がまじまじと小町の顔をのぞきこんだ。

『ねえ、四年前の大震災のときに原発が事故を起こして、放射能が東京の水源地に降りそそいだことがあったのを憶えてる？』

『ええ』

『あのときね、私は徹夜で原稿を書いてて、それを片付けてから近所のコンビニに朝ご飯を買いに行ったの。五時くらいだったかな。そうしたらちょうど赤ちゃんを抱いた女の人がレジでミネラルウォーターはありませんかって訊《き》いてた。レジの人も困った顔して、売り切れですっていったんだけど、その女の人はこれじゃ赤ちゃんのミルクを作れないというの。もう何軒も回ってるんだけど、どこのコンビニもミネラルウォーターがなかったんだって。そうしたらレジの人が朝早くに近所のお年寄りたちが来て、全部買ってってちゃったたっていうじゃない。あの日は朝早くからテレビが大騒ぎしてたでしょ。放射能に汚染された水道の水を飲めば、二十年後に癌になるかも知れないって。買ってったのは年寄り連中だっていってたけど、七十かしらね、八十を過ぎた人もいたかも知れない。あと何年生きるつもりだよって腹が立った。まあ、徹夜明けのくったくたで導火線が短くなってたことは認めるけど』

『だからといって老人からお金を騙《だま》しとってもいいってことにはならない』

小町の言葉に岩佐は首を振った。

『おっしゃる通り。オレ詐欺は犯罪。だけど合法的に年寄りから巻きあげてる企業はほかにもたくさんある。皆でよってたかって、年寄りを食い物にしてるといってもいいでしょう』

小町は首を振った。

『それでも特殊詐欺を正当化することはできない』

『そんなことはわかってる。私は彼らに罪がないとはいわない。だけど二十年後の癌を心配して、赤ちゃんの口に入れるべきミネラルウォーターを買い占めるような年寄りは害悪だよ』

話をしている岩佐の目はぎらぎらと光を放っていた。

『金を巻きあげられている年寄りが弱者だなんて思わないことね。弱者は若い人たちの方。閉塞感に息が詰まりそうになってる。彼らの頭の上を覆っているのは何？　年寄りなのよ。追いつめられた若者たちが牙《きば》を剝《む》いた……、それがオレ詐欺の実態よ』

違うと思ったが、うまく反論できなかった。そのうち岩佐は特殊詐欺事犯は偏った富を再分配するという意味ではネズミ小僧だとまでいいだした。

『犯罪者ではあったけど、義賊とも呼ばれたわ』

捜査車輌が赤信号で止まり、助手席に座っていた小町の思いは中断した。綾瀬川の西側にある堤防沿いを走っていた。運転席に目をやるとハンドルを握っている小沼がスマートフォンを取りだしている。

「こら、運転中の使用は道路交通法違反だぞ」

「あっ、いや」小沼はあわててスマートフォンを懐に入れた。「すみません。ちょっと気になることがあったもので」

「何？」

「知り合いの高校生……、粟野力弥《あわのりきや》のことなんですけど、今三年生なんです。実は今年、警視庁《うち》の採用試験を受けたんです。一次試験は通って、二次の面接も終わってて、そろそろ合否通知が出る頃なもので」

「まるで親みたいだね」

信号が青に変わり、小沼は車を発進させ、左折した。小町はスマートフォンを取りだし、警視庁の採用に関するホームページを開いて採用試験について調べた。

「心配性のお父さんに申しあげます。二次試験の結果発表はちょうど一週間後。まだしばらくやきもきがつづきそうね」

小町の言葉を聞き、小沼は頬を膨らませて息を吐いた。

「ありがとうございます」

「どういたしまして」小町はスマートフォンを上着の内ポケットに戻した。「ひょっとして、あそこに向かってる?」

「現場百回が刑事《デカ》の身上ですからね」

しばらく行くと右手にスーパーが見えてきた。一昨日の未明、パンツ強盗事案の大捕物があった場所である。

そのスーパーを通りすぎた直後、小町と小沼は同時に声を上げた。

「あっ」

あのときのパンツ強盗が歩いていたのである。一昨日と同じ服装で同じリュックサックを背負っていた。しかし、パンツ強盗と呼ぶのは不当であることもわかっていた。男は強奪したパンツを女に返し、謝罪した。女はパンツを受けとり、謝罪を受けいれた。

穿《は》いているパンツを男の目の前で脱ぎ、一万円で売るという行為は違法とまではいえないにしろ公序良俗という観点から問題がないわけではなく、さらには強制猥褻《わいせつ》や傷害といった事件に発展する恐れもある。一方、男の行為は強盗に違いない。小町は最後までは見届けなかったが、おそらくそれぞれ説諭した上で釈放となったのだろう。

さらに直進し、六叉路《ろくさろ》に近づいたとき、交差点に面した交番からミニパトが赤色灯を回して出ていくのが見えた。

「どうします？」小沼が訊いてくる。「サイレンは吹鳴してなかったようですが」

「とりあえずついていってみよう。こっちは赤色灯なしでね」

「了解」

交差点を鋭角に右折し、ミニパトにつづいたが、路上に姿は見えなかった。

「あれ、どうしたのかな」

小沼が独りごちる。小町は顎《あご》をしゃくった。

「このまままっすぐ行ってみて」

百メートルほど行くと右にコンビニエンスストアがあり、駐車場にミニパトが停められている。小沼が駐車場に車を乗りいれる。

「お弁当でも買いに来たのかしら」

防犯上の要請もあって警察官が制服姿でコンビニエンスストアに買い物に行くことは

認められていた。

「昼には早いですよ」

「遅い朝食かも知れないでしょ」

二人は捜査車輛を降り、コンビニエンスストアに入った。右手奥にあるATMの前に若い女性と二人の制服警官が立っていた。警官の一人がATMの後ろ側をのぞきこんでいる。二人の店員がレジカウンターの内側にいたが、緊迫した様子はまったくない。

小町と小沼はあえて近づこうとせず飲料コーナーの方へ歩いていった。

「236《にさんろく》じゃなさそうですね」

小沼の言葉に小町はうなずいた。強盗罪を定めているのが刑法第二百三十六条だ。ATMを見ているうち、またしても昨夜の岩佐との会話が蘇《よみがえ》ってきた。

『平成十九年の頭からATM規制が始まったでしょう。一日に現金で振りこめる金額の上限を十万円にするって。あれが業界に大打撃を与えて、構造改革を余儀なくされた』

オレオレ詐欺では騙した相手から特定の口座に振りこませ、出し子が引きだしていた。全国、どこのATMからでも引きだすことができ、一度振りこまれてしまうと引きだす現場を押さえることは不可能だった。

そこでATMそのものに規制をかけたのである。

『あれで出し子が受け子になった。宅配便や郵便で現金を送らせて、受けとるから受け子ね。それはもちろん知ってるでしょ』

小町はうなずいた。

『ATMに比べるとリスクは非常に大きくなったわけね。だって金が送られてくるところに犯人がいるわけだから。それで連中は三重、四重の安全策を取るようになった。早い話、ラグビーのパスみたいに次から次へと現金を受け渡していくようにしたわけね。そのため人手がいるようになったし、連中は警察以外も警戒しなくちゃならなくなった』

小町はふたたびうなずいた。

オレオレ詐欺の被疑者たちが警察以上に警戒し、恐れたのは同業者だ。持っている現金を強奪されても詐欺で稼いだ金だけに警察に駆けこむわけにはいかない。受け子が仲間に情報を流し、自分を襲わせるのである。

『そこに入りこむ余地ができた』

そういったあと、岩佐は声には出さず、ヤ、ク、ザと口の動きで伝えてきた。

『業界の連中は暴力に関してはプロとはいえなかった。だから身を守るため、そして襲われた場合に襲った相手を追いかけ、金を取りもどすだけでなく報復するのにプロの手を借りる必要が出てきた。最初は後見役《ケツモチ》だったけど、そのうち受け子そのものをプロの連中が請け負うようになった。何が起こったと思う?』

『受け子は業界の人間じゃなく、プロの連中のところへ金を運ぶようになった』

『ご名答。全部が全部じゃないけど、まさに仁義なき何とやらになったわけ』

身を守り、被害に遭ったときには報復する手段としてヤクザに頼らなくてはならなくなったが、今度は受け子システムそのものをヤクザに牛耳られることになってしまったというのだ。

ＡＴＭの前にいた若い女性がコンビニエンスストアを出ていったあと、小町は制服警官に近づいた。

「ご苦労さま。機捜浅草だけど」

「ご苦労さまです」

律儀に挙手の礼をする若い警官に軽く手を挙げて応じた。

「何があったの？」

「財布を忘れたんだそうです。一応、店のオーナーに防犯カメラの映像を提供してもらうよう手配はしました」

小町と小沼はコンビニエンスストアを出ることにした。機動捜査隊もしくは持ってるデカの出番はない。

2

中味は水だろうな——平は顎を撫でながら胸のうちでつぶやいた。

目の前の足元にペットボトルが八本あった。一本は空のようだが、ほかは何か液体が入っている。すべて二リットルサイズだ。分厚く土ぼこりにまみれて中を透かし見ることはできない。何年もそのままになっているようだ。

置かれているのは、隣り合った住宅の塀との間、その入口である。防火用か、野良猫避《よ》けか。ペットボトルのちょっと向こうにマンホールがあった。

目を上げ、信じられんよなぁと思う。

塀との間はせいぜい五十センチほどでしかない。二メートルほど先の壁には一升瓶が立てかけてあり、タバコの吸い殻が点々と落ちていた。

今から約五十時間前、平は湯原を追って目の前の隙間《すきま》を駆けぬけた。侵入者を防ぐように並べてあるペットボトルはハードルのように飛びこえたのだろうが、まるで憶えがなかった。

左右を見渡し、誰も見ていないのを確かめるとペットボトルをまたいで住宅との間に躰《からだ》をねじこんだ。躰を横向きにしないと入れず、そうしても肩や尻を壁にこすった。抜けた先は路地になっていて、向かいに別の住宅があり、格子状のシャッターを下ろした車庫には小型自動車と自転車が置かれていた。

　路地はようやく車一台が通りぬけられるほどの幅しかなく、自動車は住宅の壁に張りつくように入れてある。リアバンパーのすぐ後ろが玄関になっていた。路地と車庫を何度も見比べ、車を入れるまでに何度切り返すのだろうと思った。しかも所定の位置にぴったり入れないとシャッターは下ろせず、玄関ドアの開閉も無理そうだ。北海道で生まれ、育ち、今も住んでいる平には信じがたい光景だ。

　そもそも東京に来ること自体、三十一年ぶりになる。前回は高校二年生の修学旅行で、原宿に行った。

　当時、派手な衣裳で踊っている竹の子族というものがテレビでよく取りあげられていて、そいつを見物しようとクラスメート数人と出かけたのだが、誰もいなかった。その日は平日で竹の子族は日曜、祝祭日の歩行者天国にしか現れないことを誰も知らなかった。さらに平たちが訪れた昭和五十九年にはすでにブームが下火になっていたというのもあとで知った。

　ほかに行く場所も思いつかなかったので明治神宮に参拝し、表参道を歩いただけで集合場所である上野に戻った。

　夜行列車の出発時刻まではずいぶんと間があったが、アメ横で外国《ヨウ》タバコ《モク》と地元ではなかなか手に入らないミニ・スターという国産タバコを買わなくてはならなかった。その頃は翌年警察官採用試験を受けるなど思いもよらなかった。

四十七年生きてきて、東京にいたのは昭和五十九年秋の半日だけである。歩いたのは原宿駅周辺、表参道、アメ横、上野駅の構内くらい。どこに行っても人、人、人の群れに目が回った。

もう一つ。山手線の窓から見た光景――地平線までびっしり建物で埋めつくされていたのにも驚かされた。見渡すかぎり畑というなら多少見慣れていたのだが……。

あのとき平を驚かせた家々の詰まった街並みが実際に歩いてみるとどのようなものか、湯原が逃げた経路をたどることであらためて知った。

湯原が住んでいたマンション出入り口の規制線は解かれていたが、荒川署に捜査本部が立った以上、付近に刑事が張り込んでいるのは間違いない。捜査権のない平がうろちょろしていれば、注意され、追いだされるのがオチだろう。だからマンションは避け、少し離れたところから逃走経路をたどりはじめたのだ。

昨夜はホテルの部屋で一人、牧野が渡してくれたレジュメとノートをじっくり読んだ。湯原宏忠が四十五歳なのは逮捕状を請求したときから知っていたが、資料にあった経歴を読みながら、あらためて二歳しか違わないのだと思った。

平は昭和四十三年、湯原は昭和四十五年生まれである。

高度経済成長は昭和四十八年で終わり、その年、五歳の平、三歳の湯原には歴史教科書における出来事でしかなく、物心ついたときには低成長期といわれていた。それでも昭和六十二年に高校卒業、北海道警察に入った平と違って、大学に進学、平成五年に卒業した湯原はバブル崩壊後の就職氷河期といわれはじめた時期にあたり、苦労を強いられたようだ。

湯原が最初から教員志望だったのか、ほかに適当な就職先がなかったのかは資料を読んだだけではわからない。生まれは群馬県高崎市で東京都内の私立大学に進学、平成五年に卒業したものの、その年から平成八年までは臨時講師として都内の小中学校を転々とし、平成九年になってようやく荒川区内の公立中学校に正式採用されている。

両親は高崎市に住んでおり、湯原は一人っ子だった。五年前に父親が他界したのをきっかけに母親を呼びよせ、今回平たちが訪れたマンションを購入している。資金は母親が自宅を売却して調達したため、今もって母親名義である。

母親と同居するようになって二年経った頃、湯原は自己都合によって退職した。正式採用から十五年が経っていた。以来、定職には就いていない。表向きの収入源は母親の年金と、湯原がいろいろアルバイトをして得ていたことになっている。住宅ローンはなく、母子二人だけなら、それなりの生活はできただろうと推測される。

だが、湯原は児童ポルノＤＶＤの販売や特殊詐欺の道具屋として収入を得るようになった。これまで湯原は警察と関わりを持ったことがなかったので犯罪に手を染めた理由ははっきりしていない。平たちにすれば、身柄を確保したあと、ギャンブル、酒、女にからむ遊興をふくめ、何に金を必要としたのかから交友関係、そして本丸である特殊詐欺事犯についてあぶり出すつもりでいた。

しかし、永遠に手の届かないところへ逃げられてしまった。

みごとなほどにびっしりと住宅、アパート、マンションが建ち並び、複雑に枝分かれした路地を歩きながら、平は何度もポケット判の地図を取りだして自分が今いる位置を確かめた。住所表示と地図を首っ引きで見比べるが、それでもだんだんと自分の居場所がわからなくなってきた。

コートのポケットに地図を突っこみ、独りごちた。

「何やってんだ、おれ」

ただ闇雲に歩きまわったところで湯原殺しの手がかりが得られるはずもなく、そうかといって荒川署の捜査本部に顔を出すわけにもいかない。ただ無為に時間を過ごしているだけだが、函館に帰る気にはなれず、じっとしていることもできなかった。今朝、ホテルを出てきたときには歩きまわっているうちに何かにぶちあたるか、思いつくかも知れないと漠然と期待していた。

甘かった。刑事の仕事は歩きまわることだと教えられてきたが、犬も歩けば棒にあたるという具合にはいかなかった。

ぽんと開《ひら》けた場所に出て、ようやく自分がどこにいるかわかった。

目の前に京成線の高架がある。右に行けば新三河島駅、左には湯原が平を振りきった高架下をくぐって向こうへ抜ける出入り口がある。

平は右——新三河島駅に向かった。

湯原の死体は全裸で毛布にくるまれていた。牧野からもらった資料では遺体のそばからも自宅からも携帯電話は見つかっていないとあった。また湯原の自宅から押収したパソコンについては現在調査中で、どのようなデータが保存されていたのかは明らかになっていない。第一回目の会議でそこまで進まなかっただけなのか、本庁捜査一課が抱えこんで外に出さないのかは想像がつかないが、少なくとも平が目にすることはないだろう。

どのような経緯で湯原が特殊詐欺犯と知り合い、名簿を売るようになったのか。

拳銃はどこから手に入れたのか。

女子生徒が着替えているところを隠し撮りしていたことが露見して退職を余儀なくされたというのが事実か。

もともと児童ポルノに興味を持っていたのか。

疑問は尽きず、今となってはいずれの答えも平の手の届かないところにある。東京を歩きまわってはいるが、手がかりは何一つ得られない。

新三河島駅高架下の工事用フェンスに沿って歩いた。放置自転車があったが、タイヤがひしゃげ、チェーンが錆《さ》びついていて、とても乗れそうには見えなかった。改札口のわきに出る。

大人しく尻尾《しっぽ》を巻いて函館に帰るべきだったのかも知れない。

ほろ苦い思いを抱え、平は明治通りを渡る横断歩道に向かった。

かけ子研修三日目で残った応募者は九人になっていた。講師の山田、前田によって早朝から無意味な営業電話をくり返し強要されている応募者たちを、真藤はじっくりと観察していた。

研修は一日でもつらい。携帯電話を持つ手が腫《は》れ、うまく握れなくなると包帯で縛りつけられた。そうして二日間を乗りこえてきたのだから見所ありともいえるが、逆に要注意でもあった。

経験者かも知れないからだ。研修も経験済みであれば、先の展開を予測して耐えられるし、いかにもつらそうな演技もできる。経験者は絶対に排除しなくてはならない。ほかの業者のヒモ付きであれば、強盗を手引きし、受け子が襲われる恐れがある。

かけ子はレギュラーとして何度か仕事をさせたあとは使い捨てるのが鉄則だ。

応募者たちには研修は一ヵ月つづくといってあるが、実際にそれほど長くはやっていられない。研修所として借りている部屋や応募者たちが使っている携帯電話にしても無料ではないし、彼らに払う交通費、さらに宿無しに提供しているアパート代のほか、山田、前田の講師料は別途支払っており、何だかんだで一日あたり数十万円ずつが消えている。

一週間が限度である。つまりあと四日で九人の中から本当に使えそうな人材を選びださなくてはならない。いわばもっとも集中力を必要とする時期にさしかかっていながら真藤の思いはともすれば、あらぬ方向に漂ってしまう。

どうして湯原を殺してしまったのか……。

殺人事件となれば、警察も目の色を変える。しかも元中学校の教員が全裸で惨殺され、死体を放置されていたとなれば、テレビ局にとっては美味しいネタに違いなく、連日、ニュースやワイドショーで取りあげられている。

オレオレ詐欺を始めたときから真藤は本名を使うことがほとんどなくなっていた。師匠の教えであり、骨の髄まで染みついた防衛本能のなせるわざでもある。

しかし、湯原は真藤秀人という本名だけでなく、殺した賀茂とも直接結びつく元にして、娑婆《しゃば》の学校における最後の担任なのだ。

人類の終焉《しゅうえん》を描くスペクタクル映画によく出てくるセリフを思い起こさせる事態だ。

これこそが終《ディス・イズ・ビギニング・オブ・ジ・エンド》わりの始まり。

それでいて真藤は一向に焦りも恐怖も感じていない。なるようになれと、少々投げやりな気分でいる。

どうなっちゃうんだ、おれ？

ワイシャツの胸ポケットに入れた携帯電話が震え、真藤は背筋をぴくりとさせた。すぐに取りだす。背面の液晶窓に表示されている番号を見ただけで賀茂からだとわかった。真藤は携帯電話に番号を登録したことがなく、使うたびに着発信履歴を消している。

立ちあがり、電話機を耳にあてて研修室を出た。

「もしもし？」

「ああ、何やってる？」

「何って、研修に決まってるだろ」

「わかってる」

かちんと来た。わかっているなら一々訊くなといいかけたが、賀茂が先にいった。

「だからすぐ前に来たんだ」

「すぐ前？　どういうことだ？」真藤は小走りに階段に向かいながら訊きかえした。

「今、どんな状況かわかってんだろ」

「わかってるさ。だからわざわざこんなところまで来たんじゃねえか。お前、疲れてんだ。だからかりかりしてんだよ。それで何かうまいものでも食わせてやろうと思ってさ」

「お前なぁ……」

「あのこともやっぱり一度きちんと話しておかなきゃならんと思ったし」

階段を下り、玄関を出た。

目の前の歩道に寄せ、黒のミニヴァンが停まっていた。横腹のスライディングドアが開き、黒いジャージーを着た若い男がかたわらに立っている。車の中では中央列の奥のシートに賀茂が座り、携帯電話を耳にあてて真藤を見ていた。

「乗れよ」

目では賀茂の口が動くのを見ていた。声は携帯電話から聞こえてきた。

「わかった」

二人は同時に電話を切り、ポケットにしまった。

真藤がミニヴァンに乗りこんで、ゆったりした造りのシートに座ると、若い男がドアハンドルのボタンを押した。低く唸《うな》るような音とともにドアが閉まり、若い男は運転席に座ってミニヴァンを出した。

賀茂は濃いグレーの織り柄ストライプが入ったダブルスーツを着て、同系色のシャツはカラーを大きくはだけ、金無垢《きんむく》の太いネックレスをのぞかせていた。左手首には金無垢の腕時計、右手首には腕時計と同じくらい太い金のブレスレットを着けている。髪は短く、ちりちりのパーマをかけ、金縁のメガネには茶のグラデーションのレンズが入っていた。ベルトにはこれ見よがしに大きなバックル、爪先《つまさき》の尖《とが》ったエナメルの靴を履いている。

いかにもその筋の人間という恰好をしていた。期待に応えないのは失礼というのが賀茂の口癖でもある。

真藤は賀茂に向きなおったが、鼻先に指を突きつけられ、思わず息を嚥《の》んだ。賀茂が圧しだすようにいう。

「殺しちゃいない。あいつが勝手に死んだんだ」

平は歩きつづけていた。

明治通りを渡り、自転車に乗った湯原の姿を捉えた防犯カメラのある歯科医院や米穀店の位置を確かめ、道路に描かれたスクールゾーンの表示を頼りに中学校を目指した。木造モルタルで少し大きめの二階建て住宅ながら町工場だったり、オートロックのマンションの向かい側のアパートでは窓に布団が干してあったりするコントラストを眺めながら歩いた。左右には路地、人が何とか通りぬけられる家々の間に目をやり、相変わらず毛細血管のようだと思った。

路地を抜け、目の前が開けたと思うと中学校の南門前に出た。機動捜査隊浅草分駐所を訪ねたとき、辰見が行っているといわれて、稲田に連れてこられた場所だ。

左右に目をやる。パトカーも覆面捜査車輛らしき車も見当たらない。とりあえず左に向かった。校舎わきの植え込みも十二月だけあって色褪《あ》せていたが、北海道と違って雪に覆われてはいない。中学校を囲む塀に張りつくようにびっしり住宅が建ち並んでいるのに驚かされる。これまた北海道ではお目にかかれない光景だ。

住宅街を歩きつづける。明るい茶色の門がある二階屋は空き家なのか道路に面した窓をふさいでいる障子は斜めにシミが付き、破れていた。さらに歩く。家々の軒下には器用に自動車が駐車してあり、壁との隙間が数センチしかないものも目についた。かつてはパトカーに乗務し、運転の技量は認められている平でも車庫入れに苦労しそうだった。

右へ曲がる。古い住宅やアパートではほんのわずかな空間があれば、植木を並べているのに対し、新しいマンションほど緑は見当たらなかった。右に中学校の校舎、校庭を囲む水色の金網を張ったフェンスが見えてきた。校庭の南端まで歩き、今度は右に曲がった。バイクショップ、小さな教会、町工場、マンション、また古い住宅にアパートとどこまでもつづく。

自分がどこを歩いているのか、まるでわからなくなった。右に左にあてどなく歩くうち、鉄道の高架にぶつかった。ちょうどやって来た電車を見て京成線だとわかり、みょうにほっとした気持ちになっている自分が少しおかしかった。

左に折れ、線路に沿って歩きだす。高架下は金網を張ったフェンスに囲まれていた。中は雑草が生え、ゴミが落ちていた。また空き家があった。窓をふさいでいる金属製の雨戸が赤茶色に錆び、壁は青く塗られた波形トタンで補修されていた。

線路を離れ、ふたたび小さな商店街に入ったとたん、白煙がもうもうと立ちのぼっているのにぎょっとした。正体がわかって苦笑する。クリーニング店前の下水口から排水の熱が湯気となって逃げているだけのことだ。

クリーニング店を通りすぎて、ラーメンと大書された赤いのれんを目にしたとたん、条件反射のように胃袋が縮みあがった。腕時計に目をやった。午後一時半を回っている。かれこれ六時間近く歩いているが、その間、誰とも口を利かなかった。

磨《す》りガラスのはまった引き戸を開けると、カウンターの内側に座り新聞を読んでいた初老の女将《おかみ》が顔を上げた。入って右に五人ほどが座れるカウンター、コンクリート打ちした店内には四人掛けのテーブルが四つ、四畳半ほどの小上がりがつながっていて座卓が置いてあった。

新聞を畳みながら女将が立ちあがった。背が低く、座っているときと大して変わりはない。

「いらっしゃい」

「一人だけど、いいですか」

「どうぞ」

平がカウンターに座る間、女将は厨房《ちゅうぼう》の奥に声をかけ、水を入れたコップを持ってきて平の前に置いた。

カウンターの上に貼られたメニューの札を見る。

「何にします？」

「醤油《しょうゆ》ラーメンをお願いします」

「かしこまりました」

そのとき、白いエプロンを着けながら厨房に初老の男が出てきた。夫婦二人でやっているラーメン屋のようだ。

コートを脱いでとなりの椅子に置き、携帯電話を取りだす。開いてみたが、着信もメールもなかった。携帯電話をワイシャツの胸ポケットに戻した。カウンターの端には新聞が数紙重ねて置いてあり、中には大きくカラー写真を載せたスポーツ紙もあったが、手を伸ばす気になれなかった。

水をひと口飲み、両手で顔をこする。顔に浮いた脂を手のひらに感じる。ふくらはぎから太腿《ふともも》、腰にかけてじんじんしていた。何をやってるんだという思いが湧きあがりかけたが、とりあえずは腹ごしらえだと自分に言い聞かせた。

引き戸を開ける音がして、女将が声をかけた。

「いらっしゃいませ」

平はなおも顔をこすりつづけていた。新たに入ってきた客も一人なのだろう。平と並んでカウンターに座る。

「何にしようかな」

声を聞いて、平は手を下ろし、となりに目を向けた。荒川署の柴田がカウンターの上に並ぶ品書きを眺めていた。

3

決してまずいわけじゃないんだが――ラーメンをすすりながら平は胸のうちでつぶやいた。

北海道のラーメンしか食べたことのない平には、東京ラーメンはちょっとした驚きだった。スープはさらさら、かえしは生のままの醬油のように感じられる。麵《めん》は細く、縮れがきつくて嚙むと少し粉っぽい。チャーシューは二枚入っていたが、どちらも薄かった。

みっともないと思いつつ、ついとなりで柴田が食べているチャーハンを見て、次はそちらにしようと思ってしまった。

　食べ終え、水を飲んだところで柴田がアルミの灰皿と徳用マッチを手元に引きよせた。封を切ってないタバコを取りだし、平を見る。

「かまいませんか」

「どうぞ」

　柴田は封を切り、平に差しだす。

「いかがです？」

「やめたんです。一気に倍に上がったでしょ。ちょうど子供も金のかかる頃だったんで」

「そうですか」

　柴田はタバコをくわえ、マッチで火を点《つ》けた。煙を吐きだしながら言葉を継ぐ。

「私もふだんは喫《す》わないんですが、捜査本部《チョウバ》が立つと……、どうも……」

「わかりますよ」

「係長は……」

　いいかけて柴田はカウンターの内側にいる女将にちらりと目をやった。椅子に腰かけ、新聞を読んでいた。

「ずっと今の職種で？」

「いえ、実はまだ七年です。もともと志望してたわけじゃないんですが、我が社はいろいろあったでしょ」

わずかの間、柴田は平を見たが、すぐに納得したようにうなずいた。北海道警察の裏金問題、現役警部の逮捕という事件は警察内部にあってなかなか色褪せない。

「柴田さんは長いんですか」

「かれこれ十二年ですね。ウカンムリが長くて」

ウカンムリは窃盗を指す警察用語で、刑事でも盗犯係をしていたということを意味する。もっとも窃の字は正しくはウカンムリではなく、アナカンムリである。刑事になったあと、被疑者に指摘され、赤っ恥をかいたことで知った。

「佐古は昔同じ部署にいたんですよ。のんびり屋の私と違って、奴は上昇志向が強かった。警察学校《ガッコウ》では私の一期下なんですが、持ってる奴にはかないません」

持ってる奴と聞いて、機動捜査隊の女性班長稲田の顔が浮かんだ。かつて湯原が勤めていた中学校の門前で辰見という機捜隊員がいった。

『持ってるデカだ。たぶん今度のヤマでもいきなり核心《キモ》をつかむんじゃないかな』

柴田がタバコを消したところでそれぞれ代金を払い、ラーメン店を出た。二人ともコートを羽織った。

柴田が平に目を向け、にやりとした。

「うちの人間が中学校の南門でたたずんでいる係長を見かけましてね、それで連絡してきたんです。何だかひどく哀愁が漂ってたって」

　捜査本部が置かれているとはいえ、荒川警察署刑事課は地取り捜査を担当させられているのだろう。マンションから逃亡したあとの湯原が立ちよった場所、立ちよらなかった場所を一つひとつあたっていくという地味だが、根気のいる仕事ではある。

　平は素直に認めた。

「実際、途方に暮れてました。土地鑑もないし、どこから手をつけていいかもわからない。管轄外だから手帳を振りまわすわけにもいかないし」

「どうして帰らないんです？」

「例の空き巣狙い《ノビシ》が持ってたリストの中に特殊詐欺の被害者《マルガイ》がいるんですが、その中の一人はもう亡くなってまして。それに部下が受傷してますからね」

「引くに引けない意地ですか」

「そんなところですね」しっかりうなずいたものの、すぐに首を振った。「しかし、何ともしようがない」

「とりあえずチョウバをのぞいてみますか」

「かまわないんですか」

「問題ないですよ。見てるだけなら」

柴田の言葉に平は口にチャックという仕種をしてみせた。二人は荒川署に向かって歩きだした。

「湯原がノビシに渡したリストから特殊詐欺の連中までつながりそうですか」

歩きだしてすぐに平が訊くと、柴田が口にチャックの仕種をする。

「あ、そうでした。すみません」

「いやいや」柴田はにやにやしながらコートのポケットに両手を突っこんだ。「やっぱりそこは狙いたいですよ。佐古が乗りこんできたのも平係長が持ちこまれた事案が一つのきっかけになると見たからです。それと湯原が中学校の教師をしていた点もヒントになると考えています。退職したのは三年前で、それまでは一応真面目に教師をしてましたから」

「一応ですね、たしかに」

湯原に対しては、児童ポルノＤＶＤの所持および頒布容疑で逮捕状を取ったが、中学校を退職したときの理由はあくまでも自己都合とされている。噂《うわさ》はあったが、証拠はない。

平は柴田に目を向け、慎重に切りだした。

「よけいなことを詮索《せんさく》するつもりはないんですが、卒業生の中に特殊詐欺がらみの輩《やから》でもいるんですか」

「立派によけいな詮索ですよ」柴田が苦笑いする。「正直にいうと、まだ皆目見当がついていない状態です。教え子の中にはヤクザや犯罪者……、そこまでいかなくても安定しない暮らしをしてて、我が社ともめたのもいますが、ご承知のように特殊詐欺の連中はなかなか尻尾をつかませない」

特殊詐欺がいわゆるオレオレ詐欺として認知されはじめたのは、今から十数年前のことだ。犯罪としての歴史は浅いといえるが、その間に凄《すさ》まじく変化し、取り締まりや規制の強化に対応してきた。

電話を使った詐欺グループの内容を見ると大きく三つに分かれる。一つはオーナーと呼ばれ、運転資金を出資し、出資に見合う配当を受ける連中だ。ほかの二つは実行犯で一つはかけ子、もう一つは出し子、もしくは受け子である。ATMを使って振りこめる現金の上限が十万円とされてからは受け子スタイルが主流になっている。

詐欺を企画立案し、金主から出資を募った上で、かけ子を集めて教育、組織化して詐欺を働き、出し子、受け子に集金させるという一連の動きをさせているのは、〝番頭〟と称される一人の人間なのだ。

オーナー、かけ子、出し子や受け子のグループを結んでいるのは番頭だけでしかなく、互いのグループには一切面識、連絡はない。

こうした組織には原型があった。暴力団が運営していたヤミ金融である。金主、金融業者、焦げついた場合の取り立て屋が別個に生業《なりわい》を立てており、特殊詐欺グループというところの番頭役は金融業者が担っていた。

暴力団が運営するヤミ金融と、特殊詐欺グループの間には一つ、決定的な違いがあった。暴力団は一家を名乗るなど家族を擬制しており、金主、金融業者、取り立て屋ともに互いに強い絆で結ばれていた。だが、それが欠点、弱点となったのだ。たとえば取り立て屋がトラブルを起こし、警察沙汰《ざた》になれば、暴力団のつながりによって金主、金融業者までまとめて検挙できた。

一方、特殊詐欺グループはもともと暴力団と極力関わりを持たず、トラブルが起こったときの後見役としてのみ付き合うようにしていたのだ。そもそも親子、兄弟といった疑似家族の制度を嫌ったところがある。このため組織の形態はヤミ金融を真似《まね》ながら金主、かけ子、出し子受け子の各グループを切り離し、どこが警察の捜査を受けてもほかのグループには影響しないようにした。

逮捕される恐れがもっとも大きいのは出し子や受け子だが、彼らと面識があるのはせいぜい番頭でしかない。しかも本名であるはずがなく、連絡の方法は稼業携帯と呼ばれるトバシの携帯電話だけなのだ。

暴力団の世界が義理人情といった因習と暴力によって結びつき、守られているのに対し、特殊詐欺グループは多額の報酬と凄まじい暴力でつながっている。早い話、特殊詐欺グループは何かあればいつでも、誰でも切り捨てられる。

しかし、今回湯原は特殊詐欺用のリストと児童ポルノＤＶＤをあわせて常習窃盗犯に売った。致命的なミスだといえるし、ミスを犯した湯原は特殊詐欺グループという堅牢《けんろう》な鎖の中にあって脆弱《ぜいじゃく》な環《わ》ともいえた。

その湯原が殺人事件の被害者となり、捜査本部が立った。身辺を徹底的に捜査することで特殊詐欺グループの摘発に結びつけられるかも知れない。

平は荒川署の玄関に通じる階段を上りながら小鼻を膨らませて大きく息を吐いた。


賀茂が飯を食わせるといったときから真藤には行き先がわかっていた。

黒のミニヴァンは予想通り浦和入口から東京外環道に乗り、三郷で常磐道《じょうばんどう》に入って牛久《うしく》で降りた。到着したのはゴルフ場である。今から三十年前、バブル期に造られたゴルフ場で世界的に有名なプロゴルファーが設計したというのが売りだ。

贅《ぜい》を尽くしたゴルフ場が次々と閉鎖もしくは低価格路線への変身を強いられる中、老人介護施設を併設することで今も超高級ゴルフ場として生き残っている。平日でも駐車場にはベントレー、レクサス、メルセデス等々が並び、運転手たちが日がな一日羽根ぼうきを使っていた。

飯を食いに来て利用するのはクラブハウス内にあるフレンチレストランである。賀茂は親分、兄貴分とプレーすることもあったが、真藤はもっぱらかけ子の研修に使っていた。

もっともゴルフ場に来るわけではなく、クラブハウスと駐車場が見渡せる位置にあるコンビニエンスストアが研修会場となった。駐車場にミニヴァンに乗せた応募者を連れてきて、五百円玉一枚で買える弁当とペットボトルの茶をあてがい、ゴルフ場の駐車場に並ぶ高級車を指さして教えるのだ。

『あれがターゲットだ』

実は、無言の教えがもう一つあった。

コンビニエンスストアに入れ替わり立ち替わりやって来る客たちの服装や乗っている車を見せることだ。かけ子の応募者たちとほぼ同じ年回りだし、服装や車を見れば、どのような仕事をしているかだいたいの察しはつく。応募者たちもほぼ同じ生活をしている。

あとは真藤がひと言つぶやくだけで応募者たちのモチベーションは跳ねあがった。

『見ろ。負け犬の面ってのは、あれだ』

賀茂はレストランの予約をしているわけではなかった。だが、入口に姿を見せただけでマネージャーがすっ飛んできて手を引かんばかりに個室へと案内した。

このゴルフ場が生き残った理由の一つにゆるやかな会員規則がある。安っぽいサウナなら入れ墨お断りの表示が目につくが、徹頭徹尾高級にするとそういう看板そのものが似合わなくなると賀茂は笑う。

　真藤はレストラン以外、足を踏みいれたことがなかった。

　サーモンピンクのクロスで覆ったテーブルを挟んで座るとマネージャーと入れ違いにメニューを持った中年のウェイターがやって来た。賀茂が顎をしゃくり、面倒くさそうにいった。

「注文は全部友達《ツレ》がやる。おれは同じでいい。それと酒は要らない。水だけ出してくればいい」

「かしこまりました」

　ウェイターが真藤のそばに来てメニューを目の前に置いた。

「アミューズはフォワグラで、林檎《りんご》、ブドウ、栗《くり》、ピスタチオのクランブル・バルサミコソースとなっております」

　どこの星の言葉かと思いながらもうなずいた。賀茂がそっぽを向いてにやにやしている。ウェイターがつづけた。

「スープはかぼちゃか、きのこからお選びいただけますが、どちらになさいますか」

「それじゃ、きのこを」

「かしこまりました。そのあと、虹鱒《にじます》のオー・フー、デュグレレソースが出まして、メインは肉料理になります。黒毛和牛フィレ肉の柚子胡椒《ゆずこしょう》添えか、鹿肉《しかにく》グリルサフダ仕立て、トリュフの香りのいずれかでございますが」

「じゃ、うしで」

真藤が答えると、賀茂はぷっと噴きだし、う、うしとくり返した。

あとはデザートの説明があり、パンとコーヒーが付くという。真藤は適当にうなずき、メニューを閉じてウェイターに渡した。


やっぱりずいぶん印象が違うもんだなぁ——平はホワイトボードに貼られた湯原の写真を見て胸のうちでつぶやいた。

写真はおそらくまだ中学校で教員をしていた頃のものだろう。ニットのベストにツィードのジャケットを羽織り、ネクタイをきっちり締めている。カメラをまっすぐに見つめ、ちょっと眩《まぶ》しそうな顔で口元には笑みが浮かんでいた。

マンションを訪ねたとき、母親に呼ばれて玄関までやって来た湯原は灰色のスウェット上下で、油っ気のない髪はぼさぼさ、無精髭を生やしていた。写真の方がいくぶんふっくらとしている。

写真のわきには検視報告書のコピーがマグネットで留めてあった。報告書は数枚あって、ホチキスで綴《と》じられている。

平は目を細め、湯原の写真を見つめた。函館港町署だと告げると、口元を歪《ゆが》めて訊きかえしてきた。

『函館？　何だって、そんな遠くから来るんだ』

あの瞬間の湯原の表情を子細に思いうかべる。不審げで、面倒くさそうな顔つきだったが、驚いたようには見えなかった。

すでに常習窃盗犯三浦のことが念頭にあったということか。

平は湯原の後ろに立っている母親が気になった。息子の背に触れようと伸ばした手が震えていたのをはっきり憶えている。それで逮捕容疑については玄関を出たところで告げようと思ったのだ。

玄関での出来事をじっくりと思いかえしていく。

いきなり湯原が母親と体を入れ替えたんだったか……、いや、まず母親が湯原の腕にすがりついて訊いた。

『逮捕って、どういうこと』

その直後、湯原はふり返ってうるさいと怒鳴りつけ、母親に腕を回したかと思うと躰を入れ替え、平に向かって押しだした。母親は悲鳴を上げたが、逆らおうとはしなかった。

もし、身構えたのならいくら小柄で痩《や》せているとはいえ、簡単には動かせなかったのではないか。

母親はむしろすすんで息子をかばい、平との間に身を投げだす恰好となったのではないか。

頭を掻きながら奥から出てきた湯原の様子をもう一度思いうかべる。

頭を掻いていたのは左手だ。

右手は？

スウェットパンツの前に突っこみ、親指が外に出ていたのをはっきり憶えている。身柄を確保する瞬間であり、何が起きてもおかしくない。被疑者の様子、とくに両手の位置と動きには注意をする。

あのとき、湯原の両手は見えていて、何も持っていなかった。左右いずれかでもポケットに入れてあれば、平は警戒していたはずだ。

逮捕状を提示した直後、母親は湯原にしがみついた。湯原は母親をつかみ、躰を入れ替え、平に向かって突き飛ばした。それまで背を向けていた母親は平に向かって倒れかかりながら躰を反転させ、平の両腕にしがみついてきた。まるで平の両手をふさぐように。

母親を抱え、顔を上げた平の眼前に銃口があった。引き金にかかった湯原の指に力が入り、白く緊張していたのを思いだした。撃たれると思った平は母親を抱えたまま、躰を低くし、牧野に警告を発した。母親は平にむしゃぶりついていた。

湯原に拳銃を渡したのは母親だ。

息子の腕をつかみ、ふり返らせたときに押しつけたのだろう。そして自らは刑事に抱きつき、息子が撃ちやすいようにした。

牧野も湯原が玄関に出てきたときにはまだ拳銃を持っていなかったことに気がついているだろう。だが、母子がもみ合い、拳銃を受け渡した瞬間は平の躰が邪魔になって見ていないに違いない。平にしても拳銃を渡したところは見ていないのだ。

「どうぞ」

声をかけられ、平はホワイトボードの前に引き戻された。柴田が左右の手に持った紙コップの一つを差しだしている。中味はコーヒーだ。

「ありがとうございます」

紙コップを受けとる。柴田が訊く。

「砂糖とミルクは？」

「このままで結構です」

「よかった」柴田がにっと頰笑《ほほえ》んだ。「要るといわれたら自動販売機まで取りに行ってくださいというつもりでした」

ひと口コーヒーをすすった柴田が湯原の写真に目を向けた。

「ずいぶん厳しい顔で見てましたね」

「逮捕の瞬間……」平は顔をしかめた。「逮捕をしくじった瞬間のことを思いだしていたんです」

柴田は何もいわずうなずいた。

「ひょっとしたら湯原に拳銃を渡したのは母親じゃないかと思いまして」

「どうして？」

「湯原が玄関まで出てきたときの様子はよく憶えています。身柄《ガラ》を確保する寸前ですから何があるかわかりませんので」

「そうでしょうね」

「湯原は手に何も持ってなかった」平は柴田に目を向けた。「鑑識が撮った玄関の写真は見られますか。拳銃を隠しておけるような場所があそこにあったかどうか確かめたいんで」

逮捕状を提示したときに牧野が撮った写真には湯原の上半身しか写っていなかった。

「写真は見られますよ。でも、そんなスペースはなかった。たぶん平係長がいうように母親が渡したんでしょう。子を思う母の気持ちですかね」

「そうでしょうな」

コーヒーを飲んだ。埃《ほこり》っぽい匂《にお》いが口中に広がる。

鑑識が撮影した湯原のマンションの写真をすべて見せてもらったが、玄関以外なら拳銃を隠せそうな場所などいくらでもあることがわかっただけだった。

4

メインディッシュのうしは、年寄りを上得意としているゴルフ場だけにとくにやわらかく、ナイフをそっと載せるだけで切れていく感じがした。切りとって口に運ぶ。脂肪は徹底的に取りのぞいているはずなのに舌の上でとろけ、ハーブの香りが広がった。

「なあ、秀ちゃん」

二人きりになると賀茂は真藤をちゃん付けで呼んだ。中学の頃から変わりない。

いかにもヤクザ然とした見てくれの賀茂だが、テーブルマナーはきちんとしていた。賀茂は組の親分から、真藤はオレオレ詐欺の師匠須田から、それぞれ徹底的に仕込まれている。

『ナイフやスプーンをどの順番で使うか、音をたてずに飯が食えるか、そんな簡単なことで仲間だと見なされるんだ。楽なもんだろ』

須田はそういった。

真藤は賀茂に目をやった。フォークに突きさした肉片をかざし、賀茂が顔をしかめる。

「草の匂いがどうしても好きになれん。何でうまいものをわざわざまずくするのかね」

「ここに連れてきたのはお前じゃないか。おれは普通の焼き肉屋でよかったんだ」

「おれもどっちかっていうとそうかな」

賀茂は肉を口に運び、ゆっくりと咀嚼《そしゃく》した。首をかしげ、グラスの水を飲んで流しこむ。

「だったら焼き肉でよかったのに。あの研修所の近所にだって焼き肉屋があるし、どうせろくに味なんかわからないんだから」

味覚は子供の頃に決まるのではないかと真藤は思っていた。カップ麺かスナック菓子、バターもジャムもない食パンばかり食べていたガキが生まれて初めて焼き肉屋で並ロースを口にしたとき、こんなうまいものが世の中にあるのかと思ったものだ。

「たまには気分を変えないとさ」

「何が気分だか」

真藤は笑った。

「まあね」賀茂も苦笑いする。「あのさ、中一だった頃のおれのあだ名、憶えてるかい？」

ゲロオだ。中学一年生の秋、日帰りのバス見学があった。そのときひどく車酔いした賀茂は車中でずっと吐きっぱなしだったのだ。以来、ゲロオと呼ばれた。現在の姿からは想像もつかないが、中学一年生の頃の賀茂は躰が小さく、はにかみ屋で、いじめられっ子だったのだ。躰が大きくなったのは中学二年以降で、もっとも背が伸び、躰が分厚くなったのは少年院にいる二年間だ。

真藤は首を振った。

「忘れた」

賀茂が破顔する。

「やっぱり秀ちゃんは頭がいい。それに優しい」

「やめろよ。クラスじゃ、おれとお前はいつもビリ争いしてたじゃないか」

「そりゃ、秀ちゃんが勉強しなかったからだよ。それに学校の成績と頭がいいとか悪いとかは関係ない。稼業でもそうじゃないか。おれはダメだったけど、秀ちゃんはあっという間に四本プレーヤーになった」

少年院を出てぶらぶらしていた頃、賀茂はいったんヤクザの組事務所に入ったが、修業がつらくて逃げだしたことがあった。そのとき、出し子からかけ子に転じていた真藤を頼ってオレオレ詐欺グループに入ってきたのだ。

賀茂は弁が立ったし、記憶力も悪くなかった。トークを短時間で頭に叩きこみ、相手の出方によっていくらでもアドリブを利かせられた。何より声だ。声の太さ、深さは躰の大きさに関わってくる。真藤は痩せていて、しかも身長は百六十五センチしかなかった。早口になると声がうわずり、軽く響くようになる。

だが、賀茂の声はどのようなときもどっしりしていて、とくに相手が詐欺じゃないかと疑いだしたときに沈黙する度胸があった。しばらくの間、相手に喋らせておいて、それからずばりという。セリフの内容は、その時々のシナリオ次第で変わったが、警察官であれ、弁護士であれ、ひと言で立場を逆転させた。

『ご長男がどうなってもかまわないんですね』

脅し文句に圧倒的な暴力の匂いがないと威力は半減する。

かけ子として賀茂はすぐに一千万円以上を稼ぐようになったが、二千万円には届かなかった。人の好《よ》い相手、気弱な相手と見切れば、かけ子は容赦なくお代わりをする。同じ相手に二度、三度と電話をかけて、金を取るということだが、賀茂にはできなかった。いじめられっ子だったかつての自分を思いだしてしまうという。

相手がうすうす詐欺だと気づいている半バレ、詐欺の電話だと確信している全バレでも気弱な相手だと見れば、つけ込み、とことんまで搾りとる。それができなければ、とても四本プレーヤーになどなれない。電話一本で脅しあげ、金さえ払って逃げだしたいと相手に思わせれば、最高に稼げる。

一年も経たずに賀茂はオレオレ詐欺をやめ、一度は逃げだした組に詫《わ》びを入れ、もっとも下っ端の雑巾《ぞうきん》がけから修業しなおしている。ちなみにヤクザとして大成するためにも口のうまさと頭の回転の良さは必須だ。

肉をきれいに片付け、フォークとナイフをそろえて皿に置いた賀茂はナプキンで口元を拭《ぬぐ》った。水をひと口飲み、グラスを置く。

「湯原はさ、おれのあだ名をうちの若いのにいっちまったんだよ。どうしてあいつらはいつまでも自分が昔のままだと思ってるのかね」

あいつらとは教師を指すのだろう。湯原が真藤や賀茂の担任だったのは、もう十六年も前だし、自分こそとっくにクビになっている。女子中学生が好きだったが、手を出すほどの度胸はなく、せいぜい更衣室やトイレの盗撮くらいしかできなかった。

ネット上に匿名でアップし、神呼ばわりされているだけならひょっとしたら今でも同じことをつづけていたかも知れない。生徒の母親たちと付き合いを持ち、既婚の女性教員とも関係を持った。結局、誰が出したのかわからないが、学校に手紙が来た。中には湯原の携帯電話のメモリーカードが入っていたという。いつコピーされたのかまるで気づかなかったと湯原はいっていた。間抜けな話だ。

学校をクビになって半年ほどしたとき、たまたまファミリーレストランで真藤と湯原は再会した。何ともタイミングが悪いことにかけ子の応募者を面接している真っ最中だった。面接を終えて、店を出たとき、湯原が後ろから声をかけてきた。

ウェイターがやって来て、メインディッシュを片付け、デザートとコーヒーを出していった。

「ごゆっくり、どうぞ」

ウェイターが去ったあと、賀茂はふたたび話を始めた。

「そんな昔話、おれはどうでもよかったんだけど、若いのがキレちゃってさ」

どうでもよかったはずはない。誰にも触れられたくない傷はある。賀茂が命じるか、認めなければ、若い衆にしても湯原に手を出すことはなかっただろう。

「あいつらにはデリカシーってもんがないのかね。いつまでもこっちをガキ扱いして、自分を高く見せたいのか。それともあの野郎の癖なのかな」

「両方じゃないか」

真藤の言葉に賀茂はうなずいた。

電子音が鳴りだし、賀茂は懐から携帯電話を取りだした。相手を確かめることなく、電話機を耳にあてる。

「はい」

相手の言葉に耳を傾けながらわずかに目を細める。うなずきもせず、一言だけいった。

「わかった」

電話を切って、ポケットに戻したときには厳しい顔つきになっていた。真藤は唇を嘗《な》め、声を圧しだした。

「何かあったのか」

「事故だ。受け子が原動機付き自転車《ゲンチャリ》乗ってて、はねられた」

「事故って……」

現金を運んでいなければ受け子とは呼ばないし、一々賀茂に電話をしてくるはずがない。それにおそらく事故ではないだろう。真藤は下腹に力をこめ、声を圧しだした。

「いくらだ？」

「五千万《ごほん》円」賀茂は小さく首を振って、立ちあがる。「ちょっと厳しいな」

ちょっとじゃねえだろという言葉を嚥みこみ、真藤はナプキンをテーブルに放りだして立ちあがった。


「毎度ありがとうございました」

白い上っ張り姿の出前持ちが分駐所を出ていくのを見送りながら小沼がつぶやいた。

「毎度ってほどじゃないけどな」

午後になって浅草分駐所に戻った小町と小沼は近所のラーメン店から出前を取った。小町は天津飯《てんしんはん》、小沼はチャーハン大盛りである。麺類は注文しない。出前の品が届く前に出動が下令され、戻ってきたときにはスープを吸って四、五倍に膨れあがった麺を食べるのは刑事にとって通過儀礼のようなものだ。

分駐所の隅にある簡単な応接セットで二人はそれぞれ注文した品物のラップを取った。湯気とともにうまそうな匂いが立ちのぼったとたん、スピーカーから声が流れだした。

〝第六方面本部より各移動、台東区小島二丁目……〟

レンゲを手にしたまま、スピーカーに目を向けた小町は胸のうちでつぶやいた。

十分か——。

分駐所を飛びだして、現場に到着するまでの所要時間を推しはかっていた。

〝轢《ひ》き逃げ事故発生、なお、被害者《マルガイ》にあっては心肺停止状態にあり……〟

レンゲを置き、ラップをかけなおすと小町は出入り口に向かって駆けだした。小沼も一声唸ってつづく。辰見、浜岡組、伊佐、浅川組はともに警邏《けいら》に出ている。

一分後、二人はシルバーグレーのセダンに乗っていた。駐車場を出るときには赤色灯を回し、サイレンを吹鳴させている。

「四号線から行きます」

小沼は左にハンドルを切りながらいった。

「了解」小町は無線機のマイクを取り、送信ボタンを押した。「六六〇三にあっては小島二丁目、轢き逃げ事故現場にアタマを向ける」

〝本部、了解〟

泪橋交差点を左折、明治通りを大関横丁まで行って国道四号線に入ると南に下った。

は赤信号だった。

入谷《いりや》を過ぎ、清洲橋《きよすばし》通りに入る。稲荷町《いなりちょう》を抜け、元浅草一丁目の交差点にかかったとき

　小町はマイクを取り、車外スピーカーにつないだ。

「緊急車輌は赤信号を直進します。緊急車輌は赤信号を直進します」

　清洲橋通りと交差する春日《かすが》通りを左右からやって来た車輌が停止する間を抜け、さらに直進した。ほどなく赤色灯を回しっぱなしにして停止しているパトカーが左に見えてくる。小沼がパトカーの後ろに停め、小町は車を降りた。すでに小豆《あずき》色に金色の糸で機捜と刺繡《ししゅう》した腕章を着け、白の綿手袋をはめていた。

　制服姿の若い警官がさっと敬礼する。小町の腕章には警部補を示すラインが一本入っている。無帽ながら答礼した。

「どこ？」

「この先です」警官が後ろを手で示した。「小学校通りに入ったところで」

　そのとき救急車の電子サイレンの音が響きわたった。大きなホテルの角を曲がると路上には発煙筒が数本、赤い炎と煙を吹きだしていた。パトカーが三台、道路の左右に停まっており、ゆっくりと遠ざかっていく救急車が見えた。

　すでに数名の警察官が歩道上の野次馬を規制しはじめている。小町と小沼は野次馬の間を抜け、ホテルのすぐ裏にある交差点に向かった。横断歩道に原動機付き自転車が倒

れていて、路上に血痕が広がっていた。

　少し離れたところに二人の制服警官と若いカップルが立っていた。小町は近づき、年かさの警官に声をかけた。

「ご苦労さま。そちらは？」

「あ、どうも。ご苦労さまです。この二人が事故を目撃してまして、ちょっとおかしなところがあるようです」

「おかしなところ？」小町はすぐにうなずいた。「わかった。とりあえず話を聞いてみよう」

　二人は大学生で、たまたま清洲橋通りを南の鳥越《とりごえ》の方から歩いていてホテルの前にさしかかったとき、事故を目撃したという。男は青ざめ、唇の色まで失って震え、あうあうばかりである。女の方も血の気の引いた顔はしていたが、話すことはできた。

「赤信号だったんですよ。それなのにバイクがすっごいスピードで突っこんできて危ないって思ったら、すぐ後ろから黒い車が追っかけてきて」

「車はバイクを追いかけていたのね？」

「そんな感じでした。それでバイクはホテルの角に逃げこむようにしてこっちへ……」

　女はすぐ前の、小学校へ向かう通りを指さした。

「入ってきたんですけど、その交差点のところで車にぶつけられたんです。バイクは乗っていた人といっしょにぼーんって飛ばされて」

女の話からするとバイクが後方から来た黒い車にぶつけられたのは交差点にかかる手前だったようだ。バイクは横断歩道の中ほどに倒れている。

小町は交差点から女に顔を向けた。

「バイクに乗っていた人はどうなったの？」

「バイクは倒れて、乗っていた人はそこのビルの壁にぶつかって」

女が指さした建物の壁には血痕があった。男がくるりと背を向けたかと思うと足元に嘔吐《おうと》する。女は手を伸ばして男の背をさすったが、目は血の付いた建物の壁に向けていた。

「それで黒い車は？　すぐに逃げた？」

「いえ」女は首を振った。「止まって、助手席から男の人が降りてきて、壁にぶつかったあと道路に倒れている人のそばに行きました」

「様子を見たのね？」

「違います」

きっぱりとした口調に小町はちょっと驚かされた。女の目がぎらぎらした強い光を放っている。

「私も最初は事故を起こしちゃったんだから倒れている人が大丈夫か見に行ったんだと

思ったんですけど、黒い車はバイクを追っかけてきたんだから最初からぶつけるつもりだったんでしょう」

「そうね」小町はうなずいた。「それで車を降りた男は何をしたの」

「倒れている人が背負ってたデイパックを拾ってすぐ車に戻りました」

「拾ったって、どういうこと？」

「はい。バイクの人が背負ってたんですけど、壁にぶつかったとき、腕から抜けて道路に落ちたんです」

「大きさは？」

女は両手を五十センチほど広げた。

「これくらい。結構大きかったです」

「色とかは？」

「憶えてません」

「重そうだった？」

「結構重そうでした」

男はえずきつづけている。女は男の背をさすりつづけながら言葉を継いだ。

「それから車のドアが閉まって走っていきました」

「小学校のある方へ？」

「この先に小学校なんてあるんですか。知りませんけど、左の方です。凄《すご》いスピードで走っていきました」

「黒い車っていったけど、車種はわかる？」

「いやぁ、そっちの方は……」

そのとき、男がぼそぼそと車種を口にした。

「古い車でした」

そこまでいったところでふたたびえずく。だが、胃袋はとっくに空になっているのだろう。足元に飛びちったのは黄色い液体だけだ。

すべて女のいう通りだとすれば、強盗、傷害致死もしくは殺人の可能性がある。小町は小沼をふり返った。

「緊急配備《きんぱい》」

「はい」

小沼は身を翻し、車に向かって走りだした。

第四章　正　義

1

人生が大きく変わったのは、結局あの日だと真藤は思った。

運の風向きは勝手に変わるのではなく、自分の手で変えられるのだと知った日というべきかも知れない。それまで自分が何者かなどと考えたことがなかったし、何者かになりたいとも望んでいなかった。夢を見れば、裏切られるに決まっていたし、そもそも腹を空かせた子供に夢を見る余裕などなかった。

どうすれば食い物を手に入れられるか——それしか考えられなかった。

十四歳で少年院送致となり、満期退院して二日が過ぎていた。十六歳だった。どこといって行くあてもなく、金もなく、二年前と同じように腹を空かせていた。

賀茂の家の前を通りかかったのは偶然だ。あれから何度も思いかえしてみたが、顔を上げるまで自分がどこにいるのかわかっていなかったし、少なくとも賀茂の家に行こうとは考えていなかったことははっきりしている。

顔を上げると賀茂の家で、居間の灯《あか》りが点いているのがわかった。昼間なら破れた障子が見えただけだったろう。日が暮れていたのもたまたまに過ぎない。それほど何も考えていなかった。玄関に立ち、呼び鈴を押したときも賀茂がいると期待していたわけではなかった。

だが、賀茂がドアを開けた。顔を合わせるのは二年ぶりだが、口からは思いもかけない言葉が出た。

「腹、減っちゃって」

「入れよ。カップ麵しかないけど」

もし、あのとき賀茂がいなければ、空腹に耐えきれずコンビニエンスストアでパンを万引きしていたに違いない。悪くすれば、少年院に逆戻りしていた。未来なんかどうでもよかった。とにかく腹が減って、何か食うこと以外は考えられなかった。

悪いことをする前にちょっと想像してみりゃ、わかりそうなものだという奴《やつ》は、本当に腹を減らした経験がないのだ。脳味噌《のうみそ》も身のうち、空きっ腹では食い物のこと以外、何も頭に浮かばない。

リビングでカップ麵を食べた。二つ食うかといわれたのでうなずいたら、賀茂は醬油味とカレー味のを作ってくれた。夢中で食った。二つとも最後の一滴まで汁を飲んだ。ひたすらうまかった。

テレビが点けっぱなしになっているのに気がついたのは食べ終えたあとだ。ソファの背に躰を預け、目を向けた。古ぼけたブラウン管は色が滲《にじ》んでいた。最初はハリウッドの映画でもやっているんだろうと思った。

つやつやしたガラス張りのビルに穴が開いていて、煙が吹きだしていた。映画だと思ったのは、穴が飛行機の形に見えたからだ。コンピューター《C》グラフィックス《G》で作る以外、ちゃんと見えるはずがない。

マンガみたい――真藤はげっぷをし、くすくすと笑った。

だが、賀茂は笑わずリモコンを手にしてテレビの音量を上げた。テレビの上にのっている時計は十時を指そうとしている。賀茂はＮＨＫにチャンネルを変えた。ちょうどニュースが始まり、先ほどと同じ映像が映っていた。わけがわからなくなった。ビルの壁に飛行機の形をした穴が開いている。もう一度、テレビを見直した。間違いなくニュース番組だ。

「何、これ」

真藤は訊《き》いた。自分の声のような気がしなかった。

「わかんない」

賀茂が答え、リモコンを両手でもてあそんだ。

四角い顔をしたニュースキャスターがカメラをまっすぐに見ていった。

「こんばんは。まず台風十五号、十六号についてお伝えする予定でしたが、先ほど入りましたニュースを先にお伝えします。つい先ほど……、日本時間の午後九時四十分過ぎ、現地時間では九月十一日午前八時四十分過ぎにニューヨークの世界貿易センタービル北棟に小型の双発機が衝突しました」

嘘《うそ》だろ……。

声に出そうとしたが、口がぱくぱくするだけだった。賀茂に目を向けると、ぽかんと口を開けてテレビを見ていた。

画面が切り替わり、マイクを持った男が映しだされた。背後には大きな窓があり、煙を吹きだしているビルが見えた。ニュースキャスターが現地から記者に生中継で伝えてもらうといい、マイクを持った男に声をかけた。

「世界貿易センタービルに小型機が衝突したということですが、何が起こっているのでしょうか」

「はい。現地はまだ混乱しておりまして、こちらでも何が起こったのか、詳しくはわかっておりません。ただ貿易センタービルに飛行機が衝突したのは間違いないのですが、どのような飛行機か、また事故か、故意なのかもわかっていない状態です」

故意って、何だよ?

操縦してた奴がわざわざ自分で突っこんだってこと?

自殺?

そのとき、画面の右側から灰色の物体が飛んでくるのが見え、ニュースキャスターが記者に訊いた。

「その辺りは空港が近いんでしょうか。飛行機が低く飛ぶこともあるんですか」

「空港は近いですが、それほど低く飛ぶことはありません」

「でも、今後ろに飛行機が見えましたよ」

「いえ」記者はきっぱりといった。「今、私がいるのは貿易センタービルに近いビルの三十七階なんですが、この高さから飛んでいる飛行機が見えることはありません」

「これ、録画ということはありませんよね？」

　ニュースキャスターが訊きかえす。

　馬鹿か、こいつと真藤はキャスターを見て思った。生中継でつながっている記者と話をしているのに録画のはずがない。

「ええっ？　何ですって？」

　記者も何をいわれているのか理解できないのだろう。イヤフォンを片手で押さえ、訊きかえした。キャスターが語気を強くしてくり返した。

「録画じゃないんですよね」

「録画じゃありません。今、私は現地から……」

「後ろに飛行機が映ったんです」

「そんなはずはありません。私がいる高さからでは飛行機を見ることはできないんです。ここは三十七……」

背後をふり返った記者が絶句する。

ビルからオレンジ色の炎の塊が吹きだすのを目の当たりにしたからだ。キャスターがもう一度くり返す。

「録画じゃないんですよね」

「はい、録画じゃありません」

記者は呆《ほう》けたようにくり返した。

のちにアメリカ同時多発テロと呼ばれることになる事件で、二機目の旅客機が世界貿易センタービル南棟へ突入した瞬間が生中継され、何でもありの時代が始まった。

東京に向かうミニヴァンに揺られ、真藤は窓の外を見ていた。

二機目の旅客機が突っこむ瞬間をいっしょに見ていた賀茂はとなりでひっきりなしに電話をしている。もっとも賀茂は相手のいうことを聞いていることが多く、時おり、あとかうんとかいうだけなので受け子が事故に遭った状況についてはよくわからなかった。

なるようにしかならん――真藤は自分に言い聞かせていた。

かつてATMが無制限に使えた頃、出し子と呼ばれる連中を管理していたのも真藤のような番頭だった。だが、出し子が受け子になると宅配便や郵便で送られてくる現金を受けとったり、直接ターゲットを訪ねて集金しなくてはならず、逮捕リスクが高まった。

出し子が警察に捕まっても金主にだけは絶対に手を触れさせてはならない。絶対に、だ。金主は暴力団もしくは外国の暴力組織と関係があるか、そのものずばりヤクザであることが多い。金主に迷惑をかければ、管理者である番頭の面子《メンツ》は丸つぶれになる。二度と金を投げてもらえなくなるだけでなく、暴力による制裁を受け、悪くすればさらわれ、二度と帰ってこない。

安全策として出し子を二重、三重にして金を次々に受け渡していくようになった。今では番頭に金が入るまで、受け子だけで一次から四次までの四層構造になっているのが普通だ。

番頭の本来の仕事はかけ子を教育し、詐欺店舗をかまえ、仕事を回すことである。その上で数十人単位の受け子を管理するのは難しかった。そのうちせっかくターゲットから金をせしめておきながら受け取れないという馬鹿げた事態が起こるようになった。受け子の数が絶対的に足りなくなってきたのだ。

仕事をしても金主に配当を戻せず、かけ子の報酬にも影響が出るようになった。自ら貯《た》めこんだ金を吐きだして、埋め合わせをした番頭もいたが、限界はある。だからといって受け子の数を簡単に増やすことはできない。直接現金に触れるだけに持ち逃げや襲撃される危険性がつねにあるが、何か起こっても警察には絶対に届け出られない金なのだ。

確実に集金するためには、受け子を完璧《かんぺき》に支配しなくてはならない。そのために必要になるのは結局暴力だ。出し子がメインの頃には、トラブルが起こったときにだけ出てくる後見人《ケツモチ》だった暴力団が直接受け子を手配するようになってきたのである。

真藤は暴力団が嫌いだった。暴力団そのものが生理的に受け付けられないのではなく、裏稼業をしていると何をしていても最後は暴力団に支配されている点がダメなのだ。そうした中、オレオレ詐欺だけは、暴力団が詐欺を見下して手を出さなかったこともあり、末端からトップまで暴力団抜きで回すことができた。

それでも受け子組織が大きくなるにつれ、暴力団を嫌ってばかりもいられず、そうなると賀茂に相談するよりなかった。賀茂とて暴力団の一員であり、いざとなれば、中学の同級生より組を優先させるのはわかっていたが、ほかの誰よりも幾分かはましだった。

しかし――真藤はため息を嚥みくだした。

受け子が襲われたのは今回で三度目になる。しかも五千万円となると今までのもっとも被害が大きい。

「わかった。まずそいつに追い込みをかける。捕まえたら連絡しろ」

賀茂が低い声でいい、電話を切る。

真藤は窓の外に目をやったまま、身じろぎひとつしなかった。今、賀茂に目を向ければ、腹の底で渦巻く疑惑が露《あら》わになってしまいそうなのだ。

ひょっとして受け子襲撃の絵図を描いているのは賀茂じゃないのか……。

気取られれば、次は真藤自身の命が危なくなる。


古いスーパーは二階建てで、それほど大きな店舗ではなく、屋上の駐車場もせいぜい二十台分のスペースしかなかった。建物の東側から屋上へつづく斜路がついていて、順路に従って回りこんだところに黒いセダンは屋上をぐるりと囲むフェンスに車首を突っこむようにして停められている。

小町と辰見は並んで車を後方から見ていたが、前部バンパーの左側が割れ、地面と平行に白い傷がついているのはすでに確認していた。今は小沼と浜岡が車の前に回ってのぞきこんでいる。

車種は大学生カップルの男が嘔吐の合間にいった通りだ。

「即死だったって？」

辰見がぼそりと訊く。小町はうなずいた。

「ええ」

小町と小沼が臨場したのは三十分ほど前で、辰見、浜岡は少し遅れてやって来た。

心肺停止状態なら救急病棟に搬送され、蘇生術《そせいじゅつ》を受けて生き返るケースもあるが、たいていは医者が正式に死亡を宣告するまでの状態を便宜的に置き換えた用語でもある。

清洲橋通りから小学校へ向かう通りに入ったところで、スクータータイプの原動機付き自転車に乗っていて後方から来た黒い車にはねられた男の場合、はっきりと後者だ。八メートルほど飛び、建物の壁に叩きつけられていた。壁についた血痕を小町は見ている。

先に臨場し、救急車を呼んだ警察官によれば、おわん型のヘルメットを被《かぶ》っていたが、首筋から折れた骨が飛びだしており、即死は明らかだったという。

黒いセダンは緊急配備から一時間ほどのち、現場から八百メートルほど東にあるスーパー屋上の駐車場に停められているのが発見された。事故現場も被疑車輌の発見場所も蔵前《くらまえ》警察署の管轄にあり、機動捜査隊浅草分駐所にとっても担当区域であった。

セダンの周りには鑑識課員たちが群がり、車体の検分、指紋の採取、写真撮影を行っていた。駐車場は上り口を閉鎖され、屋上にいるのは警察官ばかりだ。

辰見が周囲を見まわした。

「はねたあと、すぐここへ来たって感じか」

「とりあえず店長に話を聞きました。この車が駐車場に入ってきたのは午後二時二一八分、事故……、事件から七分後です」

「たしかに事故とはいいにくい」辰見はスキンヘッド並みに短く刈っている頭を掻《か》いた。

「何もかも計画的って感じだ」

「そうですね」

カップルによれば、原付スクーターは商店街を抜け、清洲橋通りにぶつかる交差点の信号を無視して飛びこんできたという。すぐ後ろを黒いセダンが追いかけていた。そしてホテルの角を曲がり、小学校へ向かう通りに入ったところで追いつかれ、はね飛ばされた。

今のところ、スクーターがどのような経路をたどって清洲橋通りの交差点までやって来たのか、黒いセダンがどこから追いかけはじめたのかはわかっていない。スクーターが八王子市内で盗まれたものであり、目の前にある黒いセダンも盗難車であることはすでにわかっていた。

スクーターに乗っていて死亡した男は運転免許証どころか財布も携帯電話も携帯していなかった。黒いセダンの助手席から男が降りてきて、被害者が背負っていたデイパックを持っていったとカップルの女性の方がいっていた。携帯電話などはデイパックの中に入れていたのかも知れなかったが、可能性は薄いような気がした。

小町も辰見も事件の匂いを嗅《か》いでいる。スクーターの男は襲われ、デイパックを奪われた可能性があった。もし、そうだとするとデイパックの中味は価値が高く、かつ違法な金品だろう。現金、薬物、貴金属等が考えられる。スクーターの男が違法な金品を運んでいたとすれば、自分の身元につながるような証拠品を携行していないこともありえた。

　辰見が腕を組む。

「情け容赦ない手口からすると外国人って可能性もある」

「そうですね」

「班長は防犯カメラの映像を見たんだろ」

「ええ」

　小町は臨場してすぐ事務所のモニターで見た映像を思いうかべた。カラーではあったが、防犯カメラは古いもののようで映像はぼやけ、ノイズが入っていた。

「車から降りたのは一人だけ。黒っぽいジャージーを着てたけど、人相なんかはまるでわからなくて……」

　小町は目を細め、車を見た。

　男は運転席から降りるとあわてる様子もなく、東側の道路へつづく斜路を下りていった。手ぶらだったようにも見えたが、こぶりなセカンドバッグ程度であれば、持っていてもわからなかっただろう。

「少なくともデイパックは持っていなかった」

「別の車を用意していたんだろう。今度は蔵前にチョウバか、大変だな」

　大学生カップルの証言、その後の被疑者の動きからすると計画的な殺人事件である可能性がある。そうなると本庁から捜査一課が出張ってきて蔵前警察署に捜査本部が立つだろう。

すでに湯原殺しで荒川警察署に捜査本部が立っており、つづいて蔵前警察署ということになれば……。

どちらの警察署も浅草分駐所の管轄内にある。主に初動捜査を担当する機動捜査隊だが、刑事であることには変わりない。二つの捜査本部はいずれも殺人事件《ころし》だ。日常業務をこなしつつ、犯人《ホシ》を追わなくてはならない。

残業が増えることになるだろう。

小町はため息を嚥みこんだ。

二台の捜査車輌に分かれて乗りこんだ小町たち、辰見たちはそれぞれ警邏に戻った。被疑車輌である黒いセダンが見つかっている以上、被疑者に関する新たな情報でもないかぎり追跡することはできない。湯原殺しに関してもとくに進展はなかった。

殺人事件が二件も頭の上に乗っていると気が滅入《めい》る。

走りだして間もなく無線機のスピーカーから声が流れだした。

〝第六方面本部から各移動、台東区日本堤一丁目……〟

ハンドルを握る小沼がちらりと小町を見る。スピーカーから流れた住所は分駐所のすぐ近くだ。

〝簡易宿泊所において、宿泊者同士がつかみ合いの喧嘩《けんか》。なお双方ともにひどく酔っている模様……〟

十二月に入り、日が暮れるのが早くなってきたとはいえ、まだ明るい時間帯ではあったが、すでにすっかり酔っ払《デキアガ》っているようだ。

小さく首を振り、小町はマイクに手を伸ばした。

2

平が病室に入ったとき、種田は窓際のベッドで居眠りをしていた。グリーンと白のストライプの入院着姿で毛布もかけず、撃たれた左足を低いマットの上にのせている。

平はベッドのわきに行き、丸椅子《まるいす》に腰を下ろした。気配を察した種田が二、三度まばたきしたかと思うと目を剝《む》いた。

「係長……、どうしてここに？」

「受傷した部下を残して帰るわけにもいかなくてね」

みるみるうちに種田の顔が暗くなる。

「本当に申し訳ありません」

「冗談だよ。北海道警察《わがしゃ》は人情に厚くとも、甘くはない」

逆じゃないかと思いつつ平は言葉を継いだ。

「いろいろ野暮用があって、あと二、三日こちらに残ることになっただけだ。それに申し訳ないのはおれの方だ。お前に怪我《けが》をさせてしまった」

「いえ、自分がもっと気をつけるべきだったんです。係長から警告されていたんだし」

四階から外に飛びだした湯原を追ってベランダまで行った平は、マンションの裏手にいた種田に向かって右手を拳銃の形にして怒鳴った。しかし、今になってみれば、拳銃だといったことでよけいに種田を煽《あお》ってしまったのではないかと思う。

目の前で横になっている種田を見ながら思いなおした。

警告がなくても種田は塀を乗りこえ、湯原を追っただろう。拳銃について警告しなければ、ひと息に距離を詰めたあとに撃たれ、最悪の事態を招いていたかも知れない。

思いをふり払い、声を出した。

「昨日の今日だが、医者は何といっている?」

「手術は一昨日ですが、抜糸までまだ四、五日かかるといわれました。傷が案外深いようです。それでもテープでしっかり留めておけば、帰れるそうですが」

「帰って、どうする?　どうせ抜糸までは向こうに帰っても入院してなきゃならないだろ。それならこっちにいても同じことだ。それにあと十日もしたら歳末特別警戒《さいまつ》だ。いやでもこき使ってやるよ」

「もう、そんな時期なんですね」

「そうだよ。だから今のうちにしっかり治しておけ」平はそそくさと立ちあがった。

「また、来る」

野暮用があってとはいったものの、東京に残って何をするのか種田に訊かれたくなかった。質問されても答えようがない。何をするつもりなのか自分でもよくわかっていない。

病室を出た平はナースステーションに立ちよった。種田を担当している若い男性看護師が平に気づいて近寄ってくる。

「ご苦労さまです」

「どうも。お世話になっております」

「わざわざお見舞いですか」

看護師は種田が警察官であり、平が上司であることを知っている。

「仕事で近所に来る用がありまして、ついでといっては何ですが、ちょっと顔を見に寄ったんです」

北海道警察警部補である平に捜査権はない。そのことを看護師が知らないよう願った。

「遠くまで来てらっしゃるのに大変ですね」

「必要があれば、全国どこへでも飛びますよ。ところで湯原キミ子さんもこちらに入院していると聞いたんですが……」

キミ子は湯原の母親である。

「お加減はいかがですか」

「とくに怪我をされていたわけじゃないんですけど、とにかくショックが大きいようで。とくに息子さんが亡くなったことはニュースでも取りあげられてましたから」

「そうでしょうね」平はうなずいた。「そちらもお見舞いしていきたかったんですが、遠慮した方がよさそうですかね」

「どうでしょうね」看護師は首をかしげた。「でも、せっかく来られたんだし。湯原さんはここの二階下にいらっしゃるんですが、とりあえずそちらのナースステーションで様子を聞いてみたらいかがですか」

「ありがとう。そうしてみます」

きびすを返した平は階段に向かって歩きだした。


古い一軒家やマンション、アパートに両側を挟まれ、車が一台ようやく通りぬけられる一方通行の道路を走ってきたミニヴァンが停止すると、真藤は自分でスライディングドアを開けて降りた。

日が陰り、さすがに背筋がぞくりとする。かけ子の研修所にコートを置きっ放しにしてきたことを思いだした。六本木に来るとは思っていなかったし、そもそも研修所から出かけるつもりもなかったのだ。六本木とはいっても派手な通りから一本ずれただけで、真藤や賀茂が育った荒川区とあまり変わらない街並みが広がっている。

運転席を飛びだし、車の前を回りこんできた若い男が頭を下げる。

「お手数かけて申し訳ございません」

真藤にドアを開けさせたことを詫びているのだ。ドアハンドルについたボタンを押しただけである。

「大したことじゃない……」

いいかけたとたん、真藤につづいて降りてきた賀茂が怒鳴りつける。

「もたもたするんじゃねえ、のろま」

そして若い男のスキンヘッドをげんこつで殴りつけた。ぼこっ、という鈍い音は胸の底に響き、吐き気を催させた。

「すまんな、秀ちゃん」

真藤の肩に手を置いた賀茂がいった。

だが、詫びているのはミニヴァンのドアのことではない。肩に置いた手を外そうとせず、目の前のマンションへと歩いていく。若い男はその場で最敬礼して二人を見送った。

賀茂はうつむき、沈痛な顔つきでいった。

「お前まで巻きこんじゃって」

「いや、いいよ。おれも知らん顔してられないし」

ゴルフ場からの帰り道、ミニヴァンに乗りこむと賀茂はあちこちに電話をかけはじめた。襲撃に遭った受け子について情報を集めているようだった。自らかけただけでなく、相手からかかってきた電話もあった。そのうちの一本は明らかにほかの電話と違っていた。平謝りしていたのである。もっとも背中を向けたままだったので、実際に賀茂がぺこぺこ頭を下げているかどうかはわからなかった。

その電話を切ったあと、賀茂がちょっといいかなと切りだし、このあと付き合ってもらえないかといった。

『氷室《ひむろ》の兄貴のところへ顔を出さなくちゃならなくなった』

氷室はヤミ金融を生業としていて、賀茂が所属する暴力団の資金源をほとんど一人で担っていた。オレオレ詐欺では、さまざまな企画に自ら金を投資——金主たちは〝投げる〟といった——するだけでなく、自分がとりまとめ役となって出資者を募る役割も果たしていた。

金主たちは一件の詐欺企画に大金を集中させるのを嫌った。店舗の安全性は高いといっても今回のように受け子が襲われたり、逮捕されれば、儲けどころか投資した金も回収できない。それゆえ危険分散《リスクヘッジ》を目的として、一人の金主は複数案件に分けて投資したし、逆に一件の詐欺企画には複数の金主が金を投じることが多かった。

小さなエレベーターに乗ったあとも賀茂は真藤の肩にのせた手を外そうとしない。それどころか指先が食いこむほど強く握りしめていた。痛みを感じたが、我慢した。賀茂が抱えている恐怖が伝わってくる。

氷室は厄介な男なのだ。切れ者と評判だが、金儲けにかけて抜群のセンスがあるのと、いったん頭に血が昇ると何をしだすかわからない、見境なくキレるというのをかけていた。

大型冷蔵庫くらいの金庫、卓球台並みの机、安っぽい応接セットが置かれた事務所に入ったとたん、賀茂は氷室の前に土下座した。

だが、氷室は容赦しなかった。

「てめえ、五本も穴あけて、すみませんでしたで済むと思ってるのか、馬鹿野郎」

氷室はたてつづけに賀茂の後頭部を踏みつけにした。

たしかに受け子が襲われ、奪われた金額は五千万円だと賀茂はいったが、金主が投げた金額はその十分の一もない。だが、そうした理屈の通用する相手ではなかった。

賀茂の顔面は何度も床にぶち当てられ、鼻血が噴きだした。ところが、血を見ると氷室はますます逆上するのだ。

「うちのカーペット、汚しやがって」

ちなみに氷室というのも業界ネームである。

デイルームというプレートが貼られた柱の前で平は足を止めた。病棟の南向きの一角にいくつかの丸テーブルと飲料の自動販売機が置かれ、入院患者と見舞客が面会をするのに自由に使えるスペースになっている。

種田の病室から下りてきて、ナースステーションに向かおうとデイルームにさしかかったとき、窓際の丸テーブルにぽつんと座っている湯原の母親を見つけた。周囲に警察官らしき姿は見えない。

平は母親の前に立った。目が合い、会釈したが、母親は窓の外に視線を移した。平は何もいわず向かい側に腰を下ろし、あらためて母親を見た。湯原と平は二歳しか違わない。おそらく母親同士もほぼ同年代だろう。

平の両親は札幌市の郊外にあるこぢんまりとした二階屋で、妹と息子二人――両親にとっては孫――の五人で暮らしている。妹が離婚したのは四年前で、とりあえず両親のところへ転がりこんだのだが、いまだとりあえず状態がつづいていた。

父は札幌市の北東にある市の役所に勤め、母親は専業主婦、平と妹はどちらも高校を出るまで同居していた。平は高校卒業後、北海道警察に採用され、妹は札幌市内の大学に進んだ。二人ともそれきり生まれた市《マチ》には戻っていない。逆に父の定年退職を機に両親が札幌市内に中古住宅を求め、引っ越している。

　親の老後について、さてどうするかと考えはじめた頃、うまいタイミングで妹が離婚してくれた。いずれ両親の高齢化がさらに進めば、病院や高齢者向け施設なども考えなくてはならないが、あと数年、できれば定年まで現状のままであってくれればと思っている。

　丸テーブルを挟み、しばらくの間互いを見ていたが、湯原の母親が先に口を開いた。

「お子さんはいらっしゃるんですか」

　唐突な問いに面食らったが、相手がまっすぐ見ているのだから自分に訊かれたことは間違いなかった。

「二人、おります。上が高校生の娘、下が中学生の息子です」

「そうですか」母親は小さくうなずいた。「宏忠は結婚しませんでした。結婚して、子供が生まれるなんて当たり前のことだと思っていたんですけどね」

「昨今は結婚しない人も増えているようですね。結婚して、まして子供ができれば、自分の時間や趣味を犠牲にしなくちゃならなくなる。それを嫌うんですかね」

　それだけではないだろうが、と胸のうちで付けくわえた。結婚しない連中には、さらにこみいった事情がさまざまあるのだろう。平には家族より自分を大とする不等式が見えるような気がした。

「宏忠は子供の頃から小説家になるんだといってました」

「それじゃ、国語の先生ですか」

「数学」

母親が頰笑んだ。一昨日の朝に会って以来、初めて見せた笑みは、なぜか特殊詐欺の被害者となってほぼ全財産を失った西浦を連想させた。どちらも寂しげではあるのだが、どことなくほっとしたような表情に見える。

母親は丸テーブルを見て、わずかに目を細めた。

「おれは破滅型の人間だって小学生の時分からいってました。だから、どうしても他人とは違うことをしでかしてしまう、と。主人も私もごくごくつまらない人生を歩んできましたから、私たちのようになりたくないと思ったんでしょう。無理もないことです」

つまらない人生って何だ——平は思った。同時に自分の両親について考えた。

父は高校を卒業したあと、任期制隊員として陸上自衛官となり、最初の二年間で大型自動車、大型特殊、危険物取扱者などの免許を取り、その後、平の生まれ故郷となった市の職員となった。役所ではいろいろな職種を経験したが、大半は屋外で躰を動かす仕事だったという。定年退職して十五年になるが、人生が面白かったか、つまらなかったかなどという会話を父子でしたことはない。

平は警察官として約三十年勤めてきた。事件、事故など人の一生を左右する現場に幾度も立ち会ってきた。その点で父よりは多少刺激的な仕事をしてきたとは思うが、格別面白おかしく生きてきたとは思えない。

少なくとも退屈している暇はなかったと思うが、日々仕事に追われていれば、父も変わりなかっただろう。

平はわずかに首をかしげた。

「人と違う人生って何でしょう。私の職業はふつうといわれるのは少ないと思いますが、それでも当人にしてみるととりわけ変わったことをしているという感じはしませんね」

こんなところで何の話をしているのだろうと平は思った。ふいに居心地悪さを感じて足を組み替えた。

母親は目を伏せ、小さくうなずいていた。

「宏忠は退屈でつまらない教師だったと思います」

平が口を開きかけると、母親は首を振った。

「いえ、親だからわかります。あの子は決して今という状態に満足しなかった。向上心があるっていうのとはちょっと違うんですが。何をしてもちょっとでもうまくいかなくなると、違う、自分がやりたかったのはこんなことじゃないとか、これは自分じゃないとか本気を出してないとかいうんですが、どんなことだって最初からすぐにうまくいくはずがない。私も、主人も教えたつもりでしたが、ダメでしたね。宏忠には根気というものがまったく身につきませんでした」

母親の目から涙が一粒、ぽろりと落ちた。

「それでも不憫《ふびん》なんです。何をやってもうまくいかない宏忠を見ていると可哀想《かわいそう》でしょうがなかった。親馬鹿なんでしょうね。あの子が四十になる頃、主人が亡くなりました。そのときも宏忠は独身で、この先どうするんだろうと思うと居ても立ってもいられなくなりました」

母親は目頭に指先をあて、涙のしずくを払った。

相互依存としてはよくあるケースだと平は思った。母親はいつまでも子供を非力で無能のままにしておくことで、母親の立場を手放さずに済む。そのおかげで子供はいつまでも子供のままでいて、社会を見ようとせず、大人としての責任も果たさない。

身勝手な犯罪者といわれる連中の背後には、いつまでも母であることにしがみつこうとする身勝手な母親がいる場合が多い。

そして確信的に思っている。

子を助ける母のどこが悪い？

「一つ、お訊きしたいんですが、あのとき、息子さんにピストルを渡したのはお母さんですね」

母親——湯原キミ子はじっとテーブルを見つめていたが、やがてゆっくりと目を上げ、まっすぐに平を見返した。

「あのとき、私のことを母さんと呼んでくれましたよね」

平はまばたきしてキミ子を見返した。

あのときとは湯原を逮捕に行って、逃げられたとき以外にない。目の前で拳銃を撃たれ、しゃがみ込んだとき、平は牧野にキミ子を渡していった。

『母さんを連れて、玄関の外へ』

湯原が裸足《はだし》でベランダから飛びだしたあと、追いかけるべく玄関を出た。通路では牧野がキミ子を抱えたまま、座りこんでいた。そこでもう一度、母さんに怪我はないかと訊いた。

キミ子は平をまっすぐに見返していた。

「昔は宏忠も母さんと呼んでました。主人が亡くなって、また宏忠といっしょに暮らすようになったときには、あんたとか、そこの人なんて呼ばれて」

平は何もいえずに見返しているしかなかった。

キミ子はうっすらと笑みを浮かべていった。

「刑事さんのおっしゃる通りです。宏忠にピストルを渡しました」

確信犯の瞳に他《ほか》ならない。窮地に陥った息子が一丁の拳銃で助かると思いこめば、抱きついて手渡すくらいの芸当はする。

平は唇を嘗め、言葉を圧《お》しだした。

「それにしても息子さんはどうやってピストルなんか手に入れられたんでしょうかね。それまでの息子さんの暮らしぶりとピストルがどうにも結びつかない」

母親の表情が一変し、口元が白っぽく強《こわ》ばる。

焦りすぎたか――表情にこそ出さなかったが、ストレートに訊いた自分を呪《のろ》った。為《な》す術《すべ》もなく母親を見返していた。母親は眉間《みけん》にしわを刻み、平をまっすぐに見返していたが、目の焦点が微妙にずれている印象があった。目は向けているが、平を通りこして遠くを見ている感じだ。

取調室で被疑者と向きあっていると、時おりぶつかる表情である。こうした顔つきをするとき、被疑者は必死に記憶を探っていて……。

「シンドウという名前を聞いたことがあります」

「息子さんのお知り合い?」

「たしか卒業生といっていたと思いますが。何年か前のことですので、はっきりしないのですが」

小さくうなずいたあと、母親は言葉を継いだ。

「学校を辞めてから一年も経った頃だったでしょうか、シンドウという人が大儲けをしているといってました」

大儲けとは、特殊詐欺のことかと思ったが、焦ってはならないと自分に言い聞かせた。

「シンドウといっしょに仕事をすると、息子さんはいわれたんですか」

「食い殺してやるといってました。何だかいやな言葉遣いだと思って、それで印象に残ったんだと思います」

母親の表情が厳しくなり、凄《すご》みすら帯びてきた。般若《はんにゃ》という言葉が浮かんだ。

「宏忠の様子が少しずつおかしくなっていったのは、それからです」

母親にしてみれば、息子を悪の世界に引きずりこんだ相手が何者であれ、憎んでも憎みきれないのだろう。

「シンドウが諸悪の根源ですか。なるほど」平はうなずいた。「どうやらその男がいろいろ事情を知ってそうだ。ほかにシンドウのことで何か憶えてませんか」

「そうですね……」

母親は首をかしげ、ぽつりぽつりと話しはじめた。

3

床に這《は》いつくばり、土下座をしてひたいをこすりつけていた賀茂を氷室は執拗《しつよう》に蹴り、踏みつけにした。時間にすれば二十分か、三十分か。真藤はひたすら身を強ばらせ、荒れ狂う氷室と耐える賀茂を見ていた。

　息を切らし、汗まみれになった氷室がソファに倒れこむように腰を落として、ようやく終わった。だが、それで許されたわけではなかった。賀茂は一週間以内に五千万円の穴を埋めることを約束させられたのである。

　無茶苦茶だ。たしかに五千万円は受け子が襲われ、奪われた金だが、数店舗の売り上げ総額であり、氷室が投げた金の数倍にあたる。

　もちろん穴埋めのために必要な費用と手間はすべて賀茂が負担しなくてはならない。

　氷室の事務所を出て、かけ子の研修を行っているさいたま市内に向かう黒いミニヴァンの中で賀茂が時おり苦しげに息を吐いた。

　真藤は賀茂に目を向けた。

「襲った連中について目星はついてるのか」

「いろいろ情報《タタク》は入ってきている」

　受け子を強盗する可能性が高いのは同業者や、賀茂のように一発系詐欺グループのケツモチをしている暴力団だ。とくに今回のように金額が大きいと、いつ、どこで、誰が運んでいるかといった情報が事前に漏れている場合もある。

　実際、氷室の事務所に向かっている最中、賀茂は電話口で追及《オイコミ》の指示を出してもいた。

　車窓に目を向けたまま、賀茂は口元を歪めた。

「だけど、くたばってやがるからな。警察《サツ》が面倒だ」

　原付に乗っていてはねられ、死亡したというニュースはすでに流れている。警察は、事故にしては不自然な点があるとみて自動車を使った強盗殺人事件も視野に入れた捜査を行うとしていた。

　ゴルフ場から氷室の事務所に向かっている間に賀茂はいくつかの指示を出していた。襲われて死亡した受け子が所属していた事務所をすぐに閉鎖し、管理者やそこに居合わせたほかのかけ子は別の場所に移して監禁するよう命じた。まずはこれ以上情報を漏らさないためであり、受け子の仕事状況について聞きだすためである。

　一方で死んだ受け子の家族、交友関係にもあたりはじめている。こちらの方は警察も動いている可能性があるので慎重さが求められた。賀茂が面倒だとぼやく理由だ。

　真藤は肚《はら》をくくって訊いた。

「金のあて……、あるのか」

　賀茂は窓の外に顔を向けたまま、頬を膨らませ、小さく破裂させるような音とともに息を吐いた。やがてぼそぼそといった。

「二千万《にほん》くらいなら今手元にある金で何とかできるけど、五本となるときついな」

「手元にある金って……、組から預かってるやつだろ。まずいよ」

「わかってる。でも、ほかに金なんかねえし、ちょっとの間借りるだけだ」

借りて、焦げつかせたら賀茂の命はない。

「それはちょっと待て。二本なら、おれの手元にある金を吐きだせば何とかなるから」

「どうして秀ちゃんが」

「それは……」

真藤は言葉に詰まった。

二〇〇一年九月十一日夜の光景が脳裏に浮かんでいた。テーブルにはカップ麺の空容器が二つ置いてあった。テレビには煙を噴きあげるニューヨークのビルが映っていて、真藤はたった今目にしたばかりのとんでもない生中継《ライブ》によってこれからは何でもアリだなと考えていた。

そして同じ場所、同じとき、賀茂がいっしょにいた。

「友達だからだよ」

賀茂がきな臭そうな顔をしたので、真藤はあわてて言葉を継いだ。

「だけどそれでもまだ二本だろ。半分にもなってない」

「そっちは任せろ。やられたらやり返すまでだ」

「けじめは取らなきゃならない。それはわかる。だけど氷室さんがいってただろ。一週間以内だって。それに間に合うのか。警察だって動いてるんだし」

「そうだけど」

「そっちは時間をかけよう。いずれ金はきっちり取りもどすし、けじめも取るけどあわてない。今、おれは三店舗回してて、来週もう一店舗起《た》ちあげる予定だったけど、これを少し早くするよ。売り上げを早く作れば、オーナー連中に配当を戻すまでの時間をより多く稼げる」

賀茂が口を開きかけるのを真藤は手のひらで制し、外を見た。研修所まではまだ一キロほどあったが、ＪＲ線の最寄り駅に近かった。

「ここでいい。もう今日の研修は終わってるだろうから戻ってもしようがないんだ。そこで停めて」

ミニヴァンが停まると真藤はドアの開閉ボタンを押した。モーターが低く唸り、スライディングドアが開く。真藤は座ったまま、上体をひねって賀茂をふり返った。

「それじゃ、金のことはあらためて電話するよ」

「秀ちゃん」

すがりつきそうな顔をしている賀茂を残して、真藤はミニヴァンを降り、ドアの開閉スイッチを押して歩きだした。ミニヴァンが追いこしていったが、窓はすべて黒いフィルムが貼られているので賀茂の様子はわからなかった。

携帯電話を取りだし、暗記している番号を打ちこむ。すぐにかけ子の講師をしている山田が出た。

「はい。お疲れさまです」

「今、駅に戻ったんだけど、飯食おう。お前と前田と、それとあいつも」

「わかりました」

真藤は目の前のビルを見上げた。四階にチェーン店の焼き肉店が入っている。店の名前を告げた。

「そこで三十分後。今日の研修は終わりにしていい。ひょっとしたら計画が大きく変わるかも知れないんで。それとわかってると思うけど、あいつは少し遅れて来るように指示してくれ」

「わかりました」

電話を切った真藤はビルに入った。


六人がゆったり座れる焼き肉店の個室で、真藤は前田、山田に今日の午後、受け子が襲われ、五千万円を奪われたことから金主に呼びだされ、穴埋めを迫られたところまでを話しおえた。

向かいに座った前田がウーロン茶を飲み、ふっと息を吐いてつぶやく。

「知りませんでした」

真藤はとなりに座っている山田に目をやった。

「自分も知らなかったです。夕方のニュースは見たんですけど」

「そうか」

真藤は前田に目を向けた。前田がうなずく。

「上野だか御徒町の方で交通事故があったってのは見ました。原チャリに乗ってた奴がはねられて死んだって。警察《サツ》は事件と事故の両面で調べるとかテレビでいってるのは聞きましたけど、まさかうちらに関係してるとは思いもしませんでした」

山田が首を振り、吐きすてる。

「しかし、五本かよ。痛《いて》えなぁ」

「まったくだ」

真藤はうなずき、壁に背を預けた。

テーブルにはジョッキ入りのウーロン茶が三つと、ナムル、キムチの盛り合わせしか置いていない。肉はあと一人が来て、全員そろってから注文するといってある。

真藤は山田に目を向けた。

「死んだ奴だが、お前、知ってる奴か」

「いえ……、それならさすがに何か連絡が入ってると思います」山田が探るような目で見返してくる。「最近、そっち方面は賀茂さんにおまかせしてますから」

「そうだよな」

前田、山田ともに講師専業というわけではなく、真藤の下で働いていた。現在進めている研修が終了すれば、そのまま前田が新店舗の店長となる予定だ。大柄で、肉体派の山田は自分でもかけ子をやるが、出し子、受け子の管理も担当していた。

血の気が多く、素直に人のいうことを聞くようなタイプではないかけ子でも、研修中に二、三回暴力の洗礼を受けさせる――シメると称した――と、あとは店長の命令に従った。そもそも報酬にしろ手当にしろすべて店長を通じて支払われるのだから逆らいようがない。一方の出し子、受け子は直接現金に触れるだけに逃亡の可能性があり、つねに監視し、暴力を背景とした恐怖を植えつけて縛りつけておかなくてはならなかった。だが、受け子の人数が増え、集金システムが複雑になってくると山田の手には負えなくなってきていた。

前田がウーロン茶を飲み、ジョッキを手にしたまま訊いてきた。

「賀茂さんは何かおっしゃってるんですか」

「まだ、調べてるところだ。何しろ起こったのは、今日の午後だからな。それに警察も動いてるし」

真藤の言葉に前田はうなずき、ジョッキを置いた。真藤はテーブルの上に身を乗りだし、二人を交互に見た。

「というわけで緊急事態なんだ。今、うちらは三店舗回してるけど、それぞれに金主がついているし、そっちの金を穴埋めに回すにしてもたかが知れてる。そこで相談なんだが、今やろうとしてる店舗を即刻起ちあげられないかと思ってるんだ」

前田も山田も目を伏せたまま、何もいわなかった。真藤が相談したいという内容はある程度予想がついていたに違いない。早急に金を作る方法はかぎられる。研修期間を短縮して金主に配当を戻すまでの時間を稼ぐというのは誰しも考えるところだ。

だが、危険もあった。すでに三日間の研修を終えているのでかけ子としての力量は見極めがついている。三日の研修に耐えるだけの根性と頭があれば、どのような企画であれ、シナリオを渡して徹底的にトークを仕込むのは難しくない。

問題は人間としての見極めにあった。

まず、これからやることが一発系の電話詐欺、つまりは犯罪だと明かさなくてはならない。報酬でつり、暴力に対する恐怖で抑えつけ、さらには正当な仕事であると心底思いこませないと警察に駆けこまれる恐れが皆無とはいえない。警察に密告《サ》されれば、即刻店舗を閉じ、逃げを打たなくてはならない。

損害が大きいだけでなく、逮捕されるリスクもある。警察に通報させないためには、強い身内意識が欠かせないのだ。

もう一つ、同業者やヤクザのヒモ付きでないことも確かめておかなくてはならなかった。

今日の襲撃が誰によって、どのような経路で行われたのかは、これから賀茂が調べる。だが、原チャリに乗っていた男が受け子の一人であり、そのとき大金を運んでいることが漏れていなければ、襲撃などなかったのだ。

真藤は前田、山田の順で顔をのぞきこんだ。

「どうだろう?」

まず前田を見る。何といっても新店舗の店長なのだ。

「どうしてもってことであれば、できなくはないです」

「今、何人残ってる?」

「今日、二人辞めさせましたからあと七人です」

「残ってる中で、こいつだけは大丈夫だっていうのは?」

「ゼロ」前田がうっすらと笑みを浮かべた。「この世界で絶対大丈夫なんて奴、いるわけがないですよ」

「そうだな」

真藤も苦笑する。

前田がテーブルに視線を落とし、首をかしげた。

「三人ってところですかね。だからあいつを入れて四人です。最終的なご判断は……」

前田は真藤に向かって両手の指を伸ばした。うなずき返す。前田がつづけた。

「あとは残す奴にだけ、新店舗について連絡して、あの研修所は閉じちゃうって流れじゃないでしょうか」

「それでいこう」真藤はうなずいた。「それともう一つ、企画の内容も変えようと思うんだ」

前田と山田が同時に真藤に目を向けてきた。二人を見返し、圧しだす。

「個人番号《マイナンバー》」

前田、山田ともに一瞬きな臭そうな顔をしたが、うなずいた。その表情から二人が利点と危うさをすぐに察したことがわかった。どちらもオレオレ詐欺で何年も稼いできただけのことはあると真藤は思った。

マイナンバー制度とは国民総背番号制ともいわれ、国民一人ひとりに与えられる十二桁《けた》の番号によって各種行政手続きが簡略化される。すでに今年の秋から個人番号の通知が始まり、一月には運用が始まる。

一発系電話詐欺では、新制度の導入はビジネスチャンスなのだ。しかも今回は全国民を対象としているだけにかつてない大きなチャンスといえる。導入時期こそ狙い目であるのは、制度そのものがよく知られていない上、コンピューターネットワークがからんでくるだけに一発系のターゲットである年寄りには理解しにくい。

真藤は何年も前からマイナンバー制度について勉強し、情報を集めてきた。詐欺は相手の無知につけこむのが身上である。

ウーロン茶のジョッキを取りあげ、ひと口飲んだ。

「とっくに道具屋はリストをこすり始めてるし、一発系を始めた奴らもいる」

ターゲットのリストを作っている道具屋は役所の職員を装い、マイナンバー制度導入にかこつけて電話調査を行っているのだ。さらに真藤はいくつかの手口について話した。

一人目のかけ子がターゲットに架空の番号を教える。二人目のかけ子が公的機関への寄付を行うため、名義を借りたい、謝礼はすると連絡し、一人目が教えた架空の番号について訊く。ターゲットが答えると三人目が警察もしくは総務省の職員を名乗って、第三者に個人番号を知らせることは名義貸しにあたり、違法だとして罰金が科せられると告げ、支払い方法を指示する。

手間がかかるようだが、これまでにも交通事故や駅での痴漢騒ぎなどのシナリオを作り、示談金をせしめているだけに手慣れたものだ。

そのほかにもターゲットの番号が流出したので変更しなくては被害に遭うとして、変更手数料がかかるとしたり、流出したナンバーで高齢者施設に新規申し込みがなされ、登録抹消しないと莫大《ばくだい》な請求が来るとする方法だ。もちろん登録抹消に必要だとして実費を請求するのだ。

山田は感心したように聞いていたが、すでに前田は手口を研究しているようで驚いた様子は見せなかった。

山田が真藤の目をのぞきこむ。

「で、どのシナリオで行くつもりですか」

「お代わりやフィーバーにつながるのは登録抹消の方だろうな」

お代わりは同じターゲットから同じ手口で二度、フィーバーは三度以上騙《だま》しとることを指す。高額な高齢者施設への入居申し込みにからむシナリオを練りあげれば、それだけ騙しとる金額も大きくなる。

「初期投資は大きくなるだろうけど、バックもそれなりにでかいだろ」

まずはリストだ。金を持っていて、家族縁の薄い年寄りばかりを並べたものであれば、多少高額でも充分に見返《ペイ》りがあるだろう。

そのとき、個室の戸がノックされた。

「お連れ様がお見えになりました」

「ああ、どうぞ」

山田が答える。

戸が開き、店員と並んで応募者の一人、野宮が立っていた。初日に遅刻してきて、山田に真っ先に殴られた男である。

野宮はすでに真藤が運営している店舗でかけ子として働いており、一年目で二千万円近い収入を得ている。ちょうどほかの店舗での仕事が終わった——だいたい一店舗での営業は二、三週間だった——ところだったので、応募者の一人として潜りこませてあった。もちろんサクラであり、本名も野宮ではない。

真藤は野宮を近い将来の店長候補と見ており、今回は応募者側に立ってほかの応募者たちを観察するという重要な役割を割りふってあった。

全員がそろったところで山田が代表して肉を注文した。すべて最高級品を選びながら、飲み物は野宮もウーロン茶であった。研修中は酒を禁じている。

店員が注文をくり返して確認し、戸を閉めると早速前田が切りだした。

「加賀、藤堂《とうどう》、町村の三人は？　誰かとつるんで帰ったか」

いずれも最終選考に残っている応募者である。前田が先ほど野宮を入れて四人といっていたメンバーだ。

「いえ」野宮がちらりと笑みを見せた。「実は町村に飯でもどうかって誘いをかけたんですが、引っかかりませんでしたね」

応募者同士が互いに連絡したり、食事に行ったりするのは禁じてある。野宮は罠《わな》を仕掛けたのだが、町村は引っかからなかった。あとの二人は住むところがないといっていたので研修所の近所にあるアパートの一室に放りこんであった。

真藤が口を挟んだ。

「同業っぽいところはないか。あるいは経験者とか」

「たぶん今回が初めてだと思います。突っ張ってはいるんですが、世間知らずというか、案外可愛《かわい》らしいところもありますよ」

研修初日、黒のジャージー上下を着て、顎を突きあげていた様子が脳裏を過《よ》ぎる。

おれの目に間違いはなかったな——真藤は胸のうちでつぶやいた。

やがて大皿の肉が運ばれてくる。真藤は生野菜サラダを追加注文した。

4

浅草分駐所の窓際に立った小町は携帯電話を耳にあて、吉野通りを流れる車の群れを見下ろしていた。午前十時を回り、すでに当務の引き継ぎは終えている。

「被害者《マルガイ》が台東三丁目の交差点で昭和通りを横切ったのが午後二時十八分なんですが、このときにはまだ後ろに例の黒いセダンはつけていません」

電話口で小沼がいった。

昨日、スクータータイプの原動機付き自転車に乗っていて、後ろから来た黒いセダンにはねられ、死亡した男性の事案は蔵前警察署に捜査本部が立ち、事件と事故の両面から捜査することになった。小町が臨場した際、話を聞いた大学生カップルの目撃証言だけでなく、周辺の防犯カメラ映像を解析して、原付スクーターが黒いセダンに追われていることが明らかになってきたからだ。

「三分後の午後二時二十一分……、清洲橋通りのホテル前交差点にマルガイの原チャリは赤信号を無視して突っこんでますが、そのときには黒いセダンに追っかけられてます」

「台東三丁目からホテル前までのどこでセダンが張りついたかは特定できてる？」

「昭和通りから入ってすぐ右手にコンビニエンスストアがありまして、そこの防犯カメラには原付は映ってるんですが、セダンは映ってません。ホテル前までは一方通《いっつう》行なんですが、セダンが出てきたのはコンビニからホテルまでの四百メートルのどこかです」

　昨日の女子大生を思いうかべる。

『赤信号だったんですよ。それなのにバイクがすっごいスピードで突っこんできて危ないって思ったら、すぐ後ろから黒い車が追っかけてきて』

　ホテル前に達したときには原付スクーターは結構な速度が出ていたようだ。交差点のすぐ手前から追いかけられはじめたということはないだろう。

「黒い車がどこから追いかけはじめたか、可能性がありそうなのは？」

「コンビニを通りすぎた角とその次の交差点は南からの一通が二本つづいて、その先は北からの一通が二本です。でも、コンビニの防犯カメラには黒い車はまったく映ってませんからすぐ角の交差点からってことはありませんね。そこはカメラがカバーしてるんです。可能性があるとすれば、その先の三つの交差点になりますね。ただ……」

「どうしたの？」

「通りの北側にパーキングメーターが並んでまして配達の車とかよく停まってるんですよね。蔵前PSが周辺の防犯カメラをあたっていますけど、パーキングしておいて、原チャリが近づいたところで乗りこんで追いかけるって方法もありだと思うんですよ」

コインパーキングを使用していれば、警察が見とがめることもない。

「ずいぶん詳しいんだね」

「そりゃ、ここらは地元ですから」

「地元って？」

「ぼくが住んでるマンションは現場から百メートルも離れてません。原チャリが前を通りすぎたコンビニなんかしょっちゅう買い物してます」

「そうなんだ」

小沼の人事書類を見ており、そこには自宅住所もあったはずだが、まるで憶えていなかった。小町は言葉を継いだ。

「マルガイの足取りは台東三丁目からしかわかってないのね？」

「はい。それより前についても防犯カメラ映像を集めてますから、いずれつかめるとは思いますが」

昭和通りから西側へ百メートルほど行くとＪＲ御徒町《おかちまち》駅南口だが、手前は宝飾品店が建ち並び、駅のガード下、駅を越えてさらに西へ行くと飲食店が密集している地域だ。防犯カメラの数も膨大になる。だが、被害者が台東三丁目交差点を通過した時刻がはっきりしているのでいずれ足取りはさかのぼって明らかになるだろう。

「被疑車輛については？」

「そっちの方もあまり進展はありません。昨日、班長もスーパーの防犯カメラ映像を見たでしょう？」

「見た」

スーパー屋上の駐車場に車を乗りいれ、出ていく男の姿を捉《とら》えた映像はあまり鮮明ではなかった。

「店内のカメラはすべてチェックしたようですが、わかったのは運転してた男がスーパーには入ってないってことだけです。駐車場の映像じゃ、人相とかまるでわかりませんでしたけど、車を置いて駐車場から出ていった時間ははっきりわかってるんで……」

「何時だっけ？」

「駐車場に停めたのは午後二時二十八分ですね。原チャリをはねてから五、六分ってところです」

「手際がいいね」

「そうですね。ただ、運転していた男が駐車場を出た時間ははっきりしてますから、となりゃ向かいのビルの防犯カメラ映像をチェックするのはそれほど難しくないと思います。風体がある程度絞りこめれば、目撃情報も拾えるんじゃないでしょうか」

「そうね」

「会議の内容はざっとこんなところです。昨日からあまり進展があったとはいえませんが、一応配布された資料なんかもあるんで分駐所に戻って報告書を作りますよ」

「自宅のすぐ近くまで帰ってるのに大変ね」

「まあ、いっしょに来てる人が書類作りなんかしそうにありませんからね」

小沼といっしょに蔵前署に行ったのは辰見である。二人には引き継ぎ打ち合わせには出ずに午前九時から始まる蔵前署での会議に行くように命じてある。

たしかに辰見はちまちまと報告書を作成するような柄ではない。

ふいに小沼の声のトーンが変わった。

「どこ、行くんですか。辰見さん、まだぼくが報告してる最中でしょうが。辰見さん、辰見さん……、もう」

スマートフォンを耳にあてたまま、小町は噴きだした。

十四人乗りのマイクロバスで左側のシートに横座りした真藤は声を張った。

「さて……」

車内右側、二席ずつ四列になった座席には最終候補として残っている七人の応募者が座っていた。最前列の窓側に町村、そのとなりには野宮がいる。

「今日はバスに詰めこまれて、茨城まで連れてこられた。何をするんだろうと思ってるだろう。そろそろ本日の授業をはじめることにしよう」

マイクロバスはコンビニエンスストアの駐車場に入っていた。道路を挟んで向かい側には昨日賀茂と食事をしたゴルフ場の駐車場があった。今日も十数台の車が停まっている。

「まず、お前たちから見て一番右にある車を見ろ。白い車だ。あれが何という車だか知ってる奴はいるか」

真藤の問いかけに答えられる応募者はいなかった。しかし、四日目ともなると不用意に左右を見交わしたりしない。

「答えはメルセデスベンツＡＭＧ《アーメーゲー》のＥ63。車体だけで千六百九十五万円って高級車だ。さらにちょっといじれば、楽に二千万、三千万になる。そのとなり……、ここからだと黒にしか見えないが、そばで見れば濃い緑だとわかる。めちゃくちゃ濃い。息でボディが曇るくらい……、そうだな、二、三センチくらいにまで寄らないとわからないかも知れない。だけど、息がかかったんじゃ、運転手がさっと寄ってきて、あいつらの唯一の武器、羽根ぼうきで追っぱらわれるだろう。しっ、しっ、てな」

応募者たちが低く笑った。

「あれはベントレーコンチネンタルGTだ。裸の車体で二千三百万。参考までに申しあげておくと、車ってのは諸経費がかかる。あのベントレーを自分ん家《ち》の車庫に入れたいと思ったらざっくり三千万はかかる。ベントレーが入る車庫と、その車庫がつく家は別料金だがな。世田谷あたりの一軒家でそれだけの大きさがあれば、今でも時価数億ってところだろ。まあ、それくらいの家に住んでるんじゃなければ、ベントレーなんて乗れないけどね」

応募者たちは駐車場に目を向け、黙りこくった。

真藤が座っているシートからでは、町村の後頭部しか見えなかった。だが、今にも食いつきそうな顔をしているだろうと予想がついた。

「さて、ベントレーのとなりが本日の目玉だ。シルバーとワインレッドのツートン……、おれは好きじゃない。はっきりいって趣味悪いと思う。でも、おれのように品よく生きてるようじゃ、とてもじゃないが、三千百三十二万円もする車には乗れない。あれがロールスロイスゴーストSWB……、例によって今いった値段は車体だけの、いってみれば、最低価格ね。エンジンとドアと座席が一通りついてて、とりあえず走れますよっててお値段。自分流に味付けしなくちゃ、ロールスゴーストのオーナーとはいえない。それであまり人が持っていない組み合わせを選んで、あんなツートンカラーにしたのかな。まあ、いいや。とにかく他人に自慢できるくらいに仕上げると五千万はくだらない。そこへ行くと一台空いて、停まってる白のレクサスLS600なんかはお手頃ともいえるだろう。車体だけなら千六百万くらいで買える。いじれば、いくらでも値段が上がっていくけどね。ちなみに今おれが乗ってるのは車体こみで二千三百万」

応募者たちが一斉に真藤をふり返った。誰もが眩しそうに目を細めていた。

「はったりかませやがってって面《つら》ぁしてるな」

真藤の問いに応募者たちは一斉に首を振る。

レクサスLS600に乗っているのは嘘ではない。湯原を迎えに行ったときにも自らハンドルを握っていた。内装、エアロパーツ、タイヤとホィールなどを換えているので総額二千三百万円というのも嘘ではなかった。金はすべて真藤が払った。

だが、名義は顔すら見たことのない男の名前になっている。名義料として決して少ないとはいえない金を払っていた。

三十歳、独身でも、無職の真藤が二千三百万のレクサスを所有していれば、警察や税務署が金の出どころを探ろうと動きだすに決まっていた。

コンビニエンスストアから山田と前田が出てきた。手に大きなポリ袋を持っている。

配った。


二人を見ながら真藤がいった。

「ちょっと早いが、昼飯にする」

マイクロバスに乗りこんだ山田と前田が応募者たちに弁当とペットボトル入りの茶を配った。

真藤は応募者たちを見渡していった。

「弁当の中味はちょっとずつ違うが、値段は一律三百五十円、飲み物は特価で百円、合計四百五十円、税込み四百八十六円。さて、コンビニの駐車場を見ろ」

応募者たちの頭が一斉に動く。

駐車場には灰色の軽自動車が一台、白のライトバンが一台停まっていた。どちらも色褪《あ》せ、所々へこみ、錆《さび》が浮いている。

「二台あわせて、十万の価値があるかどうか」

コンビニエンスストアからポリ袋を提げた男が出てきてライトバンに乗りこんだ。灰色の作業服を着て、頭にタオルを巻きつけている。

「あの男が持っていた袋の中味は、今お前たちの膝《ひざ》にのってるのと同じだ。そして、ひょっとしたら今日一日で唯一まともな食い物かも知れない」

真藤はふっと息を吐いた。前田が差しだしたペットボトルを受けとった。

「飯にしよう。講義のつづきは走りながら、だ」

運転席につき、シートベルトを留めた山田が車内をふり返る。真藤が手を挙げるとうなずいてエンジンをかけた。


子供の顔が大人に変わるのは何歳くらいなのだろう、と平は思った。

湯原殺しの捜査本部に新たに持ちこまれたホワイトボードの前に立ち、そこに貼られた真藤秀人の写真を見ていた。ほかにも真藤の同級生や湯原と関わりがあったと見られる卒業生の写真や資料が貼ってある。

真藤の写真は三枚あったが、いずれも十二、三歳頃に撮影されていて、一枚は学生服を着た証明写真——おそらくは生徒手帳用——だ。あとの二枚はスナップ写真で一枚は数人、もう一枚は真藤一人が写っている。

一人だけの写真では、はにかんだようにも、今にも泣きだしそうにも見える気弱な笑みを浮かべていた。いずれも十五年以上前に撮られていて、真藤も今では三十歳になっている。

真藤は湯原の教え子の一人で、担任をしていた中学二年生の二学期に少年院送致となった。以来、警察と真藤との接点はない。少年院送致になった事由は窃盗、恐喝、傷害等々。保護者である母親が住所不定、職業不詳であったため、保護観察なしで二年間放りこまれている。父親は不詳。母親にも誰が父親なのかはっきりとはわからなかったとある。

退院から十四年が経過した今では真藤の所在は不明となっている。人権に配慮し、執拗な追跡監視を行わなかったのではなく、要は雑魚《ざこ》と見なして関心を払わなかっただけのようだ。

湯原の母親の口から名前が出なければ、捜査本部にホワイトボードが持ちこまれ、真藤の資料が掲示されることもなかっただろう。

湯原は退職した翌年、真藤と再会し、母親に金儲けができるといったようだが、真藤が話題になったのはそのとき一度だけだったようだ。真藤の名前を母親が記憶していたのは、そのとき以降、湯原が夜中に外出したり、数日戻らなかったりするようになり、明らかに金回りがよくなったためだ。

平は腕組みし、真藤に関する書類を読んでいった。

柴田に利用されたといってよかった。病院を訪ねたとき、湯原の母親がデイルームにいたのは偶然ではない。荒川署の女性刑事が平を尾《つ》けて病院まで行き、種田の病室に行っている間に湯原の母親を連れだしていたのだ。平が湯原の母親と話している間、すぐそばのテーブルにいたらしい。

『息子をパクりに行った張本人ですからね。もしかすると我々が引きだせていない話が聞けるかなと思いまして』

睨《にら》みつけると柴田は苦笑して、苦し紛れだったんですと言い訳した。

平はあらためて真藤が数人の友達と写っているスナップに目をやった。誰もが腕を組み、肩をいからせ、カメラを睨んでいるが、どの顔も幼さは隠しようがなかった。真藤と並んでいる小柄な男が今では暴力団の構成員になっている賀茂翔騎《しょうき》だ。

真藤と賀茂は同じ時期に少年院に送致された。賀茂は中学生の頃まで躰が小さかったが、少年院に入っている間に背が伸び、太ったらしい。真藤と並んで名前が記されており、写真と資料が貼られていた。二人の名前は線で結ばれており、平成二十七年十二月現在とあってクエスチョンマークが添えられていた。

賀茂については捜査本部だけでなく、賀茂の所属する暴力団を担当する所轄署の組織犯罪対策課も動いているようだ。

ふたたび少年たちのスナップに視線を戻した。

背後に写っている家が気になった。

どこかで見たような気がする……、はて、どこだっけ……。平はいつの間にか下唇を噛んでいた。

真藤は、この十数年間を自分以外の誰かとなって生きてきた。たとえば、今なら曽根である。

「おれは平成十七年に慶応大学経済学部を卒業して投資顧問会社に入った。お客は年配の個人投資家……、いや、やめよう。はっきりいって狙いは年寄りが押入にしまったきり本人もぼけて忘れちまってるタンス預金と年金だ。大儲けしようなんていわないのさ。百万円を百五万円にしましょうくらいでね。でも、五万円ならちょっとした小遣いになるし、孫へのお年玉にでもしてやればいい顔ができる。そうやって撒き餌《まえ》をして、どんどんと投資額を増やしていく。おれは口がうまかったし、惜しみなく撒き餌も使った。客は増えたよ。営業成績はつねにダントツだった」

自分以外の誰かになりすますというのは師匠の須田から徹底的に仕込まれた。だが、それだけではなかった。元々素質はあったらしい。何のことはない。真藤は物心ついたときから自分以外の何者かになりたくて仕方なかったのだ。両親が家にいて、毎日洗濯したての下着やセーターを着て、腹一杯飯が食える、ごく普通の家庭で暮らしている自分を夢想していた。

曽根の過去は今までに会った何人かから拝借し、適当にアレンジしたものだ。ボロが出ないよう徹底的に作りこんである。この程度の芸当ができなければ、かけ子として二年目に四本プレーヤーになることなど不可能だったろう。

真藤は前を見たまま、とくに声を張ることもなく話しつづけていた。高速道路を走るマイクロバスはそれなりに騒音に満ちていたが、応募者が耳を澄ましているので大声を出す必要もなかった。

「個人投資家とは何か。餌《えさ》だよ、餌。より大きな投資家たちの餌だ。よく損をするとか、金が消えちまうみたいな話をする奴がいるけど、エネルギー保存の法則みたいなもので……、ってお前たちには何をいってるかわからんか。まあ、いい。聞いてろ。とにかく消えないんだよ。形を変えるだけでエネルギーも金も残ってるんだ。つまり個人投資家にしてみれば、自分たちの金が消えちまったように感じるけど、より大きな機関投資家の懐《ぽっぽ》に入るだけだ。では、機関投資家とは何か。もっと大きな機関投資家の餌に過ぎないんだ。結局は一番金持ってる奴のところに金が集まるようになってる。だけどおれはうまいことといって、年寄りの年金を巻きあげていたわけだ。情け容赦なくやったよ。何年か足繁く通った家の前に売り家の看板立ってるなんてざらだった。でも、自業自得だ。欲の皮突っ張らせてる年寄りだから嘘くさい話でもまんまと引っかかるんだって思ってた。思いこんでた。なぜか」

　応募者たちは身じろぎもせずに真藤を見ていた。

「つらかったからだ。売り家の看板なんてまだいい方だ。一番多かったのは首吊《くびつ》りだな。で、下りた保険金はそれまでの借金の穴埋めに回させてもらう。そんな風に契約してあるんだからな。何も悪いことはしちゃいない。すべて合法なんだ。貯金を失おうと、家を失おうと、命まで失おうと合法だ。法律にさえ引っかからなきゃ、とことんやっていいんだ。誰もおれを責めない。所詮《しょせん》投資なんだよ。儲かることもあれば、損をすることもある。何もかも自己責任なんだ。だけど、おれは五年で病気になって会社を辞めた。そんでぶらぶらしてるときに今の稼業に誘われたんだ」

真藤は言葉を切り、応募者たちを一人ひとり見ていった。山田、前田、それに野宮の見立ては正しいようだ。町村をふくめ、三人がいいところだろうと真藤も思ったが、最後の見極めをしなくてはならない。

「さっき見ただろ？　車に二千万、三千万、五千万とかけられる生活をしてる奴がいる。車に、だ。家じゃない。車なんてなくたって、すぐに生きるの死ぬのって問題にはならないだろ。どうしても車が要るんだったら、ほら、コンビニの前で見たポンコツを思いだせ。二台あわせて十万円か。あんなのだって充分役に立つんだ。いや、むしろあのポンコツの方が生活の役に立ってる。ベンツだ、ベントレーだ、ロールスロイスだってのはゴルフ場に来るだけだからな。そうした奴らから二百万や三百万いただいたところで別にどうってこともない。投資顧問会社にいたときは、おれは毎日自分を責めた。何やってんだ、お前って。だけど、今の稼業に入ってからは何も感じていない。むしろ無駄になっている金を必要な連中に回してやってるんだと思う。必要な連中って、誰だ？　二台で十万円の車に乗って、いつ切られるかわからないアルバイトをして、ようやく一回に税込み四百八十六円の弁当を食ってる連中……」

言葉を切り、もう一度応募者を見渡したあとに付けくわえた。

「お前たちだよ」

机に置いたスマートフォンが振動する。目をやるとフリーライター岩佐の名前が表示されている。小町はスマートフォンを取りあげ、通話ボタンに触れ、答えた。

「先日はどうも」

「いえ。こちらこそ。ご馳走《ちそう》になるとは思わなかった。ありがとう」

岩佐の声がみょうに硬く感じられた。

「呼びだしたのはこっちだから。それにいろいろ勉強になったし」

「そういってもらえると少しは気が楽になる」

岩佐がすっと息を嚥む気配がした。小町は椅子の背に躰を預けた。

「新御徒町で交通事故があったでしょう。あの辺だとあなたの管轄じゃない？」

「ええ、まあ。でも、交通事故だから」

「ニュースだと警察は事故と事件の両面で追ってるとか」

「そうみたいね。うちらはパトロール専門だから一つのことをじっくり追ったりしないのよ」

機動捜査隊の主任務は初動捜査にある。

「そうか。ひょっとしたら聞きたいんじゃないかと思って電話したんだけど、興味なしか」

「あら」小町は眉《まゆ》を上げた。「みょうにもったいぶるわね」

「そういうわけじゃないけど……」岩佐が咳払《せきばら》いをして、声を低くした。「一発系やってる子とちょっと話をしてたのね。あの事故とは関係ないテーマだったんだけど。それで一通り取材が終わって、お酒飲みながら雑談になったのよ。その子、十九の男の子なんだけど、私に興味があるみたいでね。こんなおばさんのどこがいいのって思っちゃうけど」

「いいえ、あなたは魅力的だわ。これ、お世辞じゃないから」

「へえ。あんたみたいな美人にいわれると悪い気はしないもんだね。まあ、いい。とにかくその子は私の気を引きたかったらしくて、あの事故のことを話しだしたの。はねられて死んだ子ね、ヤクザの事務所に出入りしてて、受け子やってたって。受け子って、わかるよね」

「ええ」

小町は女子大生がいっていたことを思いだした。黒いセダンの助手席から降りた男が原付スクーターの男が背負っていたデイパックを奪って去ったという。

「事故に遭ったとき、金を運んでたってことかしら?」

「そこまではわからない」岩佐はあっさり答える。「それと、その子にしても一発系やってるくらいだからそれほどまともってわけじゃないわよ」

「うん」

小町は天井を見上げ、胸のうちでつぶやいた。

彼女がわざわざ私に知らせてきたのは、なぜ?

第五章　新型商品

1

空気は冷たかったが、風はなく、陽射《ひざ》しが心地よかった。警視庁第六方面本部庁舎の前を抜け、小町は吉原大門《よしわらおおもん》までやって来た。

拳銃が大好きで、中でもスマートな自動拳銃ＳＩＧ／ＳＡＵＥＲ　Ｐ２３０に憧れ、貸与される可能性のある機動捜査隊を希望した。望み通りＰ２３０が当たり——この点も持ってる刑事だと自負している——、当務中はショルダーホルスターに差して携行している。規則では自動拳銃の場合、薬室を空にして携行することになっているが、いざ拳銃が必要となったとき、スライドを引いて薬室に弾丸を送りこむ余裕があるとはかぎらない。ゆえに小町はつねに薬室に実弾を装塡《そうてん》し、安全装置をかけていた。

それでも二十四時間の当務が終了し、ショルダーホルスターを外すと肩が楽になる。小町が愛用しているショルダーホルスターは特注品で拳銃、手錠、警棒、受令機が入れられるようになっており、それなりに重量があった。

吉原大門の交差点を渡り、お歯黒どぶの名残である湾曲した仲之町《なかのまち》通りを歩いた。やがて右手にずらりと並んだソープランドの看板が見えてくる。台東病院の角を曲がって南へ向かい、千束《せんぞく》三丁目の交差点を過ぎて都道四六二号線——国際通りに入り、さらに南下する。やがて右手に目指す高層ホテルが見えてきた。

フリーライターの岩佐から電話があり、清洲橋通りで起こった死亡轢き逃げ事件の被害者が暴力団の組事務所に出入りしているのみならず特殊詐欺の受け子をしていたと教えられた。なぜ小町に連絡してきたのか。真意ははかりかねたが、とりあえず辰見に電話を入れた。稲田班ではもっともヴェテランというだけでなく、暴力団の事情に詳しいのだ。岩佐から聞いた内容を伝えると折り返し電話するといわれた。

それから一時間ほどして、電話があり、午後三時に国際通りに面したホテルのロビーで会おうといわれた。くだんのホテルで保安部長をしている犬塚《いぬづか》という男がかつて刑事であり、辰見とは警察学校の同期であることは聞いていた。

警察学校の同期との絆がどれほど強固で頼りになるか。小町もいくつかの事件で同期生に助けられているだけによくわかる。

ロビーに入るとソファに腰かけていた辰見が立ちあがった。

「すみません。わざわざ」

二人は並んで歩きだした。

「いや、班長の話を聞いて、おれも気になってね」ふり返った辰見がにやりとする。

「それにちょうどティータイムだろ。この辺りじゃ、一番うまいコーヒーを飲ませるんだ」

「そうなんですか」

「さすが老舗《しにせ》の高級ホテルだね。ところで、班長は犬塚に会ったことがあったっけ？」

「浅草に来てかれこれ二年半になりますが、いまだお目にかかるチャンスがなくて」

「それほどの奴じゃないがね」

　ホテルの裏手にある事務棟に行き、受付を通して保安部長室に案内された。両袖机の向こう側で立ちあがった犬塚は大柄で猪首《いくび》、耳が潰《つぶ》れていた。柔道の猛者《もさ》だろうと見当がつく。

「どうぞ」

　名刺を手にして出てきた犬塚が応接セットを指した。座る前に辰見が紹介する。

「こちらがうちの班長」

「稲田です」

「犬塚です」

　名乗りあった上で名刺を交換した。ほどなくコーヒーが運ばれてくる。犬塚がテーブルの下からクリスタルの灰皿を出し、小町を見た。

「この部屋も禁煙なんだけどね」

「何にでも例外はある」辰見が背広のポケットからタバコと使い捨てライターを取りだした。「おれ、ひいきされるの大好き」

「熱いうちにどうぞ」

犬塚が小町の前に置かれたコーヒーカップを指した。

「いただきます」

カップを持ちあげ、ひと口すすった。たしかにこの辺りで一番うまいと辰見がいっだけのことはあった。

「美味《おい》しい」

「だろ」

なぜか辰見が嬉《うれ》しそうに小鼻を膨らませるとタバコをくわえて火を点《つ》けた。小町はカップを置いて切りだした。

「早速なんですが、昨日の事故について……」

犬塚が手のひらを見せ、小町を制した。

「事故じゃない。あんたらだって最初《はな》から事故だなんて思っちゃいまい。さっき辰見から聞いて、知り合いを二、三あたってみた」

犬塚がまっすぐに小町を見る。辰見は天井に向かって煙を吹きあげた。

「連中はいくさ支度に入った」

「いくさ？」

「ああ、それも全国規模の一大合戦だ」

「それじゃ、例の？」

「そう。関西の連中だ」

小町の問いに犬塚が顎《あご》を引くようにしてうなずいた。

関西を拠点とする日本最大の暴力団が分裂騒動を起こしていた。発端は今夏、総本部で開催された執行部会に有力組織の組長が欠席し、それに対して執行部は欠席した幹部に絶縁、破門などの処分を下し、決裂は決定的となった。以来、全国各地で小規模な小競り合いが起こっているが、まだ嵐の前の静けさといえるレベルだ。

犬塚がソファの背に躰を預けた。

「いくさとなれば、一にも二にも要るのは金だ。詐欺なんざ昔なら極道のしのぎにゃ入らなかったもんだ。だけど、これだけ不景気がつづいて、おまけに暴対法でぎりぎり締めあげられたんじゃ、連中だってきれいごとばかりいってられない。班長は出し子が受け子になって極道者がオレオレ詐欺に進出してるって話は聞いてるかい」

「ええ」小町はうなずいた。「それが昨日の事件と関係があるんですか」

「そこまではわからん」犬塚は首を振った。「だけど、ちょっと想像してみてくれ。今、火急に金が要る。そして目の前に何百万か、何千万かわからんが、パクっても警察に届けられない現金があったとしたらどうするか」

「それじゃ、昨日の事件は暴力団がらみだと？」

辰見が灰皿にタバコの灰を落として、口を挟んだ。

「ひょっとしたらマッチポンプってことも考えられる」

小町は辰見に顔を向けた。

「どういうことです？」

「出し子の動きは秘中の秘だろう。襲われる可能性が高いことは特殊詐欺をやってる連中も重々承知しているはずだ。それでも情報は漏れ、強盗《タタキ》は起こるんだが、手っ取り早いのは自分たちが動かしてる連中を襲うことだ。ルートも運んでる金額もわかってる」

「まさか」

「昔っからね」犬塚が吐きすてるようにいう。「仁義《すじ》を通そうとするヤクザは案外不利なんだ。喧嘩《けんか》だけならなりふり構わない奴の方が強い」

「今回の分裂騒ぎも同じだな」

辰見はつぶやき、灰皿でタバコを押しつぶした。


捜査本部でぼんやり突っ立っていたところで平には何もすることはなかった。誰に断ることなく荒川警察署を出てきた。姿が見えなくても探されることはないだろうと思いかけて、首を振った。

いや、誰も気づきゃしないか——ひっそり苦笑いを浮かべるしかなかった。

湯原の母親から真藤秀人の名前を聞きだしたのは、ささやかながら一つの手柄といえる。それで満足して函館に帰るべきなのだろう。何のために東京に残っているのか自分でもよくわからなかった。

明治通りを新三河島駅まで歩いてきた。

東京にいたところで捜査権も土地鑑もなく、自分を混じりっけなしの異邦人《ヨソモノ》と感じるばかりだが、今に始まったことでもなかった。北海道各地を転勤してきたが、どこへ行ってもヨソモノである点に変わりはなかった。生まれた土地にしても高校卒業以来、三十年も足を踏みいれていない。自分が知っている故郷はなくなっているだろう。

駅前交差点の信号が変わり、明治通りを横断した。

三日前、平は新三河島駅の手前で湯原にまかれた。湯原は京成線のガード下で放置自転車を盗み、たった今平が渡った横断歩道を通って明治通りの北側エリアに入った。かつて勤めた中学校のある地域である。

病院のデイルームで湯原の母親がしみじみといった。

『私が殺したんです』

息子を、である。

玄関先で湯原に拳銃を渡したのはやはり母親だった。ひょっとしたら平たちだけじゃなく、あなたも撃たれて大怪我をするか、悪くすれば死んでいたかも知れないというと母親は何度もうなずいたあと、つぶやいた。

『あそこで死んでいればよかった』

返す言葉が見つからなかった。

結果的に湯原は平たちの手から逃れたものの翌朝には死体で発見された。母親が殺したというのは、そこだ。

湯原を殺したのが何者かまるでわかっていない。真藤と再会したあと、湯原の暮らし向きは明らかに変わった。真藤を追えば、湯原と特殊詐欺の関わり、さらに湯原殺しについても何かつかめるだろう。

もっともそちらのセンは荒川署の柴田をはじめ捜査本部の面々が追及しており、平の出番はなかった。

平は住宅街の間を抜ける商店街を歩いていた。すでに何度か同じ場所を行き来している。商店街とはいっても商店、学習塾、内科医院、歯科医院がぽつぽつと点在しているだけである。湯原の住処《ヤサ》がある地域と同様、一戸建てやマンションの間は狭く、手を伸ばせばとなりの建物に触れられる。しかも湯原がそうしたように躰を斜めにすれば、通りぬけられるのだ。

毛細血管を流れる血液のように……。

かつては真藤もこの街を縦横に動きまわっていたのだろう。真藤がここにいたのは中学二年生までしかない。動きまわっていたとしても徒歩か、自転車にかぎられる。今、目にしている小学生、中学生と同じように少人数のグループか、ときに一人で歩いていただろう。

平は一軒の二階屋を探していた。真藤が数人の仲間たちといっしょに写っているカットの背景にあった家だ。どこかで見た記憶があった。少なくとも真藤が少年院に送られた平成十一年より前に撮影されているのだから家そのものがすでにないとも考えられる。

平は建物の間をのぞきながら歩きつづけた。その家が何の手がかりになるかわからない。単にすることがないので街をうろつき回っているだけともいえる……。

思いをふり払い、平は歩きつづけた。

マイナンバー通知のための不在連絡票は、ほかの書留や小包などの連絡票とは違うことが一目でわかるようピンク地になっていた。左上に日本郵便のマークが入っており、届け先の氏名、住所を記入する欄がある。

その下に毒々しいほどのピンク色の帯が入っていて、白く、大ぶりなゴチック体で連絡事項が印刷されていた。

〈再配達は配達日の翌々日以降となります〉

その下は問い合わせ先だ。住所と電話番号、パソコンやスマートフォンで連絡するためのバーコードが入っていた。

真藤は手にした連絡票から目を上げ、テーブルを挟んで向かい側に座っている男を見た。リムレスのメガネをかけ、ワイシャツに紺のスーツ、きちんと締めてあるネクタイは落ちついた色調のストライプで、髪はきちんと整えられていた。これといって特徴はない。すれ違った直後には忘れてしまいそうな容姿ということだ。

「よくできてるね」

不在連絡票をテーブルに置いた。

「よくできてるも何もそれは本物ですよ」

男——新たな道具屋はふっと笑った。

道具屋のとなりには賀茂が座っている。右眉の上や頬骨《ほおぼね》の辺りが黒っぽく変色し、鼻には白いガーゼ、唇の左端にはバンドエイドが貼ってあった。賀茂はストローをくわえてアイスティーを飲み、顔をしかめた。口の中も切れているようだ。ひょっとしたら歯が折れているのかも知れない。氷室の蹴りは執拗だった。

「それで？」

真藤がうながすと道具屋は足元に置いたバッグからプラスチックのファイルを取りだし、振ってみせた。

「こちらがリストです」

ゴルフ場から帰ってくる途中で賀茂から電話があった。新しい道具屋を紹介するという。研修所の近くにある古い喫茶店で落ちあうことにした。先に着いた真藤がもっとも奥のボックス席で待っているとほどなく賀茂が見知らぬ中年男をともなって現れた。互いに名乗り合うこともなかったし、賀茂も紹介しようとはしなかった。

道具屋がまず出したのがピンクの不在連絡票である。

真藤は道具屋を黙って見返した。道具屋はリストを入れたファイルを手にしたままつづけた。

「リストに従って一斉に不在連絡票をばらまきます。そっちは我々が作ったもので連絡先には、おたくらのオフィスの電話番号を入れてあります。我々が作る不在連絡表は単にマイナンバーをお知らせするものではなく、緊急連絡用となっています」

真藤は目をすぼめ、道具屋を見た。

道具屋は表情を変えずにつづけた。

「以前お知らせした番号に重大なミスがあったので至急連絡を取りたいと印刷してあります」

「重大なミスって？」

「そこを考えるのは秀ちゃんだろ」賀茂が口を挟む。「前に知らせた番号が漏れたとか、もう悪用されてて取り消しに実費がかかるとか、とにかく手っ取り早く高い金になるストーリーを考えてくれ」

真藤はうなずき、コーヒーカップを取った。口をつけ、ひと口すする。ぬるくなったコーヒーは埃の浮いた日向水《ひなたみず》ならこんな味がするんじゃないかと思わせた。

マイナンバーを使った新手の企画を考えてはいた。だが、そのことを賀茂に話してはいない。昨日の夜、焼き肉屋で山田、前田、それに野宮に話しただけだ。一方、マイナンバーを新たなネタにすることは誰でも考えつく。大きなビジネスチャンスなのは間違いないからだ。賀茂が思いついても不思議ではないし、目の前にいる道具屋が賀茂に話を持ちこんだことも充分考えられる。

だが、あまりにぴったりタイミングが合っていないか。

真藤は山田、前田、野宮の顔を一人ひとり思いうかべ、誰が賀茂に通じているのかを考えてみた。可能性が高いのは、次の店舗をまかせる前田だ。すでに何店舗か回した経験があり、次は番頭に色気を見せている。肉体派の山田は機敏に動き回れる方ではないが、体質的には賀茂に近く、野宮はかけ子として使ってはいるが、どのような男なのかはっきりとはつかめていない。

もっとも信用していないという点では三人とも同じではあった。

「ちょっと考えさせてくれないか」

真藤の答えに道具屋が目を剝《む》き、次いで賀茂を見た。賀茂が腫《は》れたまぶたの下から真藤を見る。

「秀ちゃん、わかるだろ？　時間がねえんだよ」

「そりゃそうだけど」

賀茂がテーブルの上に身を乗りだしてくる。

「なあ、頼むよ。兄貴にネジ巻かれてるところを見てたろ。どうもオーナー筋がヤバイらしくて」

「でもなぁ」

テーブルの上の不在連絡表に目をやった。

たしかに氷室の暴力は凄《すさ》まじかったが、賀茂と結託して、わざと真藤の前でやってみせたようにも感じられた。

新店舗を開くためにかけ子の研修を行っている最中に受け子が襲われ、五千万円もの大金が強奪された。その翌日に新たな道具屋がやって来て、真藤が腹の底で温めていたマイナンバーを利用した新型商品にぴったりのリストを持ってきた。何もかもタイミングが合いすぎていて、まるで一つの穴に誘いこまれているように思えた。しかし、逃げ場はない。早急に金を作らなくてはならないのだ。

やっぱり終わりの始まりなのか、と思う。

「わかった」真藤は道具屋に目を向けた。「いくらだ？」

「三百万」

道具屋が低い声でいう。相場ではいくらこすってあるリストでもせいぜい二、三十万か、高くても百万円といったところだ。

「そりゃ……」

真藤が呻《うめ》くようにいう。

「連絡表もこっちで配達しますんで」

道具屋がしれっという。賀茂が鼻でため息を吐《つ》く。真藤はうなずいた。

「わかった、わかった」

持参したポーチを開いた。中には帯封をした百万円の束が五つ入っている。そのうち三つをつかみ出し、テーブルの下で道具屋に渡した。


中学校の周囲を歩いているときに見つけた。一度通りすぎ、もしやと思って引き返してきて、携帯電話を取りだし、捜査本部で撮った写真と見比べた。

「そういうことか」

独りごちた平は携帯電話を折りたたみ、ワイシャツのポケットに戻した。空き家だったので見逃してしまったのだ。考えてみれば、真藤が仲間数人と写真を撮ったのは十六年以上も昔なのだ。だが、目の前にある家が写真の背景になっていたのは間違いない。

背後でドアの開く音がしてふり返った。向かいの家から初老の女が出てきた。ドアに鍵をかけているところを見ると買い物にでも出かけるのかもしれない。門を出てきて、平を見ると女はぎょっとしたように目を剝いた。

「すみません」平は上着の内ポケットから警察手帳を取りだし、身分証を開いた。「ちょっとお訊《たず》ねしたいんですが」

バッジと写真のついた警部補の身分証を確認したあと、平に目を向けた。

「何でしょう」

「こちらの空き家になっているお宅なんですが……」

「ああ、賀茂さんのお宅ですね」

脳裏にホワイトボードが浮かんだ。賀茂の名前は真藤と並べて書いてあった。暴力団の構成員だ。

女は声を低くした。

「空き家ってわけでもないみたいですよ。時おりどなたかが帰ってこられるようで」

「そうなんですか。最近はいつ頃？」

「ええっと、二、三日前だったかな」

平は心臓の鼓動が速くなるのを感じた。

女は宙を睨み、眉間にしわを刻んでいる。しばらく唸っていたが、やがてぱっと明るい表情になった。

「十二月一日の夜です。ずいぶん遅くまでばったんばったんやってて、主人と何だろうねなんて話してたんですよ」

2

昨夜、真藤は一睡もせずにA、B二通りのシナリオを作りあげた。

新型商品のきもは不在連絡表を見たターゲットの方から連絡してくるところにあるが、最初から待ちの姿勢でいて商売になるはずがなく、シナリオBはこちらから電話をかけるようにしてあった。

メインストーリーは流出したマイナンバーが悪用され、高齢者施設への入所手続きが始まっており、一刻も早く停止しなくてはならない。ついては手続き停止に一時金がかかるが、これは後日、総務省の担当部局から返却されるとする。もちろん手続き停止にかかる費用を詐取するのが目的だから金は戻ってこない。

シナリオBでは、ターゲットに電話をかけ、最初に相手のフルネームを確認――今回のリストは高齢者施設への入所希望者リストをベースにさんざんにこすってあるので、相手のフルネーム、家族構成、緊急時の連絡先などがわかっている――したあと、次のようにつづける。
『不在連絡票をポストに入れさせていただいたのですが、もうご覧いただけましたでしょうか。ご連絡をお待ちしていたのですが、緊急事態となりましたので、ご連絡をさせていただきました。こうしている間にもどんどん事態が進行して、そちら様に大金の請求が発生する恐れが出てまいりましたもので……』

一発系電話詐欺では、ターゲットと電話がつながると一気にまくし立て、相手に疑念を挟ませないようにするのがコツなのだ。

ちなみにシナリオAでは、不在連絡票を見てかけてきた電話を受け、同様のストーリーに巻きこんでいく。A、Bのシナリオは導入部《ツカミ》が違うだけで本筋は同じである。

真藤はテーブルを囲んでいるかけ子たちをざっと見渡していった。

「肝心なのは相手を呑《の》んでかかることだ」

かけ子は町村とあと二人、それに野宮をあわせた四人が研修直後の新人——野宮も表向き新人として扱った——、ほかの店舗から引っぱった応援要員が四人、それに店長の前田が加わって九人とした。経験者二人と新人一人を組ませて三人で一つの班とし、三班体制で仕事にかかる。三つ目の班は町村、野宮に店長の前田を組ませるので実質的には新人一人に経験者二人になる。

九人の手元にはつい二時間前に出来上がったばかりのシナリオが配られていた。だが、あくまでも基本的なストーリーでしかない。相手の出方によってアドリブで応じ、シナリオもどんどん書き換えていく。

真藤はつづけた。

「さてシナリオを見てくれ。役者は三人だ。一人目は総務省の業者だ。委託を受けてマイナンバーの普及を行っている。二人目が高齢者施設への斡旋《あっせん》を担当するエンジェル企画という不動産仲介会社の営業マンだ。まずこの二人の役割は固定だ。三人目はケース・バイ・ケースで普及業者か不動産営業マンの上司役をやる。ここまではいいか」

全員が黙ってうなずく。町村をはじめ、新人は神妙で強ばった顔つきをしていた。野宮も似たような表情を作っているのがおかしかった。

「大まかにいうと一人目がまず電話を受けるか、かけるかする。ターゲットからの電話を受けた場合はシナリオA、こちらからかける場合はシナリオBだ。一人目がマイナンバーが流出したことによって緊急事態が起こったことを告げる。次に被害者である……、いいか、ここが重要だ」

真藤は息を吸いこみ、声を張った。

「エンジェル企画はマイナンバーが流出したものだとは知らない。民法上でいうところの善意の第三者であり、被害者になる。ターゲットは自分で意図的にやったわけじゃないが、結果的に嘘の入所申し込みをした加害者ということになる。いいか、もう一度いう。ターゲットは加害者だ」

真藤は間を取り、九人を見まわした。言葉を継ぐ。

「だから早急に間違いを正し、ただちに入所手続きを中断して、取り消しにかからなくてはならない。ここでエンジェル企画はあくまでも不動産仲介業であることを強調する。そして高齢者施設を持っている業者に手付けを打ってる。入所手続きをストップさせるには違約金が必要になるが、無事に解約できれば、総務省の方から払い戻されるので安心していいと伝えるんだ。そのあと違約金の額と支払い方法を伝える。違約金は一応諸経費込みで百十三万四千円。内訳はエンジェル企画が高齢者施設のオーナーに払った一時金が百万円、エンジェル企画の手数料が五パーセントの五万円で、消費税が八パーセントかかる」

かけ子は誰もがうなずいている。店長の前田までがいつしか真剣な顔つきになっていた。すでにかけ子として仕事をしているとはいえ、マイナンバーを使った商品は初めてになる。

電話詐欺の場合、ターゲットを騙す上でもっとも肝心なのは、かけ子が商品を信じ切っていることだ。わずかでも疑いを抱いていれば、トークの端々、声の調子に揺らぎが出てしまう。

真藤はつづけた。

「今回の商品では二人目のエンジェル企画の営業マンが鍵を握っている。今、違約金は諸経費込みで百十三万四千円といったが、相手の出方を見て、金額は変えてかまわない。別表を添付してあるが、そこにはエンジェル企画からオーナー企業に支払った一時金が百万の場合から始まって、百五十万、二百万と増やしてあり、最高五百万までである。五百万なら手数料の二十五万円に消費税で総額五百六十七万円になる。この営業マン役はほかの店舗から来た経験者にやってもらう。相手の懐具合を読むのと、一番肝心な違約金支払いまで話を持っていくクローザーでもあるからだ」

真藤はにやっとした。

「一番大金が動かせるのは、実は相手がエンジェル企画の勧誘に乗って高齢者用の高級ケアマンションに入りたいとなったときだ。今のままなら優先的に入所できる。入所時に必要な金額は三千万円だけど、前金として一千万円から二千万円を支払うこともできるとする。いいか、よくシナリオを読んで筋書きを頭に入れておけよ」

事務所はＪＲ西川口駅から徒歩十五分ほどのところにある雑居ビル内にあった。研修施設と同じ埼玉県内だが、互いのビルに関係はない。家賃が安く、目につきにくい場所として選んでいた。

午前七時に集合し、研修期間と同じように至誠塾十則の暗唱、発声練習を行ってからシナリオの説明をはじめていた。不在連絡票は道具屋が手配した連中の手によって昨夜から今日の明け方にかけて配布されている。

　連絡票に連絡先として印刷されている事務所の電話にはすでに留守番メッセージが数件入っている。営業開始は午前九時だ。

「最初は店長の前田が総務省からの委託を受けている業者役、おれがエンジェル企画の営業マンをやる。初めてのシナリオだから何が起こるかわからないが、おれと前田ならアドリブで乗り切れる。おれたちのやり方をよく見ておくように」

　全員が勢いよく返事をした。

「それじゃ、午前九時から営業開始だ。それまでシナリオをよく読んで頭に叩《たた》きこめ。どんな些細《ささい》なことでもわからないと思ったらすぐ質問するように。わかったな」

「わかりました」

　またしても全員そろって返事をした。町村は最初に見たときとはまるで変わっている。ほかの二人も同様だ。研修期間を予定より短く切りあげ、しかも新商品を扱うのだから不安はあった。

　無事に結果を出してくれ——真藤は祈りにも似た気持ちを抱いていた。

　立てたコートの襟を掻《か》きあわせ、平は首をすくめて背を震わせた。昨日は明るく晴れわたっていたのに今朝は夜明け前から分厚い雲に覆われている。

ホテルを出る前に見た天気予報によれば、本日の最低気温は三度ということだが、それから二、三度は上がっているはずだ。最高気温が零度を超えない真冬日が当たり前という北海道から見れば春先の気温ではある。だが、吹きっさらしのアスファルトに立ちっぱなしでは靴底を素通りして這《は》いのぼる冷気が躰の芯《しん》まで滲《し》みた。

腕組みをして、ついでに腕時計に目をやる。午前九時を回っていた。賀茂の実家に家宅捜索が入って一時間以上になる。

真藤が仲間たち——その中には賀茂の姿もあった——と撮ったスナップの背景に写っていたのが賀茂の実家だ。今は玄関扉が開けはなたれ、鑑識課員や湯原殺し専従の捜査員たちがひっきりなしに出入りしていた。道路に面した二階の窓もすべて開けはなたれ、帽子を後ろに回した鑑識課員がカメラを構えているのが見えていた。

玄関扉のわきに残っている表札を外した跡を眺めているとき、荒川署刑事課の柴田が黒いビニール袋を手にして出てきた。三和土《たたき》に置いた靴を突っかけ、二、三度爪先《つまさき》を打ちつけて履いた。

まっすぐ平の前まで来るとビニール袋の口を開いて差しだした。

「風呂場にあったんですが」

中をのぞきこむ。グレーのスウェットが丸まっている。黒いシミがついていた。おそらく血痕だろう。かなり大きかった。逮捕しに行ったとき、奥から出てきた湯原はグレーのスウェット上下を着ていた。

平は顔を上げ、柴田を見てうなずいた。

「似てますね」

「やっぱりそうですか。わかりました。ちょっとお待ちください」

そういって玄関に引き返した柴田は若い刑事を呼び、ビニール袋を渡してすぐに戻ってきた。

「十中八九、ここが現場でしょう。今のスウェットやそのほかにも遺留品がありました。すべて鑑識に回しますが、まず間違いないでしょう」

柴田の言葉を聞きながら平は発見されたときの湯原の様子を思いうかべた。

雑草の間に広げた青い毛布の上に寝かされていた湯原は全裸で、顔や肩、脇腹や太腿、ふくらはぎに暗紫色のあざがあった。左前腕の内側からは折れた骨が突きだし、顔の左半分や鼻が潰されていたが、司法解剖の結果、凶器は金属バットと推定されている。

「凶器は見つかりましたか」

平の問いに柴田が首を振った。

「いえ、まだです。弁当の食いさしとか、ビールの空き缶なんかはあったんですけどね。それにしてもずいぶん早くこの家を見つけられたもんだ」

「たまたまです。ホワイトボードに真藤と賀茂の写真が貼ってあったでしょう。二人がほかの何人かといっしょに写ってるスナップの背景がこの家だったんですが……、どこかで見たような気がして」

平はちらりと苦笑いを浮かべた。

「まあ、暇の賜物《たまもの》ですよ。私はとくにすることがなかったんで湯原がたどったルートを歩いてみたんです。奴が母親と住んでいたマンションを出て、京成線の高架まで行きました。私がまかれたところですね。それから新三河島まで歩いて、明治通りを渡って、奴の姿がとらえられていた商店街を通って……」

顎をしゃくって、賀茂の実家を指した。

「ここのすぐ裏が中学校でしょう、湯原のかつての勤務先の。それで周囲をぐるぐる歩いたんですよ。そのとき、この家の前も通りかかったんですね。障子が破れて、シミがついているのを見て印象に残ったんです」

「空き家だと思われたんですよね」

「ええ。東京にも空き家なんかあるんだなと思いまして。北海道じゃ、ちょっと市街地を外れると珍しくないんですが」

「更地にしちゃうと固定資産税が高くなるんで建物には手をつけず放置してあるケースなんかはここら辺りでもありますね」

柴田は顔をしかめ、白い手袋を片方外すと頭を掻いた。賀茂の実家をふり返る。

「家族の形が変わってるんでしょう。親父《おやじ》でもお袋でもいいんですけど、強力なリーダーシップを発揮して皆を引っぱっていく人間がいなくなった。民主主義といえば聞こえはいいけど、誰も判断しなくなった。誰かが判断すれば、難癖つけてひっくり返すだけ……、北海道も東京も、おそらく日本全国どこでも同じじゃないんですかね」

「日本だけの話じゃないかも知れませんよ。嫌われるのを極端に怖がる風潮ってのは」

平も賀茂の家に目をやった。

「しかし、ここは空き家じゃありませんでした。実は昨日、写真の家を探してここらを歩いたんです。正直にいえば、見つかるとは期待してなかったんですけどね。あのスナップにしても十六年以上前のものでしょう。それだけ時間が経《た》てば、街並みもずいぶんと変わりますから」

「でも、この家は変わってなかった」

「ええ。見つけたときは正直びっくりですよ。ここに立ってたら向かいの奥さんがちょうど出てこられたもんで声をかけたんです。空き家じゃないし、賀茂の実家だといわれて、二度どころか三度びっくりですよ」

「もう一つ、最大級のサプライズがありましたね」

柴田がにやりとする。

向かいの主婦は、十二月一日――湯原に逃げられた日の夜に騒がしかったといった。

話を聞いた平は柴田に連絡を入れたのである。

柴田はすぐに捜査本部の要員や荒川警察署の地域課員を引き連れて臨場した。まず最寄り交番の警察官が玄関扉をノックして声をかけた。

まったく返事はなかったが、賀茂の実家であることと向かいの主婦の証言から湯原殺害と重大な関わりがあるとして捜査差押え許可状が裁判所に申請された。昨夜遅くに許可状が発付され、今日の午前八時から家宅捜索の運びとなった。始まってすぐに浴室で血痕が見つかったことは知らされたが、それからの一時間、平は表で待たされたのである。

賀茂の実家の前の通りは荒川署によってロープで規制線が張られている。野次馬やマスコミ関係者が早くも集まっていた。

「賀茂を手配しますか」

平の問いに柴田がうなずく。

「スウェットや浴室の血痕が湯原のものと断定されれば……、おそらくそうなるでしょうが、その時点で手配を打ちます。重要参考人になるかも知れませんが、それでも逃亡の恐れを考慮して指名手配に持ちこめるでしょう」

「その辺が妥当でしょうね」

賀茂の実家が現場であったとしても直接手を下したことにはならないし、湯原がリンチされている間、賀茂がここにいたという証拠もない。

何気なく規制線に目をやった平はそこに機動捜査隊で一班を率いる稲田が立っているのを見つけた。

「それじゃ、私はこれで」

声をかけると柴田がふり返った。

「これからどうされるんですか」

「そろそろ撤退の潮時かも知れませんね」

平の返事に柴田はちょっと複雑な表情をしたが、小さく頭を下げると家の中へと戻っていった。

湯原の母親から真藤の名を聞きだし、湯原殺しの現場が賀茂の実家だと明らかにしたが、平のやっていることは明らかに越権行為で捜査本部において手放しで受けいれられているわけではない。柴田は何もいわなかったが、空気は肌で感じている。

柴田から離れ、規制線をくぐって稲田に近づいた。

「おはようございます。今日は当務ですか」

「いえ、休みなんですが」稲田が手にしたスマートフォンを振った。「進展があったと知らせてくれた人がいましてね。お手柄だったそうで」

「いえ。たまたまですよ」

「これからどうされるんですか」

思わず噴きだしてしまった。稲田が怪訝《けげん》そうに眉根《まゆね》を寄せる。

「失礼しました。ついさっきまったく同じことを訊かれたものですから。そろそろ引きあげるときかなと思いまして」

「そうですか。とくに何かされる予定はないんですね」

「ええ」

「ちょっとお付き合いいただけますか」

「あなたのような美人のお供なら喜んで……」平はあわてて付けくわえた。「すみません。セクハラになりますな」

「いえ」稲田は澄ました表情で答えた。「馴《な》れてます。お気遣いなく」

美人といわれ馴れてるということかと思ったが、さすがにそれ以上はいわなかった。

二人は賀茂の実家前から離れて歩きだした。


「まだ何もされていない？　判もつかれていないし、サインもしていないんですね」

電話機を耳にあてたまま、天井を見上げた前田は絶句し、両目を固く閉じて躰を震わせたかと思うと大きく息を吐くようにいった。

「よかったぁ」

その声音には心底安心したという思いがこめられ、今にも涙を流さんばかりに見えた。かけ子の研修において電話をかける姿勢や表情を厳しく指導するのは、顔が見えない電話の方が案外誠意が見えるからだ。椅子《いす》にふんぞり返り、くわえタバコでまくし立てても通用しない。

至誠天に通ずが至誠塾の由来だが、至誠こそ詐欺の王道といえる。

顔を下ろし、前のめりになった前田がつづける。

「それであれば、充分に間に合います。ほかのところに迷惑をかけるようなことは一切ありませんよ」

道具屋から買ったリストは、不在連絡表の配布という手間がついているにしろ三百万円という法外な値段だったが、価値はあった。午前九時に営業を開始して、最初の電話——相手からかかってきたもので、打ち合わせ通り前田が取り、真藤が引き継いでクロージングまで持っていった——で三百万円を超える成果、つまりはリストの代金分に相当する成果を挙げたのである。

もっとも受け子がしっかり回収できなければ、何の意味もない。一本目の電話を終えると真藤はすぐに賀茂の携帯に電話を入れたが、つながらなかったので受け子グループを受けもっている若い衆に連絡を入れた。

最初の回収依頼は賀茂に入れて若い衆に回してもらうことになっていた。だが、賀茂につながらないこともあり、それほど気に留めることなく若い衆に電話をかけ直した。その間に二本目の電話が入り、すぐに前田が取ったこともあって気が急《せ》いてもいた。

今、前田が応対しているのは今朝から三本目の電話だ。まだ留守番電話に残されているメッセージは手つかずだったが、早急に対応しないとみすみすお宝を逃がしてしまう。

「それではエンジェル企画の担当者に代わります」

前田から引き継いだ真藤は咳払《せきばら》いを一つして、電話をつないだ。

「おはようございます。エンジェル企画の曽根と申します」

相手は年配の女だった。十分ほどで一時金百五十万円という内容で話をまとめた。電話を切り、すぐに留守番電話に録音されているメッセージの確認にかかった。同じターゲットから三度にわたってメッセージが入っている。声の調子からすると相当におろおろしているようだ。

前田が真藤を見る。うなずき返すと前田は手元のメモを見ながら電話をかけはじめた。

そのとき、山田が入ってきて手招きをする。いつになく緊張した顔つきにきな臭さを嗅《か》ぎとった真藤は立って山田に近づいた。

山田はスマートフォンにつながったイヤフォンを差しだしてくる。受けとって耳に挿すと山田はスマートフォンを操作して真藤の目の前に出した。

ニュースサイトの動画だ。再生を再開すると女性キャスターが喋《しゃべ》りだした。

『……警視庁と荒川警察署は三日前に遺体で発見された元教員湯原宏忠さんの殺人事件について何らかの事情を知っているものとして、この家屋の実質的所有者である職業不詳の三十歳の男を全国に指名手配しました』

真藤の目がキャスターの後方に映っている家に釘付《くぎづ》けになる。古ぼけた二階屋は賀茂の実家であり、湯原を連れていった場所に他ならない。

3

「これが清洲橋通りです」

稲田は目の前の広い通りを左から右へと指した。

「浅草から日本橋まで南北に走っています。正面はホテル」

珍しく鉤《かぎ》の手になった交差点で、ＪＲ御徒町駅から歩いてきた平の文字通り真ん前にホテルが建っていた。

賀茂の実家を離れ、町屋《まちや》駅から東京メトロ千代田線で西日暮里に出て、ＪＲ山手線に乗り換え、御徒町まで来た。駅を出て、高速道路の高架下を抜けてしばらく歩き、清洲橋通りにぶつかったのである。

信号が変わり、稲田が歩きだす。つづいた平を稲田は見上げた。

「二日前の午後二時過ぎ、この交差点は赤信号でしたが、無視して原チャリが突っこみました。黒いセダンに追われていたんです」

交差点を渡り、正面のホテルの南西角を曲がった。次の交差点で稲田は足を止めた。

「ここで原チャリはセダンに追突されました」

前方、左側のビルを指さす。

「原チャリを運転していた男ははね飛ばされ、あのビルの壁に激突……、即死でした。私はちょうど分駐所にいて、それですぐに臨場できたんです」

「事故というよりは事件、それも殺しという感じですね」

「ええ。目撃者がいまして、大学生のカップルだったんですが、最初に私が話を聞きました。主に話してくれたのは女の子の方でした。昨今の男の子は大人しくて、優しいんですね。ずっと青い顔してゲーゲーやってました」

平は肩をすくめただけで何もいわなかった。

「彼女の証言と、それに別のルートからの情報もあって、やはり殺人《コロシ》であることが判明しまして蔵前ＰＳに捜査本部《チョウバ》が立ちました」

「また、ですか」

「はい。湯原の件も、こちらも機捜《うちら》の管轄内になります」

「両方とも？」

平は目を剝き、まじまじと稲田を見た。稲田が平を見返す。

「たまたまです。そんなにボコボコとチョウバが立ったんじゃ、こっちの身がもたない……」稲田はちらっと笑みを浮かべた。「まあ、粛々と自分たちの任務をこなすだけですけど」

稲田の顔から笑みが消えた。

「実はここで死亡した男は特殊詐欺の受け子をしていたんじゃないかと見られています。ヤクザの組事務所に出入りしてたって話もあります。どちらもまだ捜査中なんですが」

稲田は前方を指して、こちらへといってから歩きだした。

「この先にあるスーパーの屋上が駐車場になっていまして、原チャリをはねた黒いセダンはそこに乗り捨てられていました。はねた直後、五、六分後には駐車場に入ってます。車は盗難車でしたし、スーパー駐車場の防犯カメラに車から降りる男が映っていたんですが、さっさと駐車場を出ていってます」

「計画的ってことですね」

「そう。実は黒いセダンだけじゃなく、原チャリも盗まれたものだったんです。そのためマルガイの身元を確かめるのに手間取ってます」

「受け子が盗難車の原チャリを使ってましたか。珍しいですな」

受け子が盗難車を使うという話はあまり聞いたことがなかった。たまたま警官に止められ、盗難車であることが判明すれば、所持品の検査までを行う。不思議なもので盗難車に乗っているドライバーはどことなく落ちつかないもので目につく。平も今までに何度か止めていた。

　受け子は現金を無事に運ぶのを最優先する。できるだけリスクは避けるものだ。

　稲田は小さくうなずいていった。

「ひょっとしたらマルガイとなった受け子が襲われるのも計画のうちだったのかも知れません。強盗の絵図を描いたのが受け子の元締めであれば、盗難車の原チャリを使うよう指示も出せます」

「たしかにそうですね」平もうなずいた。「マルガイは組事務所に出入りしていたといわれましたが、賀茂と何らかの関係がありそうなんですか」

「まだ、わかりません。何しろ身元も判明してないので」

「そうでしたね」

「でも、それほど長くはかからないと思いますよ。捜査本部は原チャリのナンバーからどこで盗まれたものか追ってますし、マルガイ、被疑者《マルヒ》双方の動きを周辺の防犯カメラで調べてます」

　十分ほど歩いて、交差点を左に曲がり、少し行くとこぢんまりとしたスーパーが見えてきた。手前にある屋上の駐車場へつづく斜路の方が目立つ。稲田は駐車場の入口で止まった。黒いセダンはとっくに運びだされ、蔵前警察署で徹底的に調べられているだろう。

平は駐車場に目をやったまま訊いた。

「偶然にしては出来すぎですよね。受け子が現金を運ぶルートと時間を把握しているというのが」

「オレオレ詐欺の時代から共食いは当たり前にあったみたいですけどね。一ヵ所に大金が集まるうえ、盗《と》られても警察に届けるわけにいかない。悪党にとっては最高に都合がいい。それに番頭、かけ子、ちょっと前なら出し子、今の受け子などは、いわば同じ業界にいるわけですから情報が漏れやすいということはあるでしょう。襲われないようにガードしなくちゃならないし、万が一金を奪われた場合は取りもどしたり、報復しなくちゃならない。盗れば、ただじゃ済まないぞと警告を発しなくちゃいけませんよね」

平はうなずいた。自分たちの身と金を守るためには暴力の加護が必要であり、そこに暴力団の付けいる余地ができた。

稲田をふり返っていった。

「それでヤクザの出番になる」

「おっしゃる通りです」稲田が平に目を向けた。「実は昨日、辰見といっしょに彼の警察学校の同期生を訪ねたんです。今、浅草の大きなホテルで保安部長をしてまして。もともとアサケイ……、浅草警察署の暴力団担当《マルボウ》だったんです。浅草というのは権現様《ごんげん》御入府《にゅうふ》より以前……」

おや、と平は思った。徳川家康が江戸幕府を開いたという意味だが、時代劇みたいな言い回しだ。

稲田はつづけた。

「昔々から繁華な土地だったんです。人の出入りが多ければ、興行も博奕《ばくち》も盛んになって、伝統的にその筋の人間が元気なんです。昨日会った人物は、そちら方面に顔が広いらしくて」

「何かわかりましたか」

「ええ。関西の暴力団がらみなんですが……」

そのあと稲田は日本最大の暴力団の名を口にし、分裂騒動について話したが、平にとっても他人ごととはいえない。函館市内のみならず北海道各地でくだんの暴力団系列の主流派、反主流派のせめぎ合いが起こっているのだ。

「今、東京の暴力団も戦争に備えて金集めをしてるというんです。大金を手に入れるには特殊詐欺の受け子を狙うのが手っ取り早い。まして自分たちが管理してる受け子であれば、動きだけでなく、いくら持っているのかも事前にわかるわけです」

「襲ったはいいが、百万くらいじゃ割に合わない」

「対抗組織《ハンメ》なら追及も報復も半端ないでしょうし。でも、あくまでも現段階においては推測に過ぎません」

稲田は周囲を見渡した。

「防犯カメラ映像の解析を進めています。蔵前の捜査本部も、湯原殺しの荒川も。どちらも膨大な量になるでしょう。だけど一つひとつていねいに見て、そこに轢き殺された受け子や湯原が映っていないことを確かめなくちゃならない」

捜査とは、あらゆる可能性を漏らさず並べ、検証して潰していくことなのだ。稲田が平を見た。

「まだ刑事になりたての頃、指導係をしてくれた上司にいわれたことがあるんです。刑事《デカ》に王道はないって」

平は頰笑《ほほえ》んだ。

「いい言葉だ。私も座右の銘にさせてもらいますよ」

「裏道、暗い道、狭い道……、デカが歩くのはそんなところばかりだけど、その先にホシがいるといわれました」

「え?」平は目をしばたたいた。「ホシって、犯人のことですか」

「そうですけど」

「まるでドラマですね」

「北海道じゃ、ホシっていわないんですか」

「タマといいますね。逮捕するときはタマをとるって」

「まるで殺しに行くみたい」

たしかにヤクザ用語でタマをとるといえば、相手を殺すことを指す。土地が変われば、用語も変わるものだと思った。

「失礼」

稲田がいい、スマートフォンを取りだして耳にあてる。背を向け、ゆっくり遠ざかりながら話した。数分で通話は済み、戻ってきた。

「原チャリに乗っていた受け子の身元がわかりました。不法滞在の中国籍の男で、出入りしていた事務所というのが氷室とつながっているそうです」

「氷室？」

「賀茂の兄貴分ですよ」

「あなたがおかけになった電話は電源が入っていないか、電波の届かないところに……」

真藤はため息を嚥みこんで携帯電話を切り、ズボンのポケットに入れると錆びた配管の臭《にお》いが充満しているトイレを出た。ひとけのない廊下を歩き、スチール製のドアの前に立つと二度、間をおいて三度ノックした。鍵の外れる音がしてドアが数センチ開き、山田が顔をのぞかせる。

小さくうなずいてみせるとドアが開かれた。中に入ると暖房のものだけとはいえない熱気が躰を包んだ。真藤は出入り口のそばに置かれた折りたたみ椅子に腰を下ろした。

「何か飲まれますか」

山田が訊いてくる。

「いや、要らない」

手を振ると山田はドアに鍵をかけ、椅子を寄せて座った。自らの巨体をバリケードにする恰好《かっこう》だ。店舗に金があるわけではないので襲撃される恐れはほとんどなかったが、警戒するに越したことはない。

三つに分けたグループはそれぞれ部屋の隅にテーブルを置き、固まっている。今、稼働しているのは前田がエンジェル企画の営業マン役——クローザーを務める班だけでしかない。しかも、前田自身が電話をしていた。

真藤は腕を組み、前田を見やった。

出し子をやった最初の一年を含めるとオレオレ詐欺と関わって十二年になるが、今回ほど食いつきのいい商品は初めてだ。それもターゲットの方から電話をかけてきて、クロージング率も高い。最初の数回は前田が受け、真藤がクローザー役をしたが、初回の違約金百万円に相手がびびってしまうことがわかり、とりあえず違約金の三割、三十万円の負担を持ちかけるようにシナリオを書き換えたところからクロージング率が飛躍的に高まった。

クロージング率だけでなく、回収も順調だったのである。賀茂の下で受け子の管理をしている若い衆への連絡は山田が行った。しかし、次々にクロージングしてしまうため、フル稼働状態になってしまい、かけ子の動きを抑えなくてはならなくなった。そのため今は入ってきた電話を前田が受けるだけにしている。

午前九時からスタートして五時間ほどになるが、売上げは五千万円を優に超えていた。好調の要因は道具屋が持ちこんだリストの確度が高かったのと、不在連絡票を介して連絡を取る新手法にあるのは間違いない。宅配便業者を装った受け子は不在連絡票のカーボンコピーを持参し、提示する。違約金を受けとるとエンジェル企画の社名、社長名入りの受領書を置いてくるのである。

疑われるどころか、ターゲットからはニセの高齢者施設入所契約を一刻も早く止めて欲しいと頼まれるという。

だが、真藤の気持ちは晴れなかった。相変わらず賀茂に電話がつながらず、賀茂からも連絡が来ていない。

前田の声が事務所に響きわたっていた。

「それはまさしく怪我《けが》の功名でございますね。お客様のご要望にこれほどぴったりの物件だったとは私どもも夢にも思いませんでした」

携帯電話を耳にあてたまま、前田は真剣な表情でうなずき、相手の話を聞いていた。こめかみが汗に濡《ぬ》れている。

「さようでございます。住所としては伊東《いとう》市でございまして、海辺の物件です。即金で一千万でございますか……、それならもう決まりです。新築物件で申し込みも多数ございますが、すでにお客様は申し込みをされた恰好になっていますので」

はい、はいと答えながらうなずいた前田が息を吸い、少し声を低くしていった。

「もし、可能ならでございますが、今日三千万円をお支払いになると消費税分は弊社で負担させていただきます。そうです……、二百四十万円になりますが、これだけの物件を即決していただけるのでしたら……、さようでございます。最上階の南東角で眼下には海が広がってございます」

前田がついに立ちあがった。

「本当でございますか。今日、即金で全額……」

一度に三千万円の売上げは皆無ではないが、やはり珍しい。何度も最敬礼をくり返す前田の姿は不動産仲介会社の営業マンにしか見えなかった。

そのとき携帯電話が振動した。取りだして表示を見る。非通知の文字が浮かびあがっていた。

賀茂からだと直感した。

真藤が立ちあがると同時に山田も立ち、椅子をわきにどけてドアの鍵を外した。


荒川署の捜査本部に戻った平は、一角に置かれたホワイトボードの前に十名ほどの捜査員が集まっており、その中に柴田もいるのに気がついた。ホワイトボードにはかつて湯原が勤めていた中学校周辺の地図が張られており、ブルーのスーツを着た若い男がわきに立っていた。

平は柴田に声をかけようとせず、人垣の後ろに立って地図を見た。中学校の北側に赤い印がついているのは賀茂の実家だ。

「湯原の姿が防犯カメラに捉《とら》えられている最後の地点はここです」

若い男が中学校から百メートルほど南へくだったところにある赤い円の米穀店を手で示した。店先に置かれた自動販売機のカメラが湯原の姿を捉えていたことを思いだした。

「すぐとなりが八百屋なんですが、こちらのカメラにも湯原は映っています。米穀店のカメラに映る数秒前ですね」

青果商も赤い円で囲んであった。米穀店と青果商は隣り合って商店街にあり、平も何度か前を通っていた。

「さて、米穀店から仮に中学校に向かったとして考えられるもっとも近い道筋はこちらになります」

男の手が米穀店から右へ行き、次の交差点で止まった。

「残念ながら米穀店のカメラにはこの交差点は映りませんので湯原がここから中学校へ向かったとはいえませんが……」

手が上方——北へ上がっていき、青い×印がついた建物を指先でぽんと叩く。

「まず、このマンションに防犯カメラがあります」

さらに手は上昇をつづけ、同じように指先で青い×印のついた建物を次々に叩いていく。

「次いで老人ホーム、保育園、雑貨店、鮨屋《すし》……、そして中学校の南西角に至り、ここには校舎に取りつけられたカメラが向けられています。ところが先に申しあげた米穀店以降、湯原の姿はどこにも捉えられていない」

赤い円は湯原を捉え、青い×印は捉えていないことを示しているようだ。

ふたたび米穀店に戻った。

「この地点から商店街をまっすぐ進んだとしても」

手が動いていく先に青い×印があった。内科医院とある。

「ここの防犯カメラには湯原の姿は捉えられていませんし、先ほど申しあげた八百屋のカメラに後戻りしてくる湯原は映っていません」

　青果商、米穀店が赤い円で囲まれている以外は周辺には青い×印ばかりがついていた。防犯カメラの映像を捜査員が見ていって、湯原が映っていないと確認したサインなのだ。

　刑事《デカ》に王道なしという言葉が脳裏を過ぎっていく。

「さて、そこで」

　そういうと男はホワイトボードの上方に手を伸ばし、透明なシートを下ろして地図に重ねた。捜査員の間からおおと声が漏れる。

　住宅街の路地を縫うように赤い点線が描きこまれていた。

「湯原が防犯カメラに映らずに逃走できたとすれば、こちらのルートになることが予想されます。防犯カメラの解析班にあっては、自転車での移動を勘案した上で現場より東の方面を重点的に解析作業をつづけていただきたいと思います」

　ホワイトボード前のミーティングが終わったあと、平は柴田に防犯カメラの映像を解析する作業を手伝いたいと申し出、快諾を得た。

4

『結局、フィフティ・フィフティなんだよ、運不運ってのはな』

かつてオレオレ詐欺の師匠須田がいったことを真藤ははっきり憶えていた。銀座の中華料理屋の個室で二人きりで飯を食ったときのことだ。

須田は真藤を指さした。

『お前が四本プレーヤーになれたのは、親に恵まれなかったおかげだ。生まれついてのマイナスを背負ってるんだからな。それは強みだ』

『運なんですか。才能じゃなく』

『お前、自分に詐欺の才能があると思ってるのか』

『いや、おれってわけじゃなく、師匠とか』

須田はにこりともせず、ウーロン茶をひと口飲んでからいった。

『考えてもみろ。ろくに学校も行ってないおれやお前でも馬鹿みたいに大儲けできたんだ。誰にだって同じことがやれただろう。違いは何か』

『運不運』

真藤の答えに須田はうなずいた。

『運を使っちまえば、そこが真空になって不運を引きよせる。おれがいうフィフティ・フィフティというのはそいつだ。だからおれは自分の周りに真空を作らないように適度に不運を呼びこむように努力してる』

『適度に不運って、何ですか』

『怪我ってことかな。死んじまっちゃしようがない。頭打って、訳わかんなくなっちゃったりな。手足を折るくらいなら復帰できるだろ』

『怪我しろってことですか』

真藤の言葉に須田は噴きだした。

『痛い思いしたってしようがないよ。まあ、一番簡単なのは我慢だな。いい車、いい服、いい靴、いい時計、いいマンション、いい女……、高い酒を飲んで、高い飯を食うのも我慢する。見方を変えれば、運を食って、飲んで、抱いて、消しちまってるってことなんだ。空っぽになったところに不運が引きよせられてくる』

『それじゃ何のために稼いでるかわからんじゃないですか』

『勝つためだ。お前にとって勝つってのは、車か、酒か、女か』須田は鼻で笑った。『そんなもの、すぐに飽きる。文無しからスタートしたから今すげえ大金つかんでるような気がしてるけど、上には上がいる。見上げてりゃ、首がくたびれるだけだ』

『師匠にとって勝つって何すか』

『警察に捕まらないこと、同業に襲われないこと、ヤクザに食われないこと、そして儲けつづけることだ』

『でも……』

それ以上いわなかったが、やはり納得できない。何のために金を稼ぐのかわからない。

須田は目を伏せた。

『いつまでもつづかない。おれは今二十九だ。いいとこ、三十までだろう。貯めこんだ金を何に遣うかなんて番頭を降りてから考えりゃいい。今、そんなこと考えてみろ。あっという間に足元すくわれて、食い殺されるのがオチだ』

真藤はまばたきし、須田の幻影を追いはらった。

新型商品の売上げが初日から二億円を突破した。天井に届きそうなシャンパンタワーを造り、大騒ぎしてもいいほどの記録だが、真藤はひたすら不気味さを感じ、運不運について須田がいっていたことを思いだしていた。

さらにもう一点。

いつもと同じように仕事をしていれば、初日の仕事が終わっていない現段階では、かけ子グループにはまだ一円も入っていないはずだ。オレオレ詐欺が始まった頃とは違い、今では受け子との分業が進んでいる。

一日の業務が終了したあと、番頭は受け子の元締めに会って回収した金を受けとり、日当を渡すことになっている。元締めに対しては企画終了時にまとまった報酬を渡すが、受け子には日当のみでしかない。

ただし、今日は違った。一ヵ所だけ真藤が山田を引きつれ、直接回収に行っている。前田が違約金ではなく、そのまま高齢者施設販売の契約としてクローズした案件だ。結局、相手は現金で三千万円を用意することになり、真藤が回収に動いた。日の前に帯封をした一万円札を三十束積みあげられたときには胸のうちでつぶやいていた。

へえ、あるところにはあるもんだな……。

回収してきた三千万円はまだ真藤のレクサスにのせてあった。

今回の企画では、氷室が金主の一人であるだけでなく全体を取り仕切っている。だから賀茂が道具屋を連れてきて、真藤に紹介した。そのため真藤は受け子の元締めから今日の売上げを集金し、自ら回収してきた金と合わせて氷室の事務所まで運ばなくてはならなかった。

午後六時を回り、事務所では山田だけが電話をしていた。かけ子たちは一日の仕事が終わって疲れた顔を見せ、とりわけ前田がぐったりしていた。

無理もない。

店長として新しい店舗を起ちあげるのはそれでなくても緊張するものだが、新型商品を扱うとなればなおさらだ。その上、前田自ら午前九時の業務開始から午後五時半の終了までびっしり電話をかけつづけ、昼過ぎには一件で三千万円という大口事案をまとめたのである。

山田が大きな背中を丸め、携帯電話で話をしていた。

「はい。ラストも無事回収ですね。了解しました。それでは後ほど伺いますので、よろしく」


電話を切り、真藤に顔を向けてくる。

「本日の回収はすべて完了したそうです」

「そうか。で、不能は何件あった？」

受け子の数が足りず、回収に行けなかった案件は不能と呼んだ。

「三件ですね」山田が苦い顔をする。「一千万近いっす」

「痛いな」

真藤の周りには前田のほか、八名のかけ子、山田が座っていた。立ちあがった真藤はテーブルに置いたセカンドバッグを取りあげた。

「本日はお疲れさまでした」

「お疲れさまでした」

全員が大声で返す。真藤はつづけた。

「ほかの店舗から来てる奴は気づいているかも知れないけど、今日は結構な売上げがあった。たぶん今回の商品は当たりだと思う。マイナンバーなんて、日本国政府もまったくありがたい詐欺物件を用意してくれたもんだ」

全員が低く笑った。

真藤は思わせぶりにセカンドバッグのファスナーをゆっくりと開いた。

「当然、日当にも色をつけた。日当十万円のところ、封筒には五十万ずつ入ってる」

ほうっという声が漏れ、かけ子たちの口元に笑みが浮かぶ。

「新人も経験者も区別はしない。また、役割でも区別はしない。封筒の中味は一律五十万ずつ。これがうちらのやり方だ。明日、売上げが思うように作れなかったら日当は十万円に逆戻りだけど、今日以上売り上げたらボーナスはさらに増やす。儲けは山分けがうちらのモットーでもある。山分けといっても均等割りじゃない。働きに応じて金を配る。そうじゃなければ、不公平なんだ。何でもかんでも同じなんていう奴は頭ぁ悪い。そんなのは悪平等でしかない」

真藤はセカンドバッグから封筒を抜きだし、顔の横に立てた。

「毎日のボーナスは別。これだけは均等に行く。ただし、十則を忘れるな」

至誠十則には、店舗を回している間は深酒、女相手の遊びの禁止がうたわれている。酒も女も小心者の気を大きくし、警察や強盗の目を引く恐れがある。

「たかだか五十万で浮かれて、その後の儲けをふいにするなよ。おれの見立てでは、おそらく一人最低でも二千万にはなるはずだ。二週間の辛抱だ。いいな?」

全員が勢いよく返事をした。真藤は一人ひとりを呼んで封筒を手渡したあと、解散を告げた。

残ったのは前田と山田である。椅子を引いて腰を下ろした真藤はあらためて二人を見た。

「今日はご苦労だった」

二人は口々にお疲れさまでしたという。真藤はセカンドバッグをテーブルに置き、肩を押さえて首を左右に倒した。

「おれも疲れたよ。でも、まだ終わりじゃない。氷室さんとこへ金を届けなきゃならない」

「一人で大丈夫っすか」

山田が身を乗りだして訊ねる。大男であり、気は優しくて力持ちを地で行っている。

「おいおい」真藤は笑って首を振った。「相手は氷室さんだぞ。おれたち二人がそろって行けば、よけいな警戒をして拳銃《ドウグ》なんか振りまわしかねないよ」

山田は苦笑し、上着のポケットからレクサスのキーを取りだし、テーブルの上に置いた。三千万円の集金に使った真藤の車は山田が運転したのだ。

キーを取った真藤が立ちあがる。

「お疲れ。それじゃ、明日もまた頼むな」


両側を住宅の塀に挟まれた狭い通りをこちらに向かって自転車が近づいてくる。平は目を細め、パソコンのディスプレイを凝視していた。老眼に眼精疲労が加わって、なかなか焦点を合わせられない。

グレーのスウェットを着ているようだが……。

相変わらず目の焦点が合わず、とくに顔の辺りがちらちらしている。さらに近づき、人物の大きさがディスプレイの三分の二ほどになってようやく見えた。

自転車に乗っているのはグレーのスウェット上下を着た女だった。

「紛らわしい恰好しやがって」

自転車に乗っている女には何の罪もないが、思わず当たってしまう。マウスを操作して、映像を一時停止させると目の間を揉《も》んだ。刑事に王道なしと意気込み、防犯カメラ映像の確認を申し出たものの、目がちかちか、ごろごろするばかりで湯原らしき人影はどこにも見当たらない。

もっとも見当たらないことを一つひとつ確かめていくからこそ王道なしなのだが。

パソコンをずらりと並べて、防犯カメラの映像をチェックしているのは捜査本部が置かれた会議室とは別室だった。部屋の後方には四枚のホワイトボードが置かれ、それぞれ地図が貼られている。湯原の姿が最後に捉えられた米穀店を中心に西北方面を一番とし、東北、東南、西南まで順に番号を振っている。

平は四番を受けもっていた。そこには湯原のマンションがあり、多少なりとも土地鑑があると思われたからだろう。

確認する時間は、湯原が最後に防犯カメラに映った十二月一日午前七時四十八分から死亡推定時刻である翌十二月二日午前五時までのおよそ二十一時間である。まずは自転車に乗っている者を確認し、いつまでも自転車に乗っていたとはかぎらないので自動車が通れば、中をのぞきこんだ。だが、防犯カメラの解像度では車に乗っている人間をはっきり見分けるのは難しく、そもそもシートに横になっていれば映らない。

二十一時間分の録画をチェックするのに一時間から二時間ほどかかった。見終われば、地図上の防犯カメラの位置に青い×印をつけられる。そこに湯原がいないと証明できれば、じりじりとではあるが、湯原の足取りに迫っているはずだ。

少なくとも理屈の上では。

ふたたび再生を開始し、ディスプレイを凝視した。歩行者、自転車、自動車が映っていないかぎり早送りをする。何かが映れば、通常再生に戻して確認をする。だが、しばらくは住宅街が映っているばかりだった。

腹が減った。ディスプレイの右下にある時計に目が行く。午後七時を回ったところだ。この一本を確認し終えたら食事にしようかと思っているとき、一角で声が上がった。

「これ、湯原じゃないか」

ただちに再生を停めた平は立ちあがった。声を上げた捜査員の席に近づきながら右、左と肩を回し、首を倒す。不謹慎だと思いつつも躰を動かすのはしばらくぶりなのだ。

誰もが同じ思いらしく、ゆっくり歩きながら腕を上げたり下げたりしている。

あっという間に十名ほどが声を発した捜査員の席を囲む。平は人の間からのぞきこんだ。一時停止がかかった画面には小さな公園が映しだされていた。

「どこだ?」

後ろに立った捜査員の一人が訊いた。

「八幡宮《はちまんぐう》だ」パソコンの前に座った捜査員が答える。「工業高校の西側にあるだろ」

「ああ、あそこか」訊ねた捜査員がうなずく。「そうか。本殿のカメラだな」

いわれてみるとたしかに左下に口を開けた方の狛犬《こまいぬ》が映っている。

「それじゃ、ちょっと戻して再生する。画面の右側に注目しててくれ」

再生が始まった直後、本殿から飛びだしていく男が現れたが、背中しか映っていない。

「おい、顔がないぞ」

誰かがいう。だが、パソコンの前に座った捜査員はあわてず一時停止をかけた。そのまま男の足元をズームアップしていく。

「おお、裸足《はだし》だ」

「そうみたいだな」

捜査員たちの声を聞く平の脳裏に、居間を横切り、ベランダから飛びだした湯原の姿がまざまざと浮かんでくる。靴下も穿《は》いておらず、そのため壁をずり落ちていくときに足の裏を怪我して、となりの建物の壁に血の跡がついた。

「これが午前九時三十七分」パソコンの前の捜査員がいい、マウスに手を伸ばした。

「米穀店の防犯カメラに映ってから二時間近く経っている。で、巻き戻してみる」

画面が等倍に戻り、高速巻き戻しが始まった。今さっき飛びだしていった男が神社の本殿の陰に戻り、神社の前を行き交う人々が目まぐるしく移動する。遠くに見える公園ではブランコや滑り台で子供を遊ばせる母親の姿が認められた。

捜査員の間から声が漏れた。

画面の右側に先ほどの男が現れ、後ろ向きに遠ざかっていったかと思うと画面の右端にいったん消え、すぐに現れたときには自転車を押していた。そのまま鳥居のわきを通って正面の道路に出る。

ふたたび通常再生に戻された。

道路から神社の方に入ってきた男は自転車を押していた。平は息を嚥んで凝視した。グレーのスウェットで右足をちょっと引きずっているように見える。湯原が自宅から逃げるとき、となりの建物に押しつけて傷つけたのも右足だ。

自転車を押したまま、画面の右側にはけ、ふたたび現れ、本殿に近づいたところで声がかかった。

「ストップ」

いつの間にかやって来た柴田が一時停止させ、平を見た。

「どうですか」

捜査員たちが一斉に平をふり返った。平が何者であるかは誰もが知っている。わざわざ函館から逮捕しにやって来て、目の前で逃げられた間抜けだが、至近距離から湯原を見ている唯一の捜査員でもある。

「似てます」平は目をすぼめ、ディスプレイを睨《にら》みつけた。「間違いないでしょう」

「よし」柴田がパソコンの前の捜査員に命じた。「さっきのシーンに戻ってくれ。神社を出ていった湯原がどうしたか」

「はい」

今度は高速で順送りをし、ふたたび本殿から湯原が飛びだしていくところに戻った。湯原は自転車には目もくれようとせず道路まで行くと神社の前に停められた白い車の助手席に乗った。

一時停止がかかる。時刻は十二月一日午前九時三十八分十二秒となっていた。

「ベンツか」

「レクサスじゃないか」

捜査員たちがささやき交わしている。

柴田が声を張った。

「今見た車を周辺の防犯カメラであたれ。時刻はここに表示されている通りだ。手分けしてかかるぞ」

一つひとつの手がかりを追って、地道に確認していく。気が遠くなるような作業だが、これこそが刑事の王道──刑事道《けいじみち》だ。

平も確認すべき防犯カメラを割りあててもらうべく捜査員たちの間に入っていった。


コインパーキングに停めた白のレクサスLS600──名義は違っても真藤の愛車であることに変わりはない。

キーさえ身につけていれば、ドアハンドルに手を触れるだけでロックは外れる。手を伸ばしかけたとき、窓ガラスにちらりと動くものを認めた。ふり返るより先に身を沈めたのは、警戒していたからに他ならない。おかげで一撃で致命傷とはならなかったが、右肩から首筋にかけて重い衝撃が来て、思わず尻餅《しりもち》をついた。

車のトランクには三千万円の札束が入っている。

顔をセカンドバッグで守りつつ、襲ってきた相手を見た。

両手で鉄パイプを握った町村が目を剝き、肩を上下させている。

「お前……」

かすれた声が出た。

町村は唸り声とともに鉄パイプを振りあげた。

第六章　刑事道

1

洗面台の鏡に映した背中を見ようとほんのわずか躰《からだ》をひねったとたん、激痛が走った。真藤は思わず呻《うめ》き、罵《ののし》った。

「くっ、チクショウ」

右肘《みぎひじ》の上から腕、肩の裏側にかけて赤黒い筋が走っている。内出血の跡だ。痛みはあったが、腕は動かせるので骨は折れていない。

舌打ちし、浴室に入る。シャワーノズルを取って、冷水がぬるま湯になるのを待つ。それから水量をしぼって、右腕の内側からかけていった。内出血しているところに直接湯をかけてもひりひりするばかりで痛みはない。だが、右手を持ちあげようとすると激痛が走った。

痛みを感じるのは生きている証拠……、でも、ありがたみはない。あのときもう一撃食らっていたら死んでいただろう。吊《つ》りあがった町村の目はぶっ飛んでいて、今思いだしてもぞっとする。

シャワーノズルをフックにかけ、左手だけで躰を洗っていった。ぎこちなかったし、思ったところに手は届かなかったが、それでもすっきりした。湯を止め、浴室を出るとバスタオルでそっと拭《ぬぐ》い、新品のボクサーショーツに黒いジャージー上下を身につけた。脱衣場兼洗面所を出て、階段を下りる。玄関まで来ると三和土《たたき》に脱ぎ捨ててあったスニーカーをつっかけ、ドアを開けた。玄関は一階のガレージの中に作られていた。表に面したシャッターを下ろしてあるので暗かったが、玄関ドアの動きを感知したセンサーが車庫の照明を点ける。

レクサスＬＳ６００は天井に埋めこんだＬＥＤの光を浴びてつややかな光沢を放っていた。

ここにレクサスを持ってきたのは初めてだなとちらりと思う。極力人目につかないよう気を遣ってきた。ど派手なレクサスで乗りつけるなど論外だ。

玄関のすぐ右手にあるアコーディオンドアを開いた。物置になっているが、何も置いていない。ガレージからつづくコンクリート打ちした床に町村が躰の右側を下にして横たわっていた。

腰の方に回した両手首と、両足首をそれぞれビニールの紐《ひも》で縛り、さらに膝《ひざ》を曲げさせて手首と足首を結んであった。顔は所々変色し、唇は切れ、前歯はすべてへし折られていた。左のまぶたが腫《は》れ、目が潰《つぶ》れている。身じろぎ一つしなかったが、胸元がかすかに膨らみ、しぼむので呼吸しているのはわかった。

異臭が鼻を突く。おそらく失禁しているのだろうが、わざわざ股間《こかん》をのぞいてみる気にはなれなかった。

　これまでにも反抗的なかけ子に教育的指導をくわえてきた。殴ったり、蹴ったりはしない。縛りあげ、放りだしておくだけである。人間は案外しぶとく、三日間くらいなら死なない。そして三日間放置すれば、たいていの人間は心底素直になる。猿ぐつわはかませない。喚き散らせば、口元を思いきり蹴りつけるだけだ。それで静かになる。下手に猿ぐつわを使うと窒息する恐れがあった。

　しばらく町村を見下ろしていたが、目を開けそうもなかったので立ちあがり、アコーディオンドアを閉じた。

　二階に上がった。テレビのリモコンを取って電源を入れ、音は消した。チャンネルをニュース番組に合わせる。リモコンを置き、横にあった携帯電話に目をやった。着信のランプが灯《とも》っていた。取りあげて、一応チェックしたが、非通知の電話が二本入っているだけでしかない。

　革張りのソファに腰を下ろし、テレビに目をやった。

　カメラのフラッシュがたてつづけにまたたく中、スーツを着た年配の男が三人、そろって深々と頭を下げる。不祥事がばれて謝罪会見をしているのだろう。毎日のように見ている気がした。

　次のニュースは山道に並んで停《と》まっているパトカーが映しだされた。制服姿の警官が何人も行き来している。テロップには岐阜県とあり、十歳男児が遺体で発見されたと表示された。子供殺しもほぼ毎日起こっている。

階段を下りてくる足音がして、賀茂が現れた。ネクタイこそ着けていなかったが、ワイシャツにズボンのままだ。靴下は穿いていない。

「おはよう」

真藤が声をかけると賀茂はうなずき、ソファにどっかと腰を下ろした。大きな欠伸《あくび》をする。

「よく眠れたか」

「この恰好じゃ、無理だよ」賀茂は首を振り、真藤を見た。「秀ちゃんは楽そうだ」

「おれのジャージージーじゃ、お前には小さすぎる」

「だろうな」

ちらっと笑みを浮かべた賀茂だったが、また大欠伸をした。

ささやかな幸運で町村の一撃を躱《かわ》したものの、尻餅をついた真藤は小さなセカンドバッグで顔をカバーするくらいしかできなかった。目を吊りあげた町村が鉄パイプを振りかぶったとき、思った。

死ぬ……。

それでいてあまり恐怖は感じず、町村の家族がどこに住んでいるのかを思いだそうとしていた。

てめえだけじゃなく、生活保護《ナマポ》を食い散らかしてる両親も風俗で働いてる妹もなぶり殺しにしてやる……。

自分が殺されかかっているというのにそんなことを考えていた。

その直後、鈍い音が響きわたったかと思うと町村が首を右に曲げた。カクン、と。出来の悪いコントみたいな動きだった。それからゆっくりと倒れた。

後ろに金属バットを手にした賀茂が立っていた。

午後に電話が来たとき、待ち合わせ場所を打ち合わせようとした。だが、賀茂はひどく警戒して、自分の居所をいおうとしなかったので真藤は仕方なく車を置いてあるコインパーキングを教え、近所で拾うと告げた。

コインパーキングの近くに身を潜めているとき、賀茂は町村を見かけたのだという。町村の顔は知らなかったが、長さ一メートルほどの鉄パイプを持って、真藤の車のとなりに停めてあるワゴン車の陰にしゃがみこんだのだから意図ははっきりしている。

町村が倒れたあと、鉄パイプを爪先で遠ざけ、もう一度金属バットを振りおろした。真藤の顔をのぞきこんだのはそれからである。

『間に合わなくて、ごめん』

『いや、助かった。命拾いしたよ。それより急いで引きあげよう』

暗くなっているとはいえ、まだ午後八時くらいで周囲に人通りはあった。唯一の救いは駅前から離れていたことくらいだ。二人がかりで町村をトランクに放りこみ、コインパーキングを出た。

賀茂が運転し、真藤は助手席で行き先を指示した。それほど詳しい説明は必要なかった。目指したのは二人にとって馴染《なじ》みの場所、少年院に送られるまで二人が暮らした街だったからだ。

隠れ家を持てといったのは師匠の須田だ。オレオレ詐欺で稼いだ金は銀行だろうが郵便局だろうが預けるわけにはいかなかった。金融機関というものは大金持ちが税金逃れのために隠し口座を作るときにはいくらでも協力するくせに、ガキが大金を預けると即刻警察に通報する。

同じ犯罪者なのに差別じゃないかといって須田は笑い、それから現金を隠しておく場所を確保しておけといった。オレオレ詐欺を始めて二年目には住処《すみか》とは別に部屋を借りた。誰にも教えず、現金を隠しておいた。隠れ家は転々として、現在のところに家を買ったのは一年ほど前だ。

「腹、減ったろ」

真藤が訊《き》くと賀茂はうなずいた。

「何か食いに行くか。それともコンビニで弁当でも買ってこようか」

「いや……」賀茂はズボンのポケットからスマートフォンを取りだした。「まだ下手にうろつかない方がいいだろう。ちょっと様子を見ないとな」

スマートフォンをポケットに戻し、真藤に目を向ける。

「何にもないのか」

「カップ麺なら買い置きがある」

「上等だよ」

賀茂は中学生の頃と同じ開けっぴろげの笑顔を見せた。

目を固く閉じては大きく開くのをくり返したが、ディスプレイは滲んだままだ。平は目の間をつまんで強く揉んだ。さすがに一晩中防犯カメラの映像を睨んできて、目の疲れは限界に来ていた。

「おはようございます」

声をかけられ、顔を上げた。柴田がすぐ後ろに来ていた。ワイシャツのカラーは緩められ、油染みており、うっすら髭《ひげ》が伸びている。

「これ、よかったらどうぞ」柴田が目薬を差しだした。「私もつい最近知ったんですが、パソコンのブルーライトによる疲れ目専用だそうです」

「そんなのがあるんですか。お借りします」

平は受けとった。柴田が笑みを浮かべる。

「進呈しますよ。七百円くらいのものですから」

「では、ありがたく」

早速平は目薬を差した。意外と滲《し》みる。

「くうっ、来ますね」

「疲れているからですよ。少し休憩されてはいかがです」

「お気遣いありがとうございます。何か皆さんの熱気に刺激されて年甲斐《としがい》もなく突っ走ってる感じですね」

柴田は周囲を見まわした。二十人ほどの捜査員がパソコンを前にして防犯カメラ映像の解析に取り組んでいた。視線を平に戻す。

「奇跡の一枚から空気が変わりましたものね」

「たしかに」

キーボードのわきには写真が一枚置いてあった。写っているのは白のレクサスの前半分だ。車首は手前に停まっている宅配便業者のトラックで切れていた。

昨日、八幡宮で白い車に乗りこむ湯原の映像が発見されてから捜査本部は俄然《がぜん》熱気にあふれた。ただちに八幡宮と、湯原が乗りこんだ時刻を起点として周辺の防犯カメラの映像が見直され、ほどなく柴田のいう奇跡の一枚が得られたのである。

湯原を乗せた白い車は八幡宮の前を出て、隣接する老人ホームの前を通りかかった。老人ホームでは入居者の事故を防止するため、施設の周囲をくまなくカバーする複数の高性能監視カメラを設置していたのだが、そのうちの一台が捉えていた。

残念ながらナンバープレートをはっきり読みとることはできなかったが、助手席に座る湯原の横顔が判別できた。運転席の男はサングラスをかけていたものの顔はカメラの方に向けられていた。

車種は白のレクサスLS600と判明したほか、左前輪がくっきり映っていて、五本の触手を持つクモヒトデのような形状のタイヤホィールを装着していることがわかった。ホィールはアメリカ製の輸入品で鍛造アルミ製、四本一セット五十万円以上もする高級品であり、取扱業者がかぎられた。

車種とホィールを手がかりにさらに広範囲にわたって防犯カメラ映像の解析が進められた。そして今朝方、あるコンビニエンスストアの入口に取りつけられたカメラの映像に注目が集まった。

コンビニエンスストアの南五十メートルほどの交差点を右折していく白い車が確認できたのである。詳しく解析した結果、車種がレクサスである可能性があること、右折する瞬間、左の前輪が陽光を反射する一瞬があり、細い五本スポークが見てとれたのである。

そのコンビニエンスストアは湯原が勤めていた中学校の北西にあり、白い車が右折していくところが捉えられた交差点の先には湯原の殺害現場――賀茂の実家があった。撮影されたのは十二月一日午後一時二分であり、それ以降、レクサスと見られる車の進行はなかった。日が暮れてからも街灯や対向車のヘッドライトで同じ交差点を右折していく車の車種は特定された。

コンビニエンスストアの防犯カメラ映像だけをもってレクサスが湯原を賀茂宅に運んだとは断定できなかったが、可能性は高い。

「運転してるのは真藤ですかね」

平は写真を見ながらつぶやいた。賀茂ではないことははっきりしていた。暴力団の構成員になっている賀茂の人相《メン》は割れている。そもそも賀茂は肥満漢で、運転している男は痩《や》せている。

一方、真藤については中学生の頃の写真しかない。住所にしても十四年前、少年院を出たときのものしかわかっておらず、そこは二階建てのアパートだったが、現在は取り壊され、跡地にマンションが建って何年にもなる。

「断定はできませんが、そのセンはあると思います」

平は目を上げた。

「公開に踏みきりますか」

柴田は口元を歪《ゆが》め、写真を見た。

車と特徴的なホィール、サングラスをかけているとはいえ、運転している男の顔は映っている。公開捜査に踏みきれば、種々の情報が寄せられるだろうが、被疑者に対して警告を発することになり、逃亡の恐れが高まる。

「警視庁《うちら》だけじゃなく、全国にこの写真をばらまいて手配はしてるんですが」

柴田は唇を歪めた。

「兼ね合いが難しいですね」

そういったとき、携帯電話がワイシャツのポケットで振動した。取りだして、背面の液晶窓を確認した。刑事課長の名前が浮かんでいる。

「失礼」

平は携帯電話を開き、柴田から離れた。


「それでは十二月六日日曜日の引き継ぎを始めます」

前日を担当した前島班長が切りだした。浅草分駐所の会議室には当務を引き継ぐ稲田班は小町以下、辰見、伊佐、浅川、小沼、浜岡が顔をそろえているが、前島班は前島と相勤者しかいなかった。

前島がつづける。

「現在、うちの人間は浅草警察署《アサケイ》管内で夜明けに起きた喧嘩騒ぎの後始末に四名が出ておりますが、一段落したので間もなく戻ってきます。では、まず捜査本部《チョウバ》が立っている二つの事案について、今朝までの進捗《しんちょく》、新たな情報等について申しあげます」

前島が顎をしゃくると相勤者が立ちあがり、小町に資料の束を渡した。受けとった小町は一部を取り、残りをとなりの小沼に回した。班員がそれぞれ一部ずつ手元に取る。

「最初に蔵前PSの方、清洲橋通りで原付に乗っていてはねられ、運転者が死亡した事案ですが、被害者《マルガイ》は申大力《シンターリー》、二十八歳……」

小町は資料に目をやった。パスポートからコピーしたらしい粒子の荒れた写真が印刷され、氏名の下に一九八七年八月十五日、福建省生まれとあった。

「原付の所有者にあたったところ、当初は盗まれたとしておりましたが、マルガイの申がスペアキーを使っていた点を追及することによって、マルガイとは以前からの顔見知りで、ちょくちょく原付を貸していたことを認めさせました。ここから申の身元も明らかになったわけです。なお、マルガイにあっては不法滞在者で自動車運転免許証を取得しておらず無免許運転であることが判明しています」

小町は眉根を寄せた。

申が特殊詐欺の受け子をしていたのなら不法滞在者で無免許というのはおかしい。受け子はちょっとしたことでも警察に引っぱられないよう細心の注意を払うものだ。出し子から受け子へ転換することによって暴力団が乗じる余地ができ、一方、関西での抗争事件を前に金が必要になった彼らがオレオレ詐欺に本格的に参入してきたと犬塚はいった。暴力団が扱うことによって受け子の管理が荒っぽくなり、ほころびが生じているのかも知れない。

「実はこのマルガイの身元が割れたことで荒川ＰＳに立ったもう一つのチョウバと関係している可能性が出てきたため、少々ややこしいことになっています」

前島は資料をちらちら見ながら話をつづけた。

「申は闇金を稼業としている暴力団員氷室の事務所に出入りしてました。氷室が賀茂という男の兄貴分にあたるのですが、この賀茂は荒川ＰＳ管内で逮捕寸前に逃亡し、その後、殺害された元教員湯原宏忠の教え子になります」

つながった——小町は片眉を吊りあげた。前島は咳払いをしてつづける。

「さて、その湯原が殺害された事案についても進展がありました。資料の三ページ目に写真が載ってますが……」

資料を繰った小町は目を瞠《みは》った。

白い乗用車に乗っている二人の男が写っている。動画をキャプチャーして静止画としたものらしかった。

「助手席に座っているのがマルガイの湯原、運転席の男は目下身元を確認中です」

それから前島は、最新の情報だとしてつづけた。

「本日未明、埼玉県警から入ったのですが、蕨《わらび》PS管内のコインパーキングにおいて暴行事案が発生した可能性があるというものです。内容がはなはだ曖昧《あいまい》なのは、当該コインパーキングに設置されている防犯カメラが複数台故障しており、稼働中のものも旧型で解像度が落ちるため、詳細はつかめておりません。現在、埼玉県警がひきつづき捜査を行っておりますが、現場にあり、事案直後、現場から逃走した車輛が白のレクサスと見られております。ナンバー等は確認できておりません」

コインパーキングに設けられている防犯カメラは故障中であることが多い。悪質ないたずら——立派な器物損壊だと小町は思う——によって破壊されている場合と、駐車していた事実を隠蔽《いんぺい》するために壊す場合がある。コインパーキングは固定資産税対策と少しでも収益を上げようとして造られることが多く、防犯カメラのメンテナンスにまでなかなか費用が回らないのが実情だ。

ほどなく前島班の四名も戻ってきて、引き継ぎを終えた。

2

テーブルに置いたカップ麺の容器に割り箸《ばし》が突っこんであるのを真藤はぼんやりと眺

めていった。

「あんときもカレー味だった」

賀茂が薄い眉をぎゅっと寄せる。子供の頃、アニメ番組で見た牛鬼という妖怪《ようかい》そっくりになる。

「あんときって？」

「同時多発テロの夜……」真藤は低く笑った。「おれ、行くところがなくてお前ん家《ち》に行った。腹減ってて。そうしたらカップ麺を食わせてくれた。それがカレー味だった」

「そうだっけ」

賀茂は耳の穴に右手の小指の先を入れ、ぐりぐり動かした。目の前に指先をかざしたあと、唇をすぼめて吹いた。

「よく憶えてるな、そんなこと」

「忘れない。カレー味と醬油味。カップ麺二つだ。あれからおれはその二種類しか買わなくなった。醬油味もあるぞ。食うか」

「食えるか」賀茂が笑った。「カップ麺二個食えるほど若かねえよ」

「あの頃はガキだった」

今でもドアを開け、賀茂が顔を見せたあの瞬間をはっきりと憶えている。十六歳だった。それがもう三十歳だ。歳《とし》をとったと思った。

「ガキはカレー味が好きなんだ。思いだした。おれもあの頃はカレー味をよく買ってた」

「かっぱらってた、だろ」

「金があるときは、ちゃんと買ったさ」上体を起こし、まじまじと真藤を見た。「なあ、秀ちゃん」

「何だよ」

真藤はテーブルから目を上げずにいった。賀茂がどのような話をするか予想はついていた。

「原チャリ乗ってた受け子……、シンって中国人なんだけど、そいつをぶっ飛ばしたのは氷室の兄貴なんだ。やったのは組とは関係のない悪ガキどもだけど、やらせたのは兄貴だ」

真藤は何もいわずにうなずいた。

賀茂がつづけた。

「びっくりしないみたいだな。まあ、何となく秀ちゃんはわかってるような気がしてたけどな」

「受け子を回してるのはケツモチしてる連中だ。狭い業界だから、いつ、どんなルートで金を運ぶか、何となく伝わってくるだろう。だけど確実じゃないし、五千万《ごほん》円なんて滅多にない。だいたいそんなに集めて持ち歩くなんて危なすぎるだろ。でも、誰かがまとめて持ってこいって命令すりゃ話は別だ。そんな命令できるのが誰か、ちょっと考えりゃ、ガキでもわかるさ」

「あのさ……」

いいかけた賀茂を真藤は手を挙げてさえぎった。

「わかってる。戦争が近いってんだろ。でも、そんなの知ったこっちゃない」

「それならなぜ……」賀茂が唇を嘗め、言葉を圧しだした。「おれを助けてくれた？悪ガキどもに声をかけたのはおれかも知れないだろ」

「お前はお前の仕事をしただけだ。だけど、警察に追われてるとなれば、話は別だ。友達だからな」

真藤はソファの背に頭をのせ、天井を見上げた。

「原チャリの受け子をぶっ飛ばしたのも氷室さんだなって確信したのは昨日だ。町村に襲われたからだよ。受け子をぶっ飛ばし、おれを襲った」

賀茂が目を細める。

「どうして、お前が襲われるんだ？」

「二億、作った」

賀茂が目を剝く。真藤はつづけた。

「マイナンバーをダシにした新商品がうまくいった。二億のうち、三千万は一階にあるレクサスのトランクに乗っかったままだよ」

「でも、町村は山田にいわれてやったっていったろ」

隠れ家に着き、町村をトランクから引きずり出して物置に放りこみ、縛りあげた。そのあとはろくに訊きもしないのにべらべらと喋《しゃべ》った。

山田に唆され、脅された、と。いう通りにすれば、五百万もらえるが、逆らえば町村だけじゃなく、家族も殺すといわれたらしい。山田なら躊躇《ちゅうちょ》なくやるだろう。何も考えない男なのだ。だから恐れもないし、それだけが取り柄でもあるが、誰かに入れ知恵されなければ、真藤を襲うことなど思いつきもしない。

真藤は賀茂を見た。

「それにこの家には、ほかに三億の現金がある」

「どうして……」

「銀行に預けるわけにはいかないだろ」真藤は笑った。「それに十二年も一発系やってきたんだ。おれは小心者《ヘタレ》だから金を遣うのも怖かった」

「いや、そうじゃなくて」賀茂がふたたび牛鬼の顔をする。「どうして、おれにそんなことを話すんだって訊いたんだよ」

「ふん」真藤は首をかしげた。「自分でもよくわからない。もう一回友達だからなんていうと嘘っぽくなるね」

　また、天井を見上げて考えた。黙って見ている賀茂の視線を顎の辺りに感じていた。唇を嘗めたあと、天井を見つめたままいった。

「いやになっちゃったってことかな。いくら金を稼いでも遣えない。遣えば、あっという間にパクられる。でも、いつまでも隠しておいてもしようがない。いずれ誰かにばれて、食い殺されるのがオチだ」

「どうするよ」

「どうするかな」

　賀茂が訊いている意味はわかっていた。町村から連絡がない以上、山田、ひいては氷室は襲撃に失敗したと思うだろう。

　あるいは町村が金を奪って逃げたと考えるか……。

　いずれにせよ今さらのこのこと店舗に顔を出すわけにはいかない。山田は町村に真藤を襲わせているのだ。ひょっとしたらコインパーキングのそばで成り行きを見守っていたかも知れない。

「ずっと考えてたんだ」

　真藤は切りだした。賀茂に、というより自分に言い聞かせているような気がした。

「これからどうするんだ？　って。昔、師匠にいわれたんだ。オレ詐欺で番頭やってるのも三十までだって。師匠は三十前にやめた。いくら貯《た》めこんだのかは知らない。今、何やってるのかもわからない」

「三十って、おれたちもう三十になったじゃないか」

「そう」

「まだやれるだろ？」

真藤は賀茂に目を向けた。相変わらず牛鬼のような顔をしていながらいつの間にかすがるような目になっている。

「山田は頭が空っぽだ。誰かが手を引いてやらなきゃ道路も渡れない」

賀茂が片方の眉を上げ、小さく二度うなずいた。誰が手を引いているかを察したのだ。わかっていて、ようやく認めたといった方が正確だろう。

真藤は言葉を継いだ。

「番頭やめて、アメ車のディーラーやってる奴もいる。不動産屋とか、金貸しとかな。金貸しなんて、笑っちゃうだろ。振り出しに戻るだもの」

闇金からオレオレ詐欺に転じた業者は多かった。オレオレ詐欺の方がはるかに儲かるとわかったためだし、暴力団規制法によって闇金のうまみが失われてしまったからだ。

「土地転がすにしても、金貸しにしても仕切ってるのはヤクザだ」

真藤の言葉に賀茂がうなずく。

「そうだな」

「このまま行けば、オレ詐欺もヤクザの下に入るしかない。だけど……」

「うちらの業界もなかなか厳しい」

「金主になるって道もある。一発系のことならよくわかってるから金だけ投げて自分は安全なところにいられる。だけどなかなか椅子は空いてないし」

真藤は首をかしげ、笑った。金がないときはひたすら金を求めたが、いざ金が入ると今度は持てあまし、ひたすら振りまわされている。

首を振った。

「まあ、どっちにしろ町村をさらっちまった。今さら詫《わ》び入れても死ぬまでこき使われて、吸いとられるだけだし、金主なんて夢のまた夢だ」

「こ、こっちに来るって手もある」

賀茂がぼそりといった。

真藤は黙って見返した。

賀茂が苦笑し、しみじみといった。

「秀ちゃんはどうしてもヤクザはいやなんだなぁ」

「すまん」

「謝ることはない。おれもいろいろあって、つくづくいやになってる。今……」

賀茂は関西に本拠を置く日本最大の暴力団の名を挙げ、二つに割れたことを話した。新聞、テレビ、実話系雑誌で読んでいる程度でしかない。

真藤は賀茂をしげしげと見た。

「お前の組は系列が違うじゃないか」

「あそこが戦争となれば、知らん顔もしてられんし、チャンスだっていう奴も出てくる。結局、皆、金なんだよ。景気が悪すぎるんだ。そしていつも仁義を守ろうとする方がイモを引く」

馬鹿馬鹿しいなと吐きすてた賀茂が立ちあがり、階段を上がっていった。すぐに下りてきて、デイパックをテーブルの上に置いた。

重い音がする。

昨夜、町村を襲ったときに背負っていたものだ。

「何？」

真藤が訊くと賀茂は黙ってデイパックに手を入れ、タオルにくるんだ三角形のものを取りだしてテーブルに置いた。一つ、二つ、三つと並べていく。全部で四つあった。

賀茂が顎をしゃくる。

一つを手に取った。ずっしりと重い。想像はついていた。タオルをめくる前からオイルの臭いが鼻をついている。

めくった。黒光りする大型拳銃が現れた。

「トカレフ。昔、氷室に押しつけられた。一挺《ちょう》は湯原に売ったけど、あとは売れなかった。今どきチャカなんか買おうってヤクザはいない。どうしようかと思ってたら、昨日、氷室から連絡があって、道具を用意しろっていわれたんだ。それで隠し場所から出してきた」

賀茂が目を上げて真藤を見る。

「で、どうする？」

「氷室の兄貴といわなかったな」

「兄貴じゃ、さすがに的にかけにくいよ」

「的？　何するつもりだ？」

「ぶっ潰す」

「はあ？」

トカレフを手にした賀茂は片目をつぶり、宙に狙いをつけてつぶやいた。

「結局、おれが一番仁義を欠いてるのかな」

自動扉が開き、左に本日休診と書かれた看板が立っているのを見て、平はあらためて日曜日なのだと思った。受付、外来診察室ともにひとけがなく、うす暗い。まっすぐエレベーターに向かい、種田の病室がある五階に上がった。

病室をのぞくと種田はベッドから起きあがり、平を制してスリッパを突っかけて廊下まで出てきた。

「すっかりいいみたいだな」

「はい」種田はうなずいた。「明日、抜糸なんですよ。たぶん明後日には退院できると思います」

二人はデイルームに行き、窓際の丸テーブルを挟んで座った。前回この病院に来たときには、二階下のデイルームで湯原の母親に会い、真藤の名前を聞きだしている。今、母親は警察病院に移送されていた。

平は切りだした。

「今朝、課長から連絡があってね。今日中に帰ってこいっていうんだ」

「そうですか。そろそろかなとは思っていたんです」

「課長としても今日までと腹づもりしてたんじゃないかな。ちょうど一週間になるし、日曜だろ」

荒川警察署に置かれた捜査本部で柴田と立ち話をしているとき、携帯電話に着信があった。函館港町署刑事課長の名を見ただけで何といわれるかは察しがついた。

種田が声を低くして訊いた。

「進捗の方はいかがです？」

周囲に人はいなかったが、大声で話すような内容でもない。

「湯原の動きはだいぶつかめたよ。最後に防犯カメラで捉えた場所から東に数キロ行ったところに八幡宮があってね、そこで白のレクサスに乗った」

「車種を限定できたんですか」

種田は大きく目を見開いた。

「八幡宮を出たあと、老人ホームのすぐわきを通ったんだ。そこの防犯カメラにわりとはっきり映ってた」

レクサスが珍しいタイヤホイールを装着していること、運転していた男の身元は判明していないものの、サングラス越しとはいえ、わりと顔がはっきり映っていたことなどを話した。

「それともう一つ。御徒町の方で交通事故があった。原チャリに乗ってた男が後ろから来た車にぶつけられて死亡したんだが、この男、どうやら受け子をやってたみたいでね」

「共食いですかね」

「わからんが、可能性は高いな」

特殊詐欺事犯が特殊詐欺事犯によって強盗されるケースは函館にもあった。警察に届けるわけにいかない金だけに強奪しやすく、また受け子が金を運ぶルートや時間と場所が同業者の間には漏れやすい。

「それで湯原をやったタマについては？」

「東京じゃ、ホシっていうらしい」

種田が笑みを浮かべ、首を振る。

「まさか。いくら何でもテレビドラマじゃあるまいし」

「いや、本当。おれも最初に聞いたときはお前さんと同じことをいったがね」

言葉を切った平はふっと息を吐き、目を伏せた。

「八幡宮でレクサスに乗って、それから現場になった賀茂って男の実家にまで行ったことはつかめた。だけど一週間かかってそこまでだな」

「賀茂というのは？」

「湯原の教え子だ。もう一人、真藤というのがいてね、この二人が中学二年のとき、少年院送致になってて、当時の担任が湯原なんだ。しかし、もう十六年も前の話だ」

平は捜査本部で見かけた一枚の写真と、現場周辺を歩きまわって見かけた住宅とを結びつけ、湯原殺害現場の特定にいたった経緯を話した。

種田が喜色を浮かべる。

「凄《すご》いじゃないですか」

「たまたまだよ。でも、残念ながら時間切れだ」

「管轄外じゃ、どうにもならんですよ。これからホテルに戻るんですか」

「ぎりぎりでチェックアウト時刻に間に合うかな。荷物を持って、あとは羽田だ」

「せっかく東京に来たんだから最終便までどこか見物したらいいじゃないですか」

「なかなかそんな気分にはなれんよ」

そういって病院をあとにした平だったが、気分が変わった。メモ帳を取りだして確認する。

「せっかくだからな」

手帳を内ポケットにしまうと通りかかったタクシーに向かって手を挙げた。


それほど強くはなかったが、左前から重い衝撃が来て、賀茂が急ブレーキをかけた。レクサスが車首を沈め、停車する。

「勘弁してくれよ」

助手席に座っていた真藤は大声を出した。

「すまん」

今にも泣きだしそうな顔を向け、賀茂が両手を合わせる。

「慣れねえもんだからよ」

隠れ家を出て、まだ数キロしか走っていない。車高を低くしてあるレクサスの左前を歩道の縁石に乗りあげたようだ。

「慣れないもクソもあるか。これだけ路肩に寄せりゃ、どんな車だって前をこするって」

「結構やっちまったかな。おれ、ちょっと見てくる」

ドアハンドルに手をかけた賀茂を制する。

「いいよ。おれの車だもの」

「いや、気になって。いかれた車に乗ってて警察《サツ》に停められたりしても面倒だしな」

「大したことないって」

真藤は首を振ったものの、賀茂はなおも両手を合わせている。

「しょうがねえな。ちょっと見てみる」

「本当にすまねえ」

車から降り、助手席のドアを閉めたとたんだった。

いきなりレクサスがタイヤを鳴らして走りだしたのである。真藤は何が起こったのかわからずしばらくの間、レクサスを見送っていた。

置いてけぼりを食ったことがわかったときには、レクサスはすっかり見えなくなっていた。携帯電話も財布もセカンドバッグの中に入れっぱなしで、セカンドバッグはレクサスのシートに置いたままだ。

思わずつぶやきが漏れた。

「どうすんだよ、馬鹿野郎」

3

タクシーに乗りこみ、行き先を告げた平は携帯電話を取りだし、投宿しているホテルにかけた。

「はい」

フロント係の女性が応じ、ホテルの名前を告げた。すでに一週間にわたって連泊しているので顔馴染みになっている。

「おはようございます。三一六号室の平です」

「おはようございます」

「実は急に上司から今日中に帰るようにいわれまして、それでチェックアウトをお願いしたいと思いまして。本当に急ですみません」

「いいえ、大丈夫ですよ」

「それで今はまだ出先におりまして、チェックアウト時刻までに戻れないかも知れないんですよ。荷物はバッグ一つにまとめてありますので、恐縮ですが、そいつを運びだしていただいて今日のチェックアウトというわけにはいきませんか」

二十代の頃からつねに身辺の整理整頓《せいとん》を心がけていた。宿泊先では朝には荷物をまとめてバッグに詰め、忘れ物がないか点検している。結婚してからはそれほど神経質にならなくなったが、独身の頃は自室をきちんと片付けておいた。

二年先輩の警官が殉職した際、部屋の片付けに駆りだされたのだが、くだんの先輩の部屋はきちんと整頓され、隅々まで掃除が行き届いているのを見て、あらためて警官の職務が危険であること、そして覚悟を教えられた。

「かしこまりました。お荷物の中に現金、貴重品はございませんか」

「ありません。衣類だけです」

「それではチェックアウトタイムの午前十時まではお荷物はそのままにしておさまして、恐縮ですが、十時以降はフロントの方でお預かりさせていただくという形でよろしいでしょうか」

「結構です。そのようによろしくお願いします」

「かしこまりました。それではお気をつけてお戻り下さい」

礼をいって電話を切った。

ほどなくタクシーが停まり、初老の運転手がふり返って料金を告げた。財布を取りだし、辺りを見まわす。

「ここで間違いありませんか。六本木ということなんですけど」

「お客さんがいわれた住所に間違いありませんよ」運転手は人の好《よ》さそうな笑みを浮かべた。「六本木といっても繁華なところはごく一部でしてね。案外、庶民的な住宅街なんですよ」

「そうなんですか。思ったより早く着きましたね」

「日曜日で道路が空《す》いてましたから」

料金を払い、領収証をもらってタクシーを降り、走り去るのを見送った。あらためて周囲を見まわす。なるほど運転手がいう通り庶民的な住宅地という感じだ。マンションや古いアパート、一戸建ての住宅が密集していて、窓を開ければとなりの壁に触れられそうだ。

「ここも毛細血管の街か」

思わずぼやきが漏れた。

湯原に逃げられてからというもの、ずっと同じような路地を歩いてきた。刑事にとっては広々とした大通りではなく、人々の暮らしの間を縫っている狭い路地が王道なのだろうが、北海道に生まれ、育ち、今も北海道で暮らす平にしてみれば、もう腹いっぱい、げっぷが出そうに堪能《たんのう》した。

だが、それも今日で終わりだ。気を取りなおし、メモ帳を取りだして目の前の電柱に貼られた住所表示と照らし合わせた。がっかりするほど簡単に目指す場所——氷室というヤクザの事務所が入っているマンションが見つかる。

何かあてがあってやって来たわけではなく、少しは繁華な都会の匂いを嗅《か》いで帰ろうと思っただけだ。メモ帳を内ポケットに入れ、マンションの正面にまわった。いわゆる下駄履きマンションで一階はエントランスと駐車場を兼ね、奥に出入り口があった。ガラスの扉が開けはなたれていて、オートロック式でないことがわかる。

出入り口に近づくと右手に各部屋ごとの郵便受けが見えてきた。玄関に入り、郵便受けをざっと見渡した。二階の二号室に氷室金融の名前が見えた。事務所まで行ったところで何になると思ったが、せっかくここまで来たのだから入口だけでも見ていくかと思いかけたとき、背後でタイヤが鳴った。

ふり返った平は目を剝いた。

白のレクサスがエントランスに飛びこんできて、急ブレーキをかけたのだ。エンジンが切れ、運転席のドアが開く。

タイヤホィールは細めの五本スポーク……、クモヒトデのような形状だ。

つくづく何にも考えてなかったと、真藤は爪先を見下ろして思った。裸足にサンダルをつっかけているだけで指がかじかんでいる。服装もジャージー上下のままだ。とても殴り込みをかけるような恰好《かっこう》とはいえない。

「クソッ」

放りだしていった賀茂を罵った。車ならほんの数分の距離でも、歩くとなると小一時間はかかる。

隠れ家に戻って、そのあとどうするのかとも思っていた。キーホルダーもセカンドバッグの中で、鍵がなければドアを開けることはできない。窓はすべて強化ガラスである上、下手に破れば警報が鳴り、契約している警備会社に通報が行くようになっている。以前の持ち主が契約していたのをそのまま引き継いだのだが、自分の間抜けさ、小心者《ヘタレ》ぶりに呆《あき》れてしまう。

現金の隠し場所に警備会社の人間、まして警察を入れるわけにはいかない。ジャージーのポケットを探ったが、小銭一枚見つからなかった。必要な電話番号はすべて暗記し、携帯電話には登録していない。万が一逮捕されたとき、携帯電話から関係先をたどられるのを恐れるからだ。

しかし……。

真藤は笑った。

たとえ十円玉が一枚あって、目の前に公衆電話があったとして、誰に電話するのかと考えると笑うしかなかった。

今ほど追いつめられたとき、真藤が電話できる相手はたった一人、賀茂しかいない。たとえ今でもオレオレ詐欺の師匠である須田と連絡を取りあっていたとしても、本当に窮地に追いこまれたときには頼りにならない。

番頭をやるようになって三年が経った頃、真藤は七つの店舗を一人で切り盛りしていたことがあった。企画を立て、金主から出資金を集めると同時にかけ子の研修を行って店舗の起ち上げを行いつつ、すでに稼働している店舗ではかけ子に気合を入れて売上げを作り、目標を達成すればボーナスを支給するだけでなく、キャバクラを借り切っての祝賀会も頻繁に行っていた。また、当時は出し子まで管理していたので、ターゲットを追いこみ、振りこませると間髪を入れず出し子をコンビニエンスストアのATMに飛ばして金を回収していたのである。

文字通り寝る間がなかった。

意識朦朧《もうろう》として、自分が何をやっているかもわからなくなったとき、賀茂に会い、覚《かく》醒《せい》剤《ざい》の調達を頼んだのである。賀茂はその場で財布から白い結晶の入ったビニールの小袋——パケを取りだして、真藤の前に置いた。

『いくらシャブを噛んでも自分の力以上のことはできねえぞ』

結局、真藤は覚醒剤には手を出さず、新規店舗の出店を抑えた。金主からは催促されたが、のらりくらりと言い訳をしながら一店、また一店と業務を終わらせ、ついにすべてを終えたあと、三ヵ月ほど休みをとった。その間、韓国、フィリピン、マカオ、グアム、ハワイと遊んで歩いたが、すべて手配は賀茂がしてくれた。

真藤は立ちどまり、両手で頭を掻きむしりはじめた。

隠れ家を出てくる直前、水平に構えていたトカレフを下ろした賀茂はみょうにすっきりした顔をしていった。

『氷室をぶっ潰せば、おれたち、少しは生き延びられるだろ。あいつは金に汚いって評判悪いからおれを支持してくれる人もきっといると思うんだ。おれ、頭悪いからそんなことしか思いつかないけど』

『そんなことないよ』真藤は首を振った。『おれたちが生き延びる方法はそれしかない。お前、冴《さ》えてる』

牛鬼が開けっぴろげな笑みを見せた。

『秀ちゃんにほめられるのは嬉しい』

『手土産の金もある。レクサスと家の分を合わせれば、三億三千万だ』

『せっかく貯めた金じゃないか』

『死んじゃったらいくらあっても意味ないよ』

『そうだな』

賀茂は立ちあがり、手にしたトカレフをベルトに差し、デイパックを取りあげた。

『それじゃ、氷室を取りに行くか』

『おう』

真藤も立ちあがった。

今になって置いてけぼりを食わせた賀茂の真意がわかった。最初から一人で行くつもりだったのだ。

真藤が番頭を務めるオレオレ詐欺に関してケツモチをしているのは賀茂だが、その上には氷室一人しかいない。金の成る木をほかの誰にも教えないというのはいかにも氷室らしい。だから賀茂のいう通り氷室さえ殺せば、とりあえず賀茂と真藤は生き延びられる。

だが、兄貴分を的にかけた賀茂が極道の世界で生き延びられるはずはなかった。

昔々読んだ童話が脳裏に浮かぶ。

「おれは赤鬼かっつうの」鼻の奥がきゅっときな臭くなり、真藤は吐きすてた。「泣くかよ、馬鹿野郎」

ふと顔を上げた。サイレンが聞こえる。一つではない。消防車だと思ったとき、胸の底にいやな予感が広がった。

警視庁第六方面本部通信指令室が荒川警察署管内で火災発生を告げると、小町は全員に出動を命じた。出火原因が放火である場合は少なくない。放火だとわかってから出動したのでは、初動捜査を担当する機動捜査隊としては出遅れる。

三台の捜査車輌が次々に分駐所を出た。

火災現場は、殺された元教員湯原がかつて勤めていた中学校の近所だった。自分たちの管轄内にある二つの捜査本部と関わりがあれば、偶然とはいえ、気になる。

小町は、辰見、浜岡組に対してはＪＲ常磐線の南側をまわって尾竹橋通りを経て、ＪＲ三河島駅、京成新三河島駅周辺を経由して北上するように、伊佐、浅川組には隅田川沿いを西進し、町屋を回りこむように命じ、自らは小沼とともに明治通りを一直線に現場へ向かった。

明治通り、尾竹橋通りが交差し、さらにほかの道路も放射状に延びている巨大な宮地交差点を抜け、さらに新三河島駅前を通りすぎた冠新道《かんむりしんみち》入口交差点で小沼は捜査車輌を右折させ、小町はサイレンと赤色灯を切った。火災現場は目と鼻の先まで迫っている。

あれから一週間か——小町は胸のうちでつぶやいた。

拳銃を持った加重逃走犯の湯原が小学校のそばに潜伏しているという報を受け、臨場した小町は北海道警察の平と出会った。身分証を提示されて初めて警察官だとわかったのだ。

平和男をヘイワオトコと読んだ。名前にはルビが振ってあったのに何とも間が抜けていた。

「そろそろ現場《げんじょう》ですが」信号のある交差点で減速しながら小沼がいった。「湯原のいた中学校は右になります」

「それじゃ、右、入って」

「はい」

右折してそれほど広くない一方通行の道路に入る。中学校は左、火災現場は進行方向前方にあるはずだ。

無線機のスピーカーから声が流れた。

〝二二〇一《ににまるいち》から第六方面本部〟

二二〇一は自動車警邏隊のパトカーに割りふられている番号だ。小町は無線機の声に耳をかたむけつつ、目は周辺の検索をつづけている。

〝本部、二二〇一、どうぞ〟

〝たった今、消防隊が火災警報が発報された家屋一階に侵入。中にいた若い男性一名を救助。なお、火災警報は当該男性が警報装置のそばで自らの衣類に火を点け、発報させたもので現時点で火災は確認されていない。なお、当該男性にあっては極度の興奮状態にあり……〟

自動車警邏隊員の報告によれば、現場となった家屋にはほかに人はおらず、住居部分も消防が調べたが、やはり火災の兆候はないらしい。

ゆっくり車を走らせながら小沼がつぶやいた。

「何があったんすかね」

「さあ」

首をかしげかけたとき、黒とオレンジのジャージーを着た男が道路の右側に寄った。小沼はさらに減速して、男を躱《かわ》した。

小町は男の顔をちらりと見たが、すぐに前に視線を戻して小沼にいった。

「次の一時停止を左に入ったところで停めて。私は降りる」

「どうしました？」

「今、すれ違った男……」

小町がいうと小沼がさっとルームミラーを見上げた。

「今朝、写真を渡された白いレクサスを運転していた男に似てる。私は戻って男の後ろにつく。あなたは男の前に回りこんでちょうだい。私が近づいて声をかける」

そういいながら小町はシートベルトを外し、コートを脱いだ。コートはオフホワイトで中には黒のスーツを着ていた。コートを脱ぐだけで印象がずいぶん変わるはずだ。

「了解」

答えた小沼は一時停止したあと、左折し、ふたたび車を停めた。小町は車を降り、ドアをそっと閉めた。車が加速し、離れていき、小町は逆戻りして交差点の角にある住宅の陰から道路をうかがった。

黒とオレンジのジャージーの男はふり返ることなく歩きつづけている。小町は通りに入り、足早に男を追いはじめた。


何が起こっているのかわからないが、隠れ家に近づくにつれ、消防車だけでなく、パトカーまで走っていくのが見えた。とりあえず真藤は反転して、来た道を引き返しはじめた。救急車やパトカーが隠れ家を目指しているとはかぎらなかったが、用心するに越したことはない。

そのときになって不安が湧いてきた。

町村が息を吹きかえし、何かやったんじゃないのか……。

消防車が来ている以上、火事が起こっているのだろう。ガレージに可燃物は置いていないし、玄関扉も車庫のシャッターも鍵がなくては開けられない。隠れ家に連れこんで、賀茂が縛りあげるまえに町村のポケットをざっと調べたが、携帯電話も財布も持っていなかった。かけ子の仕事を終え、まっすぐにコインパーキングに来たことがわかる。

だが、ライターかマッチを持っていて見逃したのかもしれない。町村の手足を縛っていたのはビニールの紐だ。直火《じかび》をかざせば、溶け、簡単に引きちぎれるだろう。そして天井には火災報知器が取りつけてある。たとえ火災を起こさなくても報知器のすぐそばにライターの炎をかざせば、温度センサーが働いて……。

いきなり目の前にグレーのセダンが迫った。真藤は舌打ちし、右側に避けた。助手席には白いコートを着た女が乗っていたが、澄ましかえって、真藤に目をくれようともしない。

車が通りすぎたあと、真藤は低く罵った。

「ふざけんな、馬鹿」

だが、走りだそうとはしなかった。あわてて行動すれば、変に目を引きかねない。

小さな工場の前を通りすぎる。同級生の中にも工場主の子供がいた。真藤は手を出さなかったが、賀茂は時おり金を借りていいたようだ。一度に数千円から一万円だが、中学生にとっては必ずしも安くはなかっただろう。借りるだけで返したという話を聞いたことはなかった。

歯が抜けたように空き地となり、雑草がちょろちょろ生えているところもある。中学生の頃には何度も歩いた通りだが、そこにどんな建物があったかを思いだすことはできなかった。窓という窓すべてをベニヤ板で塞《ふさ》いだ家もある。

十六、七年前、真藤がまだ中学生だった頃は今ほど空き家や空き地が目立たなかったような気がする。

あるいは単に気づかなかっただけか。

左の角に鮨屋がある交差点にさしかかった。渡って向かい側は駄菓子屋だが、今はシャッターが下りていて、閉店と張り紙がしてあった。小学生、中学生の頃に何度も来ていたが、賀茂におごってもらったか、万引きしただけだ。真藤は金を持っていたことがなかった。

交差点に足を踏みいれようとしたとき、目の前にまたしてもグレーのセダンが飛びだしてきた。小さくタイヤを鳴らし、車首を沈めて停止する。

つくづく似たような車に……、と思いかけたとき、運転席でハンドルを握っている男と目が合った。

助手席には誰もいない。

はっとしてふり返る。

黒いパンススーツ姿の女が立っていた。ついさっき目の前の車の助手席にいて、澄ましかえっていた女だ。

背後で車のドアが開く音がした。

間違いない。

警察だ。

真藤は唸り声をあげると女に向かって突進した。

4

職業が人の姿形を作るという点で、ヤクザにまさるものはないだろう。光沢を放つグレーのシルクスーツにワイシャツ、ネクタイは締めておらず、裸足で爪先の尖った革靴を履いていた。傷だらけのスキンヘッドはピンクのマスクメロンに似ていて、ひと睨みしただけで気の弱い相手なら失神しそうな目つき……。

どこをどう取ってもヤクザに他ならなかったが、法治国家日本では、いきなりオイ、コラというわけにはいかない。二、三日でも警察官をやってみれば、世間にはオイ、コラとしか声のかけようのない連中がいくらでもいる、とわかるのだが。

「あのぉ……」

自分で声をかけておいて、いかにも間が抜けているなと平は思った。

マンションの出入り口前に突っこんできて、タイヤを鳴らして停まった白のレクサスから降りてきた男は、百八十センチ、百五キロの平と体格的にはいい勝負だ。年齢は相手の方がはるかに若そうだった。

男は足を止め、怪訝そうに平を見た。シルクスーツに合わないとすれば、デイパックを左肩にかけているところだ。

男は黙って平を見返していた。

「たった今、表に停めた車のことでちょっと訊きたい……」

そこまでいったときに見えた。男は腹の前でベルトに拳銃を挟んでいる。

ああ、クソッ――平は胸の内でぼやいた。

またしても自動拳銃、それもトカレフのようだ。たとえオモチャであったとしても男の風貌《ふうぼう》からすれば、見過ごすわけにはいかない。

平が拳銃を目にしたことに男も気づいたようだ。

わずかの間、見合った。

次いで男が右手で拳銃をつかもうとする。平は素早く踏みこみ、男の右肘をつかみ、指を食いこませた。

「くっ」

男の口から呻きが漏れ、振り放そうとする。

「大人しくしろ、警察だ」

またしても間が抜けているような気がしたが、身分を明かさなくてはしようがない。

男は平の手を振りほどこうと躰をひねり、さらに左肩にかけていたデイパックを外して叩きつけてきた。中味は重い金属製らしく、男の右肘をつかんでいる腕に当たって鈍い音がした。筋肉が潰され、痺《しび》れる。

もう一度、男がデイパックを振りまわした。右肩を上げ、首をすくめて躱そうとしたが、側頭部を強打された。

一瞬、気が遠のきかける。

無意識のうちに叫び、平は男の右足に自分の右足をからめ、上体を押した。バランスを崩した男がたたらを踏む。

ベルトに挟んだ拳銃が抜け、コンクリートの床にはねた。平と男が同時に悲鳴を漏らし、首をすくめる。しかし、拳銃が暴発することはなかった。

平は左手を後ろから回して男の顔をつかむと強引に引き倒した。そのまま自分も男に体重を預け、柔道の絞め技に似た恰好となる。倒れながらも男は首を起こし、頭をぶつけないようにしていた。

ふたたびデイパックで殴りかかってくる。

二度、三度……、四度目で脳天に命中し、平は思わず目を閉じた。

「この野郎」

男が唸るようにいう。

この野郎といいたいのはこっちだ。

男がもがき、さらにデイパックを振りまわそうとする。次に脳天に一撃を食らえば、意識が飛びそうだし、悪くすれば、脳に損傷を受け、命を落としかねない。男の右肘をつかんでいる腕で何とか相手の左腕も押さえようとしたが、うまくいかない。

ついに相手は左手を伸ばし、デイパックを振った。

首をすくめ、衝撃に備える。

だが、何も起こらなかった。恐る恐る目を開ける。男が眉を寄せ、しかめた顔を真っ赤にしていた。男の左手に目をやった。スーツ姿の巨漢が男の左肘に膝をからめて決めていた。顔つきはヤクザより凶悪そうだが、スーツは安物、靴は傷だらけで光沢がない。

間違いなく、暴力団担当刑事《マルボウ》だ。

巨漢と目が合う。

「ポンチュウ」

相手のいっている意味がわからない。そのとき左肩をぽんぽんと叩かれ、穏やかな声がいった。

「賀茂の右腕をつかんだまま、ゆっくり躰を離して……」

平は組み伏せた相手の顔をまじまじと見た。

こいつが賀茂？

写真を見ているはずだが、組み伏せ、すぐ目の前にある顔をまじまじと見てもよくわからなかった。

肩越しに黒手錠が差しだされ、ぎょっとする。

「ほれ、拳銃不法所持、現行犯逮捕《ゲンタイ》だ」

警察官にとって被疑者に手錠をかけるのは手柄、ゆずることなど滅多にない。

「恩に着る」

左手で手錠を受けとり、賀茂の右手に打つ。賀茂の躰から力が抜け、平も大きく息を吐いた。そのときになって全身汗まみれなのに気がついた。

小町は左手を胸元に上げた。唸り声を発しながら近づいてくる黒とオレンジのジャージー姿の男が止まる。だが、制止したのは男ではなく、男の後ろから駆けよった小沼だ。小沼も立ちどまった。

ジャージーの男が突進してくるのをやめたのは、小町のすぐ後ろに車が停まり、ドアが開いたからだ。降りたのが辰見と浜岡であることはふり返らなくてもわかった。小沼が停めた車の後ろに捜査車輛が着き、伊佐と浅川が降りたのが見えていた。

男は小町から二メートルほど離れたところで肩を上下させ、顎までしたたった汗を袖口で拭いた。

三十前後だろうかと小町は思った。今朝、引き継ぎで渡された写真ではサングラスをかけていたのでわからなかったが、目元が露《あら》わになると気の弱そうな顔つきに見える。

今まで一度も日焼けしたことのないような青白い顔と、貧弱な躰つきを見ていて、ふっと思った。

栄養状態がよくなかったんだな、と。

かつて保育士として働いていた小町は親にかまってもらえずまともに食事をとっていない子供たちを何人か見てきた。貧しいことは理由にならない。決して裕福とはいえない家庭にありながらも健康的で、よく笑う子供はたくさんいた。青白い顔をして表情の乏しい子供は、数こそ少なかったものの確実にいた。親を選んで生まれてくることはできないと何度思ったことか。

有楽町にあるドイツレストランで会ったフリーライターの岩佐を思いだした。風俗店勤めの若い母親が数ヵ月にわたって男と遊び歩き、自宅に放置した三歳と一歳の子供を餓死させた事件を例に引いたあとにいった。

『食べなきゃ死んじゃう。だから万引きする。生き延びるために、ね。お腹《なか》が空いてどうしようもないんだもの、コンビニのパンに手を出してもしようがない』

目の前に立っている男の躰が縮んでいき、五歳か六歳の子供になる。空腹に耐えかね、コンビニエンスストアの棚に並んでいる菓子やパンに手を出す。だが、それでは充分な栄養にはならなかったのだろう。

空腹に耐えかねて万引きから犯罪の世界に足を踏みいれる。

お腹を空かせた子供の罪を問えるか……。

もともと育児放棄《ネグレクト》に遭っていた子供が万引きによって分水嶺を渡り、さらなる犯罪に手を染めていく。補導され、鑑別所、さらには少年院に送られる。親だけでなく、親族の誰も身元引受人にならなければ、二年間少年院を出られない。退院してもせいぜいミドルティーンだ。まともな働き口などなく、それでも腹は減る。

岩佐が取材した相手はオレオレ詐欺のかけ子となって、数千万円もの収入を得た。最初は犯罪者について書くつもりがだんだんと社会の構造が見えてきたといった。

『預金だけをとってみると日本国内の預金の半分以上は六十歳以上が占めていて、二十歳未満だと一割にも満たない。一見当たり前みたいだけど、今の高齢者って高度経済成長を経験している世代なのよね。今日はパンの耳だけで生き延びても、明日はステーキが食べられると夢を見られた。でも、今の子供たちは下手すると一生パンの耳しか食べられない』

老人をターゲットにした特殊詐欺は経済的な復讐心《ルサンチマン》に裏打ちされていると岩佐はいった。特殊詐欺はあきらかに犯罪だが、何本ものチューブをつないで延命する高度医療や、最低限の生活を送るだけのところから高級リゾートマンションまでさまざまなレベルの高齢者福祉施設やサービスは合法的に年寄りの金を巻きあげているといった。

その後、小町は高齢者福祉について論じているウェブサイトに市場規模はいまや十兆円と書かれているのを見た。それはかすかに足を震わせているキリギリスを運んでいる蟻《あり》の行列を連想させた。

岩佐は目をぎらつかせていったものだ。

『金を巻きあげられている年寄りが弱者だなんて思わないことね。弱者は若い人たちの方。閉塞感に息が詰まりそうになってる。彼らの頭の上を覆っているのは何？　年寄りなのよ。追いつめられた若者たちが牙を剝いた……、それがオレオレ詐欺の実態よ』

目の前に立っている男が誰かわかった。

小町は声を圧しだした。

「真藤秀人だね」

男の表情がぴくりと動いた。躰の奥深いところを抉《えぐ》られたような表情になる。あわてて平静を装ったが、遅い。

「湯原宏忠殺害について聞きたいことがある」

「任意か」

小町はあっさりうなずいた。

男――真藤はふてぶてしい笑みを浮かべた。

「拒否したら？」

「させない」

子供をほったらかしにした親が悪い……、制度が不備だ……、政治家が無能すぎる……、社会の構造に根本的な欠陥がある……。

小町は真藤の目を見つめて、静かにいった。

「警察をなめるな」

「いやぁ、あのときはこっちの心臓が止まるかと思ったよ」

そういった男は黒いスーツに黒いシャツ、真っ白なネクタイを締めていて、メガネのレンズは茶のグラデーションがかかっていた。だが、決してスーツは高そうに見えない。背は平よりわずかに低いものの、胸板ははるかに厚そうだ。両耳が潰れてケロイド状になっている。

六本木中央警察署組織犯罪対策課の坂口《さかぐち》といった。賀茂を組み伏せた平の肩越しに手錠を差しだした男だ。

賀茂の左肘を決めた相勤者——橘井《きつい》がポンチュウといったときには意味がわからなかった。ポンチュウとは昭和前期であれば、覚醒剤の一種であるヒロポン中毒の略である。賀茂を連行したあと、六本木中央署の通称だと知った。

「そんなやわな心臓を持ち合わせてるようには見えないがね」

平が混ぜっ返すと、坂口は生真面目な顔で首を振った。

「勘弁してよ。こう見えて案外気弱なんだから」

マルボウ刑事がヤクザよりヤクザらしい恰好をするのははったりであることが多い。支給される吊るしのスーツを着ていたのでは、ヤクザを怒鳴りつけてもさまにならないだろうというのが理屈だが、単に朱に交わって赤くなっているだけにしか見えないところもあった。

坂口は自分の手錠を差しだし、平の手柄としてくれたが、署に連行したあと、逮捕は坂口が行ったことにした。もし、平が逮捕したとなれば、その後の取り調べ一切を行わなくてはならず少なくとも今夜は六本木中央署に泊まることになっただろう。

それでも坂口と橘井が逮捕にともなう諸手続きをして書類を作るのに協力し、一通り終えたときには夕方になっていた。坂口が羽田まで送ると申し出てくれたおかげで何とか函館行きの最終便に乗れるようになったのである。

橘井はまだ賀茂の取り調べ中である。

清洲橋通りにあるホテルのすぐ裏で起こった受け子殺害事件――機動捜査隊の稲田が案内してくれた――以降、坂口と橘井の二人は氷室を監視していたという。原付スクーターに乗っていて追突されるという形で殺された受け子が氷室と関係していたためであり、日本最大の暴力団が分裂騒動を起こして以来、いつ、どこで抗争が勃発《ぼっぱつ》してもおかしくない緊迫した空気に包まれているためだ。

坂口、橘井、それに二人の上司である課長も氷室が仁義より金儲けを優先させることを知り抜き、警戒していたのである。そこへ血相変えた賀茂がやって来て、すわと思ったときに平が割って入ったのだった。

　賀茂が拳銃四挺――デイパックの中に三挺入っていた――を所持していたのは逃れようもなかったが、拳銃の入手経路はおろか氷室の事務所を訪ねた理由も喋ろうとはしていない。

「先は長そうだね」

　平がいうと坂口は渋い顔をしてうなずいた。

「まあ、慣れてるけどね。奴もお馴染みさんだし。ただ中国人の受け子が殺された件は蔵前ＰＳに立っているチョウバと連携しながらやっていかなきゃしようがないな」

「湯原の件も頼む」

「わかった。あとはまかせてくれ。そっちについては何かあったらまた連絡するかも知れない」

「いつでもどうぞ」平は苦笑した。「なかなかこっちへ来るわけにはいかないが」

「また来てよ。今度は夜の六本木を紹介するからさ」

「そういってくれるのを期待してたんだ」

　稲田、辰見と行った中華料理屋の光景が脳裏を過ぎっていった。派手さはなかったが、落ちついていたし、料理もうまかった。

おれは六本木よりもあっちの方が性に合うかも……。

函館行きの最終案内がアナウンスされる。

「それじゃ、気をつけて」

坂口が右手を差しだす。平はがっちり握りかえした。

「いろいろ世話になった」

「こっちのセリフだよ」

坂口がにっこり頰笑んだ。

終章　諸行無常

自分の背よりも高く積もった雪にスコップを突きたて、一辺五十センチほどの塊にして掘りだし、かたわらに積むとふたたびスコップを突きたてる。

平和男は黙々とスコップを使った。

スコップといっても刃先は金属ではなく、鮮やかなオレンジ色のプラスチック製で雪かき専用のものだ。公営墓地の管理事務所で目指す墓の場所を訊いたとき、手渡された。通路は除雪してあるものの、個々の墓までは手が回らないという。

函館港町警察署から墓地までは雪道を車で二時間近く走らねばならなかった。渡島《おしま》半島の東端にあり、太平洋に面している。

刃先にこつんと固い感触が来た。平はスコップを置き、両手で雪を取りのぞきはじめた。ほどなく小さな墓石が現れる。正面には西浦家之墓と彫られている。特殊詐欺によって三千三百万円を騙しとられ、その後、病死した西浦幸三の墓だ。

墓は小さく、比較的新しかった。五年前に妻が病死したときに建立したものかも知れない。子供のいない夫婦は墓も二人きりなのだろう。

墓は敷地も狭く、両側に他家の墓があるため、雪は左右に積みあげ、墓の正面をわずかに空け、小さな墓石を掘りだすだけで満足しなくてはならなかった。しゃがみ込んだ平は持参したポリ袋からローソクを取りだし、ライターで火を点けた。積みあげた雪のおかげで風の影響をほとんど受けずにローソクに点火できた。線香を束ごと炎にかざして火を移す。煙が立ちのぼったところでポリ袋から缶ビールを取りだして供えた。

合掌した。素手で雪を掻き分けたせいで指がかじかんでいる。

「遅くなりまして申し訳ありませんでした」

最初に詫びの言葉が出た。

東京から戻って、すでに四日が経っている。昨日、六本木中央警察署の坂口から電話があり、その後の経緯を一通り聞いたので墓前へ報告に来たのだが、内容は必ずしも満足できるものではなかった。

賀茂翔騎は湯原殺しについては認めたという。殺害現場が賀茂の実家浴室であり、犯行当時現場にいた二人の舎弟を拘束し、取り調べを行って追いつめた結果だった。

『でも、自殺だと言い張ってね』

坂口はため息混じりにいった。

『自殺？』

『いきなりバク宙を打ったって。躰の前で両手を縛られていたのに、ね。それで後頭部を浴槽にぶつけたそうだ』

『そんな馬鹿な』

『そう思うよなぁ、当然。賀茂の実家は築五十年らしいんだが』

古い二階屋が浮かんだ。玄関扉のわきには表札を外した跡が残っており、閉ざされた障子には薄茶色のシミがついていた。最初に通りかかったときは空き家だと思ったものだ。

『そのくらいだろうね』

『知ってるのか』

『行ったよ』

平は賀茂の実家を見つけた経緯を簡単に話した。

『現場百回……、刑事《デカ》の王道だな』

王道という言葉が胸の底にちくりと刺さる。

『いや、たまたまだよ』

『家と同様、殺害現場になった浴室も古くて、浴槽はコンクリート造りでタイル張りって代物なんだそうだ。その角へ頭をぶつけたんだからひとたまりもない。死因は頭蓋骨《ずがいこつ》陥没、脳挫傷《のうざしょう》ということだ』

『そりゃ、無理もないが、それにしてもバク宙ねぇ』

『その点については賀茂だけじゃなく、あとの二人の供述も一致しているんだが、それにしても自殺で通るかどうか』

三人とも同じ供述をしていたからといって信用できない。突き飛ばしたはずみで倒れた湯原が浴槽の縁に頭をぶつけたとも考えられる。少なくともいきなりバク宙をやったというよりは信憑性《しんぴょうせい》がありそうだ。

『それと上野の方で原チャリに乗ってた中国人が殺されたろ』

『そっちも現場を見た。特殊詐欺の受け子をしてたということだったが』

『そう。そっちもひどい話でさ。賀茂の兄貴分の氷室が関係してる受け子グループに所属してたらしいんだ。だから金を運ぶ時間とルートがあらかじめわかってた。驚くのはその中国人が運んでた金額だ。五千万だぜ』

『五千万？』

思わず声を上げてしまった。

『金を集めてから運べという命令が出てたらしいんだが、大本で命令を出したのは氷室らしい。早い話、マッチポンプだ。その中国人は黒い車にはねられて死んだんだけど、やったのはヤクザにもなれない半端な不良ってことだ』

半グレか、と平は思った。暴走族の出身者などがグループを形成し、暴行、恐喝、強盗、窃盗などの犯罪をくり返している。

表向きは掟《おきて》に縛られるヤクザを嫌い、正式な構成員にはならない、つまり盃《さかずき》を受けてはいないのだが、実際には裏側で手を結んでいるケースが多い。暴力団対策法により今では末端組員の違法行為でも使用者責任という名目で親分を引っ張れるようになっている。そのため暴力団はさまざまな犯罪に半グレを使う。半グレにしても特定の暴力団と結ぶことで、くだんの暴力団だけでなく、ほかの組織との摩擦も避けられる。今や半グレグループも準暴力団と指定されていた。坂口がつづけた。

『手配したのが賀茂なんだ。今回の事案で身柄《ガラ》をとった二人の舎弟のうち、一人が知り合いの不良仲間に連絡をつけた。受け子の中国人を殺して、金を奪ったはいいが、今度は中国人を殺した半グレの奴らが姿をくらましてね。賀茂は、そのことでも氷室に追いこみをかけられてた。間抜けな話だよ、まったく』

『それじゃ、賀茂は……』

『そう。やらなきゃ、やられるってところまで追いつめられてたことになるだろう。そういえば、賀茂の同級生で、仲良く少年院に行った奴がいて……、名前、何ていったっけな』

『真藤だ。真藤秀人』

『そいつだが、やっぱり湯原殺しの件で引っぱられた。パクったのは小町って機動捜査隊《きそうたい》の班長だって話だ』

機動捜査隊の班長と聞いて稲田の顔が浮かんだ。

『おれが会った人かな。たしかに美人だけど、ほかの所轄でも小町って呼ばれてるのか』

『いやいや、名前と聞いてる。でも、そんな美人なら一度おがんでみたいものだな』

平は手を下ろし、墓石を見つめた。西浦に詫びたのにはもう一つ理由がある。坂口との電話を終えたあと、平は稲田にも電話をしてみたのだ。当務中ということで長話はできなかったが、肝心なことは聞けた。

真藤を逮捕したのは、やはり稲田だった。その瞬間、持ってるデカという言葉が浮かんだ。稲田は真藤の取り調べを行ったといっていたが、一つ、平にはショックな内容があった。真藤が湯原のリストを使ったのは最初の一回だけで、少なくとも函館の空き巣狙いが所持していたリストをもとに特殊詐欺を行っていないということだ。

つまり西浦を食い物にした犯人については何もわかっておらず、唯一の手がかりだった湯原は殺されてしまった。

「すまんね、西浦さん」

いつの間にか重く湿った雪が降りはじめていた。

稲田小町は捜査状況報告書を作成中のノートパソコンから目を上げ、そっとため息をついた。

引き継ぎを終え、すでに昼近くとなっているのに稲田班は全員が分駐所に残っていた。ふだんは何だかんだと理由をつけてパソコンに触れない辰見までが鼻の上に老眼鏡をのせ、キーボードをぽつりぽつりと打っている。

昨夜、足立区南西部で十七件の放火事案が発生し、稲田班の隊員は全員が一晩中駆けずりまわる羽目に陥ったのである。

放火は四日前の当務中に起こった事案を思い起こさせた。火災発生の報を受け、臨場した小町は真藤秀人に行き合ったのである。もっともそのときは氏名は判明しておらず、小町は朝の引き継ぎで渡された写真で顔を見ていただけだった。

老人ホームの防犯カメラ映像をキャプチャーした写真といわれたが、白いレクサスに湯原を乗せ、ハンドルを握っている真藤の顔が鮮明に写っていた。レクサスを運転しているときはサングラスをかけていたのだが、小町は男の顔にぴんと来た。いずれにせよ職務質問をするだけなら大した問題にはならない。

小沼に逃げ道を塞がれると真藤は小町に向かって突進してきた。背後から組みつこうとした小沼を制止し、名前をぶつけたのである。そのときの表情を見て、真藤だと確信した。

取り調べをするうちにわかったのだが、火災警報が発報されたのは真藤の隠れ家だったのである。そこには町村という男が監禁されており、脱出するため、着ていた衣類を脱ぎ、火災報知器の下で火を点けたのだった。

家宅捜索の結果、町村が監禁されていた家で三億円もの現金が見つかり、さらに町村が真藤の下で特殊詐欺のかけ子をしていたことを自供したため、本庁捜査二課が本格的に乗りだしてきた。

その時点で事件は機動捜査隊の手を離れたが、真藤が特殊詐欺グループで番頭をしていたこと、さらに真藤とは中学時代の同級生で現在は暴力団の構成員である賀茂が後見役をしており、二人がそろって少年院に送られたときの担任が湯原であること等々は荒川警察署刑事課の柴田を通じて知ることができた。

町村が監禁されていた家は、真藤の隠れ家であり、監禁されていたのは町村が真藤を襲って失敗したためだった。また、町村が発見されたのは偶然に過ぎない。ビニールの紐で町村の手足を縛ったのが賀茂であり、その際、町村がポケットに入れていた使い捨てライターを見逃している。

もし、慎重な性格の真藤が町村を縛りあげていれば、ライターを見逃さなかったかも知れない。

町村はライターの炎でビニールの紐を焼き切った。だが、監禁されていたのが一階にある物置であり、厳重に施錠されているため、家屋に入ることも物置とつながっている車庫から逃げだすこともできなかった。そこで着ていた衣服を脱ぎ、火災報知器の下で火を点けたのだった。

真藤は隠れ家に戻ろうとしていたが、消防車やパトカーが集まっているのを見て立ち去ろうとした。

小町と行き合ったのは、そのときである。

最初に真藤を取り調べ、弁解録取書を作成したのは小町で、荒川警察署刑事課に事案を引き渡す前のことだ。

小町はまず白いレクサスに湯原とともに乗っている真藤の写真を突きつけ、かつての担任が今や道具屋となっていたことを聞きだそうとした。だが、真藤の答えは意外なものだった。

『あいつの名簿はひどいもんだった。一回使っただけで懲りたよ』

その後も湯原と付き合ったのはなぜか。

真藤が特殊詐欺に関わっていることをネタに脅迫したからである。その後も名簿の確度を上げるための作業を回してやったりしたが、いい加減な性格は直らずまともな仕事にならなかった。

『奴は自分が教師をしていた頃に盗撮していた女子の着替えをDVDに焼いて売りさばきはじめたんだ。児童《ジ》ポルノ《ポ》はヤバイからやめろといったんだが、聞かなかった。受け子として使ってやろうとしたけど、そっちは度胸がなくてダメだったんだよ』

二時間ほど取り調べを行っただけだが、真藤が心底湯原を馬鹿にしていたことはわかった。

その後、真藤の取り調べには荒川署刑事課だけでなく、本庁捜査二課も加わったと聞いている。

昨日、函館港町署の平から電話があったので小町は自分の知っていることを教えた。平には聞く権利があると判断したからだ。たまたま電話してきたのは、六本木中央署の暴力団担当から連絡があり、賀茂の取り調べが一通り終わったことを告げられたからだという。

「もしもし」

斜め前に座っている小沼がスマートフォンを耳にあてた。

小町だけでなく、稲田班の全員が小沼を注視する。誰もがどのような電話か知っているのだ。

十二月十日——警視庁の高卒者採用試験の最終結果が発表になる日なのだ。

小沼の顔がくしゃくしゃっとなる。

誰もが固唾《かたず》を飲んで見守っている。

「そうかぁ、おめでとう。やったなぁ。これで晴れてお前も自分らの仲間か……、いやいや……、いや、そうだな……、これからだ。たしかにお前のいう通りだ。でも、今日はいいだろう。おめでとう」

分駐所に安堵《あんど》の空気が満ちる。誰の顔にも笑みが浮かんでいた。

何て名前だっけ――小町は思いだそうとして果たせなかった。そのときかつて小沼が辰見とともに補導したことのある少年だったといっていたのを思いだした。辰見に訊けばわかるだろう。

穏やかに笑みを浮かべ、小沼を見ながら何度もうなずいている辰見を見たとたん、小町は胸の底がすとんと抜けたように感じた。

老眼鏡を鼻にのせている辰見がいつになく年老いて見えた。次の瞬間、左胸の鼓動が一気に速くなった。

年が明け、さらに三ヵ月すれば、辰見は定年退職の日を迎える。

小町は呆然《ぼうぜん》と辰見を見ていた。

新たな仲間が加わり、古い仲間が去っていく。警視庁巡査を拝命以来、毎年くり返してきたことだ。ときに涙し、ときに寂しいと感じたが、時とともにすべては移り変わっていくものと思いさだめてきた。

それなのに……。

胸の底にぽっかりと開いた穴からとめどなく何かが流れおちていくのを感じる。胸の内が空白になっていくのをどうすることもできずにいた。

どうしちゃったの、私？
何、この感覚？
どうしてこの人にだけ？

解説

吉野仁
（文芸評論家）

本作『刑事道』は、文句なしにシリーズ最高傑作といえる出来ばえだ。

もしもあなたが、本作で初めて浅草機動捜査隊シリーズに触れるのであっても、まずは、この『刑事道』を愉しんでいただきたい。すぐ読むべき作品なのだ。いま読めば面白い。

その理由の第一は、旬の題材を扱っていることにある。もちろん本作が優れた警察小説としての要素を備えているのは、これまでのシリーズ六作と変わらない。事件現場に急行する刑事たちの姿やその徹底した捜査ぶりなど、臨場感たっぷりに書き込まれている。シリーズのファンにとっては、辰見悟郎、小沼優哉、稲田小町ら、おなじみとなった刑事たちの活躍をじゅうぶんに堪能できるだろう。

だが、今回は、悪党の側から最新犯罪の全貌がたっぷりと描かれており、これまで以上に、きわめて現代性に富んだつくりとなっている。とりわけ「オレオレ詐欺」など高齢者を狙った特殊詐欺犯罪を行う連中の生々しい実態と警察との攻防を追っていくだけでもスリリングである。さらに家族の問題、蔓延する貧困化など、犯罪者を生み出す社会のさまざまな背景、もしくは我が国最大の暴力団組織における分裂と抗争の流れまでが物語に取り込まれている。いわば〈日本のダークサイド〉の現在進行形といえる尖った部分へ迫っているのだ。単に題材として扱われているだけではなく、リアルな犯罪模様のなかにうまく溶け込んでいる。物語に深みがある。クライム・フィクションとしての読みごたえが感じられるのだ。

加えて本作には、もうひとつ特筆すべき点がある。函館港町警察署生活安全課に所属する警部補、平和男の登場である。北海道出身の刑事の目から見た、西日暮里周辺の土地や風俗が、より鮮明に描かれている。東京ラビリンスという言葉が、これまで以上に浮かび上がっているのだ。

それにしても、本作を読みはじめて驚いたのは、なんと「パンツ強盗」騒ぎから幕を開けること。機動捜査隊浅草分駐所の班長、稲田小町は、犯罪現場に遭遇したり、直接犯人に手錠をかけたりすることが他の警官よりも多く、持っている刑事《デカ》と呼ばれている。刑事になりたての頃から、まるで向こうから寄ってくるかのように、多くの事件の手柄をものにしてきたのだ。そんな小町が小沼らと現場に向かったのは、車中にいた女性が下着を奪われたという一一〇番通報によるもの。強制猥褻かと思われたが、実際はもっと滑稽でバカバカしくなるような事件だった。

もっとも、次の第一章に移ると空気感もがらりと変わり、緊迫した雰囲気で展開していく。函館港町警察署の刑事四人が登場し、西日暮里にあるマンション四階の部屋に乗り込もうとしていた。なぜ北海道の警察が、わざわざ東京の荒川区までやって来たのか。目的は、湯原宏忠という四十五歳の男の逮捕にあった。罪状は児童ポルノ法違反。しかし、どうやらそれだけのための逮捕劇とは思えない。はたして湯原宏忠は何者なのか。

警察小説の大きな特徴として、幾つもの事件を捜査する警察の活動だけではなく、管轄となる街のさまざまな面を映し出すところにある。本作ではサブタイトルが〈浅草機動捜査隊〉であることからも明白だが、浅草を中心に、いわゆる東京の下町が主な舞台となっている。シリーズの主役をつとめる面々、辰見悟郎、稲田小町、小沼優哉らが所属する機動捜査隊・浅草日本堤分駐所の管轄は、第六方面（台東区、荒川区、足立区）なのだ。この機動捜査隊とは、事件が発生すると駆けつけ、初動捜査をする警察官のこと。

となれば、北海道からやってきた警官は、容疑者を逮捕することは可能でも、その後の捜査はどうなるのか。初動捜査を終えた機動捜査隊は、事件とどう関わっていくのか。そうした物語の行方が気になるところだ。

ともあれ、犯人逮捕における緊迫した状況とその後の混乱した捜査模様が展開する第一章からは、京成線の新三河島駅を中心とした西日暮里周辺の町並みが詳細に描かれていく。ちょうどＪＲ線の山手線、京浜東北線、常磐線、私鉄の京成線、東京都交通局の日暮里・舎人ライナーなどが交差している一帯であり、町工場、マンション、二階建てのアパート、住宅などが密接に建て込んでいる地域だ。そうした建物の狭い隙間を縫うように路地が走る。函館から来た刑事・平和男は、そんな「毛細血管の街」を進んでいくのだ。まさに本格的な警察小説として、物語は進んでいく。

ところが、「至誠塾」という題のついた第二章から、またしてもストーリーは一転する。これ以降、主に真藤という男の視点から、組織ぐるみで行う特殊詐欺の全貌が描かれていく。警察小説のみならず犯罪小説が混在したままの展開を見せるのである。

警視庁のホームページによると、特殊詐欺とは、不特定の方に対して、対面することなく、電話、ＦＡＸ、メールを使って行う詐欺のこと。「振り込め詐欺」と「振り込め類似詐欺」に分けられるという。だが、本作では詐欺グループ側が使う、（オレオレ詐欺を略した）オレ詐欺のほか、一発系、かけ子、出し子、受け子などの用語が飛びだし、特殊詐欺の実態、組織をつくり実行するまでの手口から最新の詐欺事情までが詳しく語られており、とても興味深い。おそらくこの分野を扱った犯罪ノンフィクション、鈴木大介『振り込め犯罪結社』『老人喰い』などをもとにしているのだろうが、真藤をはじめとする裏社会で生きる男たちが陰影深く描かれているだけに、単なるドラマ化にとどまらない迫力が感じられる。

やがて、函館から来た平警部補らが湯原を逮捕しようとした、その真の目的なども明らかになっていく。

じつは、この平和男、すでに本シリーズ外の作品で登場している。北海道における制服警官コンビを主人公にした『オマワリの掟』。そのときは帯紐《おびひも》警察署地域課のパトカー乗務員であった。坊条力《ぼうじょうつとむ》とコンビを組み、難事件や珍事件に取り組んでいたのだ。作者は、北海道の帯広出身なので、もしかすると平という刑事のキャラクターは、作者の分身といえる面が多く含まれているのかもしれない。

御存知のとおり、鳴海章は、江戸川乱歩賞を『ナイト・ダンサー』で受賞しデビューした。その後、航空サスペンス、冒険活劇もの、時代小説など、さまざまなジャンルを手がけている。帯広で開かれている輓曳《ばんえい》競馬をめぐる長編『輓馬《ばんば》』は「雪に願うこと」の題名で映画化された。これは事業に失敗した主人公が、借金取りから逃れ、故郷の北海道に戻り、輓曳競馬の厩舎に逃げ込んだことから、馬の世話をしていく過程で自己の再生を果たしていくという物語だ。また、やはり北海道を舞台にし、のちに映画化された鳴海章作品に『風花』というロードノベルがある。すべてを失った者が再起に賭けたり、再生への旅を続けたりする話に傑作が多い（たとえばボクサーを主人公にした『痩蛙』だ）。

本作で登場する真藤は、いわばその裏返しで、不運な人生に搦め捕られ、社会の暗黒に足を踏み入れたあげく、そこから逃れられなかった者なのだろうか。個人的には、この真藤を主人公にした本格的な犯罪小説を読んでみたいと思った。

　さらに、本作が面白いのは、話の半分まで読んでもなお、先の見えないところである。事件が発生し、捜査が進展すると同時に、犯罪者側の動きも変化する。特殊詐欺をする連中は、警察だけではなく、身内の共食いや敵対するグループにも対応していかねばならない。新たな殺人事件とともに、どこまでも予断できない状況が生まれていくのだ。

　そのほか、監視カメラの映像分析など、きわめて現代的な警察捜査の実態が描かれているあたりも特筆すべきところだろう。題名が『刑事道』とあるとおり、ひとつの手がかりを追う地道な捜査を厭わず、事件解決をめざして飽くなき執念を見せつける。そんな刑事の姿が印象に残る。

　さらに、シリーズの流れにも触れておきたい。あらためて振り返ると、第一作『マリアの骨』では、ベテラン刑事の辰見悟郎を中心に連続殺人事件の犯人を追う物語だったが、続く『月下天誅』では、『マリアの骨』で辰見の相棒をつとめた新米刑事・小沼優哉が主役をつとめていた。そして第三作『刑事の柩』ではふたたび辰見が主人公となったが、第四作『刑事小町』から、シリーズとして大きな変貌を遂げていく。女性刑事・稲田小町の登場により、捜査や犯罪をめぐる人間模様のみならず、より大きな群像劇としての拡がりを見せていったのだ。第五作『失踪』でもまた稲田小町の活躍が描かれていたが、第六作『カタギ』では、辰見と顔見知りの元ヤクザを中心とした話となっていた。『刑事道』では、どちらかといえば稲田小町の登場が目立っているだろうか。

そんななか、これら浅草機動捜査隊の主要人物はもちろんのこと、さまざまな脇役陣も印象深い。本作では、これまでのシリーズ作に出てきた人物、たとえば稲田と親しいフリーライターの岩佐悦子の登場や高校生の粟野力弥の現在などが語られていた。ちょっとしたサブストーリーまでが背後で進行しており、シリーズのファンにはうれしいところだ。また、平和男警部補と同じく本シリーズ外の刑事ながら、第六章で顔を見せる六本木中央警察署組織犯罪対策課の坂口と橘井は、『フェイスブレイカー』で登場した男である。さまざまな面で鳴海章ワールドが満載なのだ。本作を最高傑作と断じるのも、作者のファンならば納得してもらえると思う。

主な舞台となっている浅草一帯は、日ごと変貌を遂げている。二〇一五年末に新たな商業ビルがオープンしたほか、大衆芸能の復活を謳う大規模な建設プロジェクトが進行中らしい。二〇二〇年の東京オリンピック開催を待つまでもなく、外国人を含む多くの観光客で連日のように賑わっているようだ。これから浅草機動捜査隊は、いかなる犯罪に立ち向かっていくのか。

それにしても、次作への布石となっているのか、ラストシーンにおける稲田小町のつぶやきがとても気になる。ますますこれからの展開に目が離せない。シリーズも佳境に入ってきたようだが、まずは次作を愉しみにしたい。

本書は書き下ろしです。

実業之日本社文庫　最新刊

鳴海 章
刑事道　浅草機動捜査隊
その道の先に星を摑め！　犯人をとり逃がした北海道警の刑事が意地の捜査、機捜隊の面々も……人気シリーズ最高傑作！（解説・吉野 仁）
な28

西村京太郎
十津川警部　東北新幹線「はやぶさ」の客
豪華車両は殺意の棺!?　東京と青森を繫ぐ東北新幹線のグランクラスで、男が不審な死を遂げた。事件の裏には政界の闇が――？（解説・香山二三郎）
に111

南 英男
刑事《デカ》くずれ
刑事を退職し、今は法で裁けぬ悪党を闇に葬る裏便利屋・郷力恭輔。彼が捨て身覚悟で守りたいものとは？灼熱のハードサスペンス！
み71

村木 嵐
火狐　八丁堀捕物始末
八百八町を揺るがす盗賊「火狐」の正体とは!?　八丁堀同心が目をつけたのは「江戸の華」で……松本清張賞作家が放つ時代サスペンス！
む31

守屋弘太郎
戦飯《いくさめし》
俺のレシピで天下統一!?　戦国時代の伊達家にタイムスリップした栄養士が、料理の腕で歴史を変える？驚異の飯エンターテインメント登場！
も51

池波正太郎・森村誠一 ほか
血闘！ 新選組
江戸・試衛館時代から池田屋騒動など激闘の壬生時代、箱館戦争、生き残った隊士のその後まで。「誠」を背負った男たちの生きざま！　傑作歴史・時代小説集。
ん27

実業之日本社文庫 な28

刑事道《けいじみち》　浅草機動捜査隊《あさくさきどうそうさたい》

2016年2月15日　初版第1刷発行

著　者　鳴海 章《なるみしょう》

発行者　増田義和
発行所　株式会社実業之日本社
〒104-8233　東京都中央区京橋 3-7-5 京橋スクエア
電話［編集］03(3562)2051［販売］03(3535)4441
ホームページ　http://www.j-n.co.jp/
DTP　株式会社ラッシュ
印刷所　大日本印刷株式会社
製本所　大日本印刷株式会社

フォーマットデザイン　鈴木正道(Suzuki Design)

ISBN978-4-408-55269-9（文芸）